童子切奇談

椹野道流

white heart

講談社X文庫

目次

物紹介

●天本《あまもと》 森《しん》

二十七歳。デビュー作をいきなり三十万部売ったという、話題のミステリー作家。けれど、それは表向きの顔であり、じつは霊《れい》障《しょう》を扱う「組織」に属する追儺《ついな》師。彫像のような額に該博《がいはく》な知識を潜《ひそ》め、虚無的《きょむてき》な台詞《せりふ》を吐《は》くことも多いが、素顔は温かく力強い。事件で負った重傷も快癒《かいゆ》し、久しぶりに腕をふるった、敏生《としき》との愉《たの》しい雛祭《ひなまつ》りの食卓で、テレビのニュースさえ見ていなければ……。

●琴平敏生《ことひらとしき》

十九歳。蔦《つた》の精霊《せいれい》である母が、禁を犯《おか》して人とのあいだにもうけた少年。身体《からだ》を流れる半分の不思議の血によって、常人には捉《とら》え得《え》ぬものを見聞きする。母の形見の水《すい》晶珠《しょうだま》の力を借り、草木の精霊の守護と、古《いにしえ》の魔道士の加勢とを仰ぐ。「裏の術者」たる天本の助手として「組織」に所属。雛祭りの御馳走《ごちそう》を幸せにほおばっていた少年は、「恩人」の危機を救うべく、再び京都《きょうと》へ！

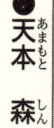

登場人

●龍村泰彦《たつむらやすひこ》

天本森の高校時代からの友人で、現在、兵庫《ひょうご》県下で監察医《かんさつい》の職にある。屈託ない気性の大男で、豪快な視点、率直な言動、そして極端な服装センスが最大の特徴。

●小一郎《こいちろう》

天本の使役《しえき》する要《かなめ》の「式《しき》」で、天本に従う式神《しきがみ》どもの束ねの役を負う。物言いは古風だが、妖魔《ようま》としては若い。通常、羊の人形に憑《よ》り、顕現の際に青年の姿をとる。

●早川知足《はやかわちたる》

「組織」のエージェント。本業は外国車メーカーの販売課長。絶妙のタイミングをはかる才に長《た》け、そのエージェントぶりは既に「小面憎《こづらにく》い」域にまで到達している。

●中原元佑《なかはらのもとすけ》

以前の事件で天本と敏生が遭遇した、検非違使《けびいし》職を拝命する男。当然、平安《へいあん》時代の人間である。途方にくれる敏生を励まし、叱咤《しった》し、助けてくれた。三十三歳。

イラストレーション／あかま日砂紀《ひさき》

童《どう》子《じ》切《きり》奇《き》談《だん》

一章　いつかのように　昨日のように

「あ、そうか！」

ダイニングで、ラジオを聴きながら朝食を摂《と》っていた琴平敏生《ことひらとしき》は、不意に素《す》っ頓狂《とんきょう》な声を上げた。

向かいで新聞を広げていた、敏生の大家兼師匠の天本森《あまもとしん》は、怪訝《けげん》そうに紙面から顔を上げる。

「どうした？」

敏生は、勢い込んで答えた。

「今日、三月三日ですよ、天本さん」

「……それが？」

起き抜けは、まるでコモドオオトカゲのように動作も頭の回転も緩慢《かんまん》な森は、仏頂面《ぶっちょうづら》でコーヒーを啜《すす》った。

いつもは端正な顔も、寝起きの腫《は》れぼったい瞼《まぶた》で台無しになってしまっているし、艶《つや》やかな黒髪にも、まだ妙な寝癖《ねぐせ》がついたままだ。

敏生は、憤慨して語調を強くした。

「んもう。だから、三月三日といえば、雛祭《ひなまつ》りじゃないですか！」

「ああ……そうだな。雛祭りだ耳の日だと、新聞にもうるさく書いてある」

心ここにあらずを絵に描《か》いたような口調でそう言って、森は再び新聞を読み始めた。

記事の内容は頭に入ってこなくても、とりあえず文字を追うことで、徐々に目を覚ましていく。それが、森の朝の儀式なのである。

「天本さんってば。聞いてます？」

敏生はそれが不満だったらしく、囓《かじ》りかけのトーストを置いて立ち上がった。新聞の上端から、ヒョイと顔を覗《のぞ》かせ、森を見る。

「聞いてるよ。雛祭りだろう？」

森は軽く眉根《まゆね》を寄せ、見返してくる。敏生は、ぷうっと頬《ほお》を膨《ふく》らませた。

「もう。朝の天本さんはダメダメだってわかってますけど、それでももう少し何か反応してくれたっていいじゃないですか」

森は、渋《しぶ》い顔で新聞を畳《たた》んでテーブルに置き、マグカップを取り上げた。

「そう言われても、雛祭りだな、と認識する以外にどうすればいい？」

「だって、お祭りなんですよ？　お祝いしないと」

それを聞いた途端、森の眉間《みけん》の縦皺《たてじわ》がぐっと深くなる。

「……君と俺しかいない男所帯で、どうやって雛祭《ひなまつ》りを祝うつもりなんだ、君は」

「あ。そっか……」

敏生は一瞬ポカンとした。そしてがっかりしたように、どすんと椅子《いす》に腰を下ろす。森は顰《しか》めっ面《つら》でコーヒーを一口飲み、そして言った。

「呆《あき》れた奴《やつ》だ」

「うー。だって、僕が小さかった頃、母さんはお雛様を飾ってたんですよ」

「君しかいないのにか？」

敏生は、手の中で囓《かじ》りかけのトーストを弄《もてあそ》びながら、こくりと頷《うなず》いた。

「僕のじゃありません、母さんのためのものだったんです」

「お母さんの？」

「ええ。とっても小さな、手作りのお雛様でした。父さんと一緒に暮らし始めた頃、父さんにねだって作ってもらったんですって。ヤクルトの空き容器に紙粘土を貼《は》り付《つ》けて、絵の具で色を塗っただけの、本当に子供が作ったみたいな人形だったけど、可愛《かわい》かった」

遠い日を思い出しているのだろう、鳶色《とびいろ》の瞳《ひとみ》は、虚空《こくう》に焦点を結ぶ。

「母さん、きっと人間の女の子がするようなこと、自分もしてみたかったんじゃないかな。毎年雛祭りになったら、どこからかその人形を出してきて、簞笥《たんす》の上に男雛と女雛を並べて飾って、嬉《うれ》しそうに見てました。……僕も、それを見ると何となく楽しい気持ちになったもんです。その日は、母さんがご馳走《ちそう》を作ってくれたし。だから、本当は関係ないんだけど、雛祭《ひなまつ》りってちょっと嬉しいんです」

「……そうか」

そう言ったきりしばらく黙っていた森は、チラリと壁掛け時計を見て言った。

「それはともかく、今日はアトリエだろう？　そろそろ出かけなくていいのか？」

「あっ！」

その言葉に、自分も時計を見た敏生は、ピョンと椅子《いす》から跳び上がった。

「いけない、バスが出ちゃう。行ってきますっ」

「ああ、気をつけて」

森も席を立つ。だが、玄関まで見送る暇もなく、少年は肩掛け鞄《かばん》を手に、物凄《ものすご》い勢いでダイニングを出て、廊下を走り去ってしまった。よほど切羽詰まっていたらしい。

「やれやれ」

森は立ち上がりついでに、敏生がほったらかしにしていった食器を盆《ぼん》に集め、台所に運んだ。

いつもの朝の光景……森が負傷してからずっと失われていた安らかな時間である。それが戻ってきたと心から感じられたのは、つい最近のことだった。

去年の末、森が負った胸の傷はほぼ完治し、よほど激しい動きをしない限り痛まない。術者の仕事もいくつかこなしたが、エージェントの早川知足《はやかわちたる》が、肩慣らしによさそうな軽めのものばかりを選んでいるらしく、疲労困憊《こんぱい》するようなことはなかった。

森のことをずっと心配しどおしだった敏生は、自分も先々月父親を亡《な》くして、しばらくはやはり沈みがちだった。それが、最近ようやくいつもの元気を取り戻しつつある。

森としては、自分の怪我《けが》で敏生を泣かせた後ろめたさもあり、肉親を失った敏生を励《はげ》ましてやりたくもあり……つまるところ、敏生の喜ぶことなら何でもしてやりたいと思ってしまうのだ。

「雛祭《ひなまつ》り……か」

洗い物をしながら、森はポツリと呟《つぶや》いた。自分にはまったく縁のない行事である。敏生と違い、森には母親との思い出がほとんどない。森の母親は、彼が物心ついたときにはすでに正気を失っていたからだ。

(もし……話ができたなら、昔話の一つも聞けたんだろうにな)

雛祭りの思い出どころか、母親の出自すら、森は長い間知らずにいたのだ。

(あの人が正気なら、俺にどんなふうに話しかけたんだろう)

そう思うと、苦い思いが胸に込み上げる。この家に越してくるとき、両親の荷物とおぼしきものは、ほとんど処分してしまった。中身も見ずに捨て去った段ボール箱のいずれかに、母親の雛人形《ひなにんぎよう》が紛れていたかもしれない。

そんな感傷を振り払うように、森は少し荒っぽく食器を乾燥機にセットし、スイッチを入れた。

「何かと理由をつけては祝いたがるのが日本人だ。……たまにはいいさ」

低い呟《つぶや》きとともに、森の唇《くちびる》には、薄い笑みが浮かんだ……。


そういうわけで、その日の夕方、アトリエから帰ってきた敏生を待っていたのは、完璧《かんぺき》すぎるほどの「雛祭りの食卓」であった。

「おかえり。絶妙のタイミングだな」

ちょうど台所からちらし寿司《ずし》の大鉢《おおばち》を持って出てきたエプロン姿の森は、驚きに目を見張る敏生に笑いかけた。

「す……ごい！」

「早く手を洗ってこい。すぐ飯にするぞ」

「はいっ！」

打てば響くような反応、というのはこういうことを言うのだろうか。敏生は即座に階段を駆《か》け上《のぼ》り、そして瞬《また》く間に部屋着に着替えて戻ってきた。

掛け値なしに「大急ぎ」でやってきたのだろう。家の中だというのに息を弾ませている敏生に、森は思わず苦笑する。

「そこまで急がなくてもよかったのに」

「だって、凄《すご》いご馳走《ちそう》なんですもん。吃驚《びっくり》しちゃって」

「君が朝から妙な話をするからさ。雛祭《ひなまつ》りが気になって仕方なくなったんだ。……とにかく、冷めないうちに食べようか」

「はいっ」

二人は向かい合って、テーブルについた。

食卓には、綺麗《きれい》な雛祭りのご馳走が所狭しと並んでいた。

朱塗《しゅぬ》りの大鉢《おおばち》にたっぷり作ったちらし寿司《ずし》、小さめのフワフワと柔らかい出汁《だし》巻《まき》き卵、桃の花の小枝をあしらった鯛《たい》の刺身《さしみ》、それに、菜の花と蛤《はまぐり》の吸い物。淡いブルーの小鉢には、菜の花のお浸《ひた》しまで添えてある。

「いったいどうしたんですか、これ」

感心するばかりで箸《はし》をつけようとしない敏生に、森はちょっと困った顔で答えた。

「俺が作ったんだよ。雛祭りにかこつけて、少し上等な食事をしてみるのも悪くないと思っただけさ。凝《こ》った和食を作るチャンスは、そうあるものじゃないからな」

「わあ、朝から雛祭りって言っといてよかった！」

「やれやれ。これに味を占めて、こどもの日まで大騒ぎしないでくれよ。ほら、見てるだ

けじゃなく、味の感想も聞かせてくれ」

森が茶碗《ちゃわん》によそって差し出してくれたちらし寿司《ずし》を受け取り、敏生は嬉《うれ》しそうに口いっぱいに頰張《ほおば》った。膨《ふく》らんだ頰は、いつも森にジャンガリアンハムスターを思い出させる。

「あ、とっても美味《おい》しい。一口で、いろんな味がする」

レンコンやニンジンといった野菜をこれでもかというくらい細かく刻んで入れた寿司飯の上には、わざと厚く焼いた錦糸卵《きんしたまご》がこんもりと載っていた。彩《いろど》りに添えられているのは、緑鮮やかなサヤインゲンだ。

甘めの寿司飯が、いかにも雛祭《ひなまつ》りらしい優しげな味わいで、敏生はたちまち幸せな気持ちになった。

「何食べても最高です。天本さんの作ってくれるご飯はいつも美味しいですけど、今日は特別に美味しい！」

敏生の素直な賛辞に、森は照れ臭げに目を細めた。

「本のとおりに作っただけだよ。そう喜んで食ってくれれば、俺も嬉しいが」

「本を見て作れるってだけでも、凄《すご》いですよう。あ、これも美味しい。こっちのも」

敏生は、ひととおり味見をして、にっこりした。

森は、そんな敏生に微苦笑しつつ、席を立って居間へ行った。テレビのスイッチをつけ、チャンネルをお気に入りのニュース番組に合わせる。

「さすがに、人形までは用意しなかったからな。せめて、ニュースで雛人形《ひなにんぎょう》でも見ながら食うか」

「そうですね」

敏生は少し椅子《いす》をずらして、テレビに見入る。普段なら「行儀が悪い」と叱《しか》られそうな格好だが、テレビをつけたのが森だけに、今日は見て見ぬふりをしてもらえるだろうと踏んだのだ。

テレビの画面は各関連地方局のアナウンサーが「今日の地方ニュース」を伝えるコーナーで、森の予想どおり、雛祭りのニュースが次々と放送されていた。

旧家に伝わる立派な段飾りもあれば、流し雛もあり、あるいは敏生の母親が持っていたのと同じような、子供たちが手作りした雛人形もあり……。

二人はゆったりと食事を楽しみながら、次々と画面に登場する人形たちにじっと見入っていた。

……と。

画面が京都《きょうと》放送局に切り替わったとき、画面に現れた女性アナウンサーは、どこか緊張した面持ちをしていた。

『えー、皆さん楽しい雛祭りのニュースなんですが、こちら京都では、いささかショッキングでミステリアスな事件が起こり、地元の人たちを驚かせています』

「ショッキングでミステリアスな事件？」

「何だろうな」

二人は顔を見合わせた。女性アナウンサーが立っているのは、どうやら四条河原町《しじようかわらまち》から祇園界隈《ぎおんかいわい》のようだった。ライトアップされた八坂神社《やさかじんじゃ》の朱塗《しゅぬ》りの門が、女性の背後に見える。

アナウンサーは、やや興奮した口調でこう告げた。

『ここ、平日でも観光客で賑《にぎ》わう祇園で、本日、たいへん奇怪な事件が起こりました。なんと、白昼堂々、平安装束《へいあんしょうぞく》に身を包んだ若い男が、長い刀を振りかざし、今わたくしがおりますこの辺りを走り回った挙げ句、どこへともなく逃げ去ったというのです』

「……何だそれは。まったく、世も末だな」

森は、呆《あき》れたように呟《つぶや》き、箸《はし》を置いてしまった。どうやら彼は、いつものように料理を作りながら味見をしているうちに、かなり満腹になってしまっているらしい。

敏生のほうは、もぐもぐと三杯目のちらし寿司《ずし》を平らげながら、じっと画面に見入った。

『映画のロケかと、観光客は皆驚きの眼差《まなざ》しでその男を見ていたということなのですが、偶然、男の刀がひとりの観光客に当たり、その女性観光客は、腕に全治二週間の深い切り傷を負ったということなんです』

女性アナウンサーの物騒な報告に、メインキャスターが画面に向かって問いかけた。

『ちょっと待ってください。では、その刃物……刀は、本物だったということですか？』

『そういうことになりますね。しかも本日、映画やドラマのロケは、祇園のどこでも行われていなかったということなんです』

『にわかには信じられないような話ですねえ。その男はいったい何者なんでしょうか』

メインキャスターの疑わしそうな声は、おそらく視聴者全員の思いを代弁していることだろう。女性アナウンサーは、勢い込んで言った。

『まさしく謎《なぞ》の人物です。通報を受けた警察が駆《か》けつけたときには、すでに男はどこかへ逃げ去り、まだ発見されておりません』

『手がかりなしというところですか』

『ところがそこに居合わせた観光客の方が、偶然この男の姿を、ビデオに収めていました。当番組では、そのビデオを独占入手し、皆様にお見せできることになりました。これです。これが問題の男です！』

アナウンサーの誇らしげな声とともに画面がパッと切り替わり、いかにも素人《しろうと》が8ミリビデオで撮ったらしい映像が映し出された。

八坂神社の正門を出て、四条河原町方面へ向かう階段を下りようとしている……どうやら撮影者は、その辺りに立っているようだ。

ビデオカメラが捉《とら》えたのは、ちょうど前方……八坂神社の正門前の横断歩道を、信号をまったく無視して物凄《ものすご》い勢いで駆《か》けてくる、ひとりの大柄な男の姿だった。

男は、撮影者のほうへ向かって疾走する。男との距離が近づくにつれて、その姿は徐々にハッキリ見えてきた。

——えー、変な男の人がこっちへ来まーす。

——ち、ちょっとお父さん、危ないって。逃げましょうよ、カメラなんか置いて。

撮影者とその連れらしき人の、どこか間の抜けた会話が映像とともに流れる。

桔梗色《ききょういろ》の、神主《かんぬし》のような服をまとったその「変な」男は、なるほど右手に太刀《たち》を握り締めているようだ。両足とも裸足《はだし》で、どうやら足の指からは血が流れているらしかった。

やがて、男の顔が、ぶれて粒子の粗《あら》い画面でもハッキリと識別できるほどに近づいた。よく日に焼けた、目鼻立ちの大きな顔が、テレビから飛び出してきそうなほど視聴者に迫る。

「え……えええええっ！」

それを見た敏生は、大声を上げて茶碗《ちゃわん》を取り落とした。その向かいでは、急須《きゅうす》を持った森が凍りついている。目を見張り、唇《くちびる》を薄く開いたままの、彼にしては珍しいほどの「隙《すき》アリ」な表情だ。

テーブルに落ちた茶碗《ちゃわん》から、中に少しだけ残っていたちらし寿司《ずし》が、辺りに散らばっている。だが二人とも、そんなことは気にも留めなかった。

四つの瞳《ひとみ》は、瞬《まばた》きも忘れてテレビの画面を凝視している。

『もう一度見てみましょう。この顔です』

撮影者の視界を走り過ぎた男の映像が打ち切られ、次に男の顔が比較的ハッキリ映っている数秒間の映像が、スローモーションで何度も繰り返し放送される。

血に汚れ、乱れた長い髪。泥にまみれた、四角い顔。そして、本物の役者のように、つくりの大きいくっきりした目鼻立ち……。

それは、忘れようにも忘れられない、そして見間違えるはずもない、あまりにも見慣れた顔であった。

「ば……馬鹿《ばか》な！」

森は、ガタンと椅子《いす》を鳴らして立ち上がった。迷わず向かった先は、電話である。片手に急須《きゅうす》を持ったままなところを見ると、相当動揺しているらしい。

だが、受話器を取ろうとしたその瞬間、着信音が部屋じゅうに鳴り響いた。森はビクッと手を止め、しかし慌《あわ》てて受話器を取り上げる。

「もしもし！」

『おい天本ッ』

森の元に駆《か》けつけた敏生にも聞こえるほどの大声が、受話器から零《こぼ》れ出《だ》す。それは、森の旧友である龍村泰彦《たつむらやすひこ》の声だった。

そして……森と龍村の声が、同時に天本家の居間に響いた。

「あれは、何だ!?」

＊　＊

それから四時間後……。もうじきに日付が変わろうという頃。

監察医龍村泰彦《たつむらやすひこ》は、天本《あまもと》家の居間にいた。電話の後、龍村は新幹線に飛び乗り、天本家に押しかけてきたのである。

いつもは派手な装《よそお》いが身上の龍村が、グレーのズボンにセーター、その上に革《かわ》ジャンを羽織り、帽子《ぼうし》とサングラスという地味かつものものしい服装で現れたことに、敏生《としき》は驚かされた。

正直に言えば、どこから見てもダフ屋系の胡散臭《うさんくさ》い格好なのだが、龍村はあくまでも「目立たない変装」のつもりなのだろう。

まるで逃亡者のような悲壮な面持ちで、玄関に入ってからサングラスを外した龍村は、

「参ったよ。ちょいと匿《かくま》ってくれないか」

と、これまた珍しく疲れた顔で、崩れた笑みを見せたのだった。

余り物だが、と森《しん》が出したちらし寿司《ずし》と吸い物を黙々と平らげる間も、龍村は不気味なほど無口だった。

居間で食後のほうじ茶を飲む段になり、龍村はようやく口を開いた。

「しかし驚いたな。お前たちもテレビを見ていてくれてよかった」

「あれが驚かずにいられるか」

「僕も天本さんも、心臓が止まるかと思いましたよ」

敏生は、心配そうに龍村の顔を覗《のぞ》き込《こ》む。龍村は頷《うなず》き、ふう、と溜《た》め息《いき》をついた。

「まったく、何てことだ。家に帰って、買ってきた惣菜《そうざい》をテーブルに出しながらテレビをつけたら、いきなり京都《きょうと》で怪事件の報道だろ？　何の気なしに怪しい男とやらの映像を見たら……どこをどう見ても、刀を持ってドタドタ走ってるのは、僕じゃないか！」

「……ですよねえ」

「自分で見てもそう思うか」

森はげんなりした様子でそう言い、ソファーに深くもたれた。龍村は、ズボンのポケットから携帯電話を取り出す。

「誰だってそう思うさ。どうやらあの映像、全国放送でも地方ニュースでも、とにかくあの局のニュースで流しまくられたみたいでな。家の電話は鳴りっぱなしだぜ。おちおちトイレにも入れない。見ろ。こっちにもメールと留守電の山だ」

携帯電話を受け取った敏生は、「あーあ」と声を上げた。マナーモードに設定されたそれは、絶えず振動し続けている。おそらく、あのニュースを見た龍村の知人全員が、驚いて連絡してきているのだろう。

「最初、あの男の顔を見たとき、僕自身も驚愕《きょうがく》したよ。人生最大の驚きと言ってもいいくらいだ。……いや、最大はお前がくたばりかけた時だがな、天本」

森は、親指の爪《つめ》を軽く噛《か》みつつ、恨《うら》めしげに、そして疑わしげに龍村の顔を見た。

「虐《いじ》めるなよ。……で、愚問で悪いが、あれは……あんたじゃないんだな？」

「当たり前だろう！」

龍村は、憤慨した様子で即答した。

「昼間はずっと解剖で大忙しだったたよ。祇園《ぎおん》なんぞで、妙な時代装束《しょうぞく》を着て走り回る暇があるものか。……まあ、別の場所で血だらけの刃物を握って、オペ着で走り回ってはいたが」

龍村は仁王《におう》のような目を不愉快そうに眇《すが》め、つけっぱなしのテレビを指さした。

「見ろ。またやってる」

なるほど画面では、先刻のニュースを別のキャスターが伝えている。独占入手した珍ニュースだけに、今夜のうちに何度も放映してポイントを稼ぐつもりなのだろう。

敏生は慌《あわ》ててビデオの録画ボタンを押した。

三人は揃《そろ》って、今度は近くから、じっと画面に見入る。

8ミリビデオの前を突っ切る一瞬、鮮明に映った男の顔。

四角い……森曰《いわ》く「弁当箱のような」輪郭、乱れに乱れた、しかし頭のてっぺん辺りでどうにか一つにまとめた長い黒髪、泥と血がこびりついた浅黒い肌《はだ》、血走った大きな目、ギュッと一文字に引き結んだ大きな口。

ボロボロになってはいるが、身に纏《まと》っているのはどうやら狩衣《かりぎぬ》らしき装束《しょうぞく》で、右手には大きな日本刀のようなものを持っている。

「やはり……似すぎてるぞ、龍村さん」

森は、嘆息した。その続きを、渋《しぶ》い顔をした龍村が引き受ける。

「うむ。どんなに冷静に見ても、これは僕にしか見えないな。似ているとかいないとか、そういう問題は超越してる」

「ああ。……あんた、あまり大事にならないうちに、マンションに戻ったほうがいいかもしれんな」

「何故《なぜ》？」

「キャスターが言ってるじゃないか。持ち主は、このビデオのオリジナルを、警察に証拠物件として提出すると。テレビ局や警察に、一般人からの情報提供があるだろう。……そんな印象深い容貌《ようぼう》をした男が、二人いるなんて誰も思わないさ。あんたが任意同行を求められるのは時間の問題だ」

森のそんな脅しを、龍村は皮肉な笑いで受け流した。

「馬鹿《ばか》。ほかでもない警察が、解剖の立ち会いで入ってたんだ。所轄《しょかつ》の刑事が、僕のアリバイを証明してくれるさ。日本一確かな証言があるんだ、まかり間違ってしょっぴかれたとしても、ぶち込まれる心配はない」

「それは残念だ」

「口の減らん奴《やつ》だな、お前は」

肩を竦《すく》める森をジロリと睨《にら》み、しかし龍村は少々力無い声で言った。

「しかし、天本よ。どこのどいつか知らないが、こうまで似てると……何だか不安になってくるな。昔お前が言ってたあれ……何だっけ。自分そっくりの化け物が何とかって話」

「うん？　それはドッペルゲンガーのことか？」

「ああ、それそれ。高校の頃、何かの拍子にお前が言ってたろ。この世のどこかに、自分に瓜二《うりふた》つの化け物がいるって。それで、そいつは自分が死ぬ直前に姿を現す……って」

「ああ」

森は思わず苦笑を漏《も》らした。

「よくそんなことを覚えているな。そういえば、そんな話をしたような気がする。……が、単なる外国の伝承だよ。気に病むようなことじゃない」

「何だ、僕を脅かすためにした、ただの作り話だったのか？」

「俺が作ったわけじゃないさ。古い話で、あんたを脅かして遊んだだけだ」

「ちぇっ。あっさり言いやがる。僕はてっきり、もうすぐ自分が死ぬんだと思って、血の気がザバザバ引いたんだぜ？」

　龍村と森のそんなやりとりも耳に入らない様子でテレビに見入っていた敏生は、不意にキッと龍村を見て訊《たず》ねた。

「じゃ、ホントにこれ、龍村先生じゃないんですね？」

　龍村は、眉毛《まゆげ》を八の字にして「おいおい」と情けない声を上げた。

「琴平《ことひら》君まで、何だ。僕じゃないとさんざっぱら言ってるだろう」

　だが、敏生は大真面目《おおまじめ》な顔で、突然立ち上がった。そのままテレビに突進する。

　もう次のニュースを読み上げているキャスターを無視して、敏生は録画したビデオを再生し始めた。例の龍村そっくりの男の顔が最も鮮明に映った瞬間に、敏生はビデオを一時停止して、画面を凍結させた。

　森も龍村も、呆気《あっけ》にとられてそんな敏生を見ている。

「敏生？　どうしたんだ、いったい」

　森に問われて、敏生はテレビの画面を見据えたまま、きっぱりと言った。

「僕、行かなきゃ、京都へ」

「……何だって？」

「琴平君、いったいどうしたというんだ」

問いかける森と龍村のほうへ振り返り、敏生は画面の男を指さした。

「だって……龍村先生じゃないなら、これは……これは、元佑《もとすけ》さんだもの！」

「…………元佑⁉」

「元佑？　誰だそりゃ」

顔を見合わせた後、森と龍村は異口同音に問いかける。

敏生は、柔らかそうな頰《ほお》を緊張に強張《こわば》らせ、強い調子で言った。

「どこから見ても元佑さんです。僕にはわかります」

「敏生、ちょっと待……」

宥《なだ》めようとした森の言葉を遮《さえぎ》り、敏生は大声を張り上げる。

「どうしてだかはわかんないけど、元佑さんがこっちの世界に来ちゃったんですよ。絶対そうだ。僕、元佑さんを捜しに行きます。捜して、見つけてあげないと！」

「と……とにかく落ち着け、敏生」

「だけど天本さん！」

「いいから。まずは座れ」

森は敏生の両肩に手を置き、半ば強引にソファーに座らせた。自分もその隣に腰掛け、ごく近くから敏生の顔を見て訊《たず》ねる。

「元佑というと……君が平安京《へいあんきょう》で世話になっていた、あの検非違使《けびいし》のことだな？　確か中原元佑《なかはらのもとすけ》といったか？」

敏生はこくりと頷《うなず》いた。その目は、森と画面で静止したままの「男」の顔の間を、うろうろと彷徨《さまよ》っている。

龍村も、それを聞いて向かいのソファーから身を乗り出した。

「それは、前に琴平君が話してくれた、僕のそっくりさんという男のことだな？」

「ええ。これは絶対絶対、元佑さんです」

「だが……顔がよく見えるといっても、そしていくら龍村さんに似ているといっても、これがあの男だと断言できるとは……」

「できますよ！」

敏生は、珍しいほど強い口調で森の言葉を遮《さえぎ》った。

「髪型だってこんなだったし、服も元佑さんの着てたのにそっくり。それに、ほら、ここ。顔に傷があるでしょう？　これ、土蜘蛛《つちぐも》と戦ったとき……元佑さんのほっぺたについた傷だと思いません？」

「……そう……だった、かな。すまない、よく覚えていないんだ」

森は首を傾《かし》げる。

「あ、そっか……。天本さん、あの時記憶を取り戻したばっかりだったから。混乱してましたよね」

「ああ。おまけに土蜘蛛だ蘆屋道満《あしやどうまん》だと、大変なことになっていたからな。あの男に関しては、龍村さんに瓜二《うりふた》つだったことばかり鮮明に覚えていて……」

「おいおい、そんな迷惑な記憶ばかり持って帰るな。さんざん話を聞かされただけで、僕だけはその男を見たことがないんだぜ？」

龍村は不満げに唸《うな》り、敏生に問いかけた。

「ときに琴平君。間違いないのか、あのテレビに映った男が、その……」

「元佑さん」

「ああそうそう、その、元佑って奴《やつ》だってことは確かなのか？　まあ、着ている服はそれらしく見えるし、僕に似ていることも認めよう。だが、そんな荒唐無稽《こうとうむけい》なことが……」

「だって龍村先生。現に僕や天本さんが平安時代に飛ばされちゃったんですよ？　元佑さんがこっちに来たって不思議じゃないでしょう」

敏生は、いても立ってもいられないという様子で、ソファーに両手をついて森に詰め寄った。

「ねえ、天本さん。僕、京都へ行きます。元佑さんを捜しに。ニュースでは、警察は逃げた男を捜索中だって言ってたもの。元佑さん、まだあの辺のどこかに隠れてるはずです。

僕、行って助けてあげなくちゃ。だって、平安時代で僕を助けてくれたのは、元佑さんなんだから」

森は、敏生を諫《いさ》めるようにその頭をポンと叩《たた》き、静かな口調で言った。

「わかった。あれがあの男だと君が自信を持って言い切るなら、俺も行こう。君の危機を救ってくれたことを、俺だってどれほど感謝しているかしれないいんだから」

「天本さん……」

「だが、行動を起こすのは、朝になってからだ」

「だけど！」

森はついと手を伸ばし、テーブルの上に置かれた羊人形を指先でつまみ上げた。人形は、力無くプラリとぶら下がる。

森はそれを敏生の目の前で軽く振ってみせた。

「残念だが、小一郎《こいちろう》はいない。ほかの仕事を任せているから、おそらくは明日の夜まで戻らないだろう。……妖《あやか》しの道を通れない以上、今すぐ京都へ飛ぶのは無理だ」

「そりゃ……そうですけど」

敏生は、まるでだだっ子のように情けない顔をして、森を見る。森は少し怖い顔で、言葉を継いだ。

「それに、深夜にあの辺りをうろついて彼を捜すよりは、昼間に観光客を装《よそお》って捜すほうが、人目につかないはずだ。明日の朝の始発で、京都へ発《た》とう」

「そうだな。おそらく、警察も今夜は祇園に緊急配備されているだろうし。焦《あせ》ると事をし損じるぞ、琴平君。まずは、我々が落ち着くことだ」

龍村にもそう言われ、敏生はそれでも心配そうに溜《た》め息《いき》をついた。

「だけど。もし、元佑さんが今夜見つかっちゃったら……」

「大丈夫《だいじょうぶ》だよ」

立ち上がった龍村は、敏生の正面に立ち、その両肩に手を置いた。そして、今にも泣きそうな少年の顔を正面から見つめ、ニッと不敵に笑った。

「そいつは、何から何まで僕にそっくりだと、君はそう言ったろう、琴平君」

「は……はい」

「だったら大丈夫だ。僕なら、二日や三日、上手《うま》く逃げおおせてみせるぜ？　本当に僕に似た男なら、一晩でとっ捕まるようなヘマはしないさ」

「龍村先生……」

「僕も明日、一緒に京都へ行こう。自分に瓜二《うりふた》つの男って奴《やつ》に、是非お目にかかりたいもんだ」

「おい、あんたは余計なことをせずに、ここにいるか家に帰るかしたほうが……」

龍村の呑気《のんき》な言葉に森は眉《まゆ》を顰《ひそ》めたが、龍村はそんな心配を笑い飛ばした。

「何をしたって、どこに行ったたって、騒がれるときは騒がれるし、厄介《やっかい》な目に遭《あ》うときは遭うんだよ。どうせならお前たちと一緒にいたほうが、どんなアクシデントに見舞われても、面白いに決まってる。なあ琴平君？」

陽気な龍村の声に、取り乱していた敏生も、ようやく落ち着きを取り戻した。

「そう……ですよね。そういえば元佑さん、音を立てずに歩くの得意だったし。きっと今夜は、どこかに隠れてやり過ごしてくれますよね」

「ああ、そうとも」

「じゃあ、朝まで待ちます。絶対、朝いちばんの新幹線を摑《つか》まえましょうね！　……絶対、警察より先に、元佑さんを見つけなくちゃ」

「そうしよう。チケットと宿は、これから俺が手配する」

森もホッとしたように頷《うなず》き、時計を指さした。

「そうと決まったら、旅支度《たびじたく》をして、さっさと寝ろ。夜明け前に出発だぞ」

「はいっ！」

敏生はソファーから跳び上がると、居間を飛び出していった。バタバタと大きな音を立てて、階段を上がっていく。

「……やれやれ。助かったよ、龍村さん。敏生はこうと決めたら、猪突猛進《ちょとつもうしん》だからな」

「優しいママでは抑えきれないか？」

「ママ呼ばわりするなと言ってるだろう」

森は端正な顔に苦笑を浮かべ、ビデオデッキのリモコンを手にした。停止状態だったテープを巻き戻し、敏生が元佑だという男の映像を再度再生する。

一緒になって画面に見入っていた龍村は、やがて、むう、と低く唸《うな》った。

「こりゃあ、何としても本人に対面したいものだな。僕の両親も実家でニュースを見て腰を抜かしたらしいが、もしこの男を実際目の前にしたら、卒倒するかもしれんぞ」

「まったくな。俺も、初めて見たとき、愕然《がくぜん》としたよ。ついにあんたの脳に、妙なウイルスでも感染したのかと思ってね。だが言われてみれば、確かにこれはあんたじゃない。あの検非違使《けびいし》の男だ」

森は、きっぱりと言った。龍村は、不審げに太い眉根《まゆね》を寄せる。

「何故《なぜ》、そう断言できる？　お前さっき、あまり記憶がハッキリしないと言ってたじゃないか」

森は頷《うなず》き、画面に視線を戻した。

「俺の記憶は確かにおぼろげだ。あんたと同じ顔としか思い出せない。だが、決定的にあんたとあの男で違うのは、動きだ。晴明《せいめい》だったときの記憶が、僅《わず》かに残っている」

「動き？　アクションが違うってのか？」

「ああ。あんたの動きは一事が万事、無駄《むだ》に大きいだろう。だがあの男は、普段は粗野《そや》なふりをしていても、必要とあらば豹《ひょう》のように柔軟に、気配を殺して動くことができた。おそらく相当鍛錬《たんれん》を積んできたんだろう。この映像の男の動き……。まさしくあの男のものだ」

「……どうも、さりげなく僕がけなされているような気もするんだが、まあいい。で、明日のプランは？　とりあえず始発の新幹線で京都へ行くだろ？　だがそこからはどうする。まさか闇雲《やみくも》に祇園を歩き回るつもりじゃあるまいな」

森は顰《しか》めっ面《つら》をして、片手で前髪を掻《か》き上《あ》げた。

「場所の特定は、ある程度できる。昼に目撃されたきり、未《いま》だに見つかっていないんだ。町中へ逃げたなら、とっくに発見されているはずだろう。人間、追い詰められたときは、おそらく本能的に山へと逃げ込もうとする……違うか？」

龍村は少し考え、頷《うなず》いた。

「確かにな。過去の犯罪録を見ても、逃亡犯は山中に潜むのが定石だ。できるだけ隠れる場所の多い場所を、彼らは求めるからな」

森は、親指の爪《つめ》を軽く噛《か》んだ。考え事をするときの、無意識の悪癖《あくへき》である。

「俺や敏生は、平安時代の六道珍皇寺《ろくどうちんのうじ》の井戸に飛び込んで、現代の嵯峨野《さがの》に戻ってきた。本来は、福生寺《ふくしょうじ》の井戸に繋《つな》がっていたはずなんだが、今は廃寺《はいじ》になってしまっている。だからもう少しで俺たちは、そこで時空トンネルの出口を見失い、ここへ戻ってこられなくなるところだった」

　初めて聞く物騒な話に、龍村は思わず身を乗り出した。

「何だって？　そりゃまた剣呑《けんのん》な話だな。じゃあいったい、どうやってその……何だ、嵯峨野へ出られたんだ？」

「時空トンネルはかろうじて維持されていたんだが、出口だけが閉じてしまっている状態でね。仕方なく、俺たち全員の力を合わせて、何と説明すればいいかな……そう、時空を無理やり繋《つな》げてこじ開け、転がり出たという感じだ」

「ほう。そりゃまた荒技だな。まあ、今はそんなふうに不完全でも、あっちの世界とこっちの世界には、昔からそういう道筋ができているわけだな？」

「そうだ。平安時代の参議《さんぎ》、小野篁《おおのたかむら》は、六道珍皇寺の井戸から毎夜地獄に出仕し、朝には福生寺の井戸から現世に戻った。あるいは篁は、時空トンネルを使い、別の時代で活躍していたのかもしれないな」

　森のそんな言葉に、龍村はいかつい顔をほころばせた。

「そりゃ面白いな。ということは、その元佑とかいう男も、同じ道を辿《たど》って……？　む、だが、そいつには、時空をこじ開けるなんてテクニックはあるまい。いったいどうやって……」

「おそらく、篁と逆の……つまり、俺たちとも逆の道、向こうの世界の福生寺から、俺たちの世界の六道珍皇寺というルートを辿《たど》って、あの場所に現れたんだろう」

「なるほど。そういえば六道珍皇寺は、八坂神社《やさかじんじゃ》にほど近い寺だからな」

「ああ。……しかし時空トンネルの出口は、いかなる時代においても同じ場所に開いているというのに……。出口を選択できないはずのあの男が、俺たちの時代に来たのは何故《なぜ》なんだろう。単なる偶然にしては、できすぎだ」

「事実は小説より奇なりと言うぞ、天本」

龍村は、片頰《かたほお》だけでニヤリと笑う。森も、フッと疲れた笑みを浮かべた。

「あんたにしては、洒落《しゃれ》たことを言う」

「お褒《ほ》めに与《あずか》って恐縮だ。……とにかく、この男を元佑という奴と仮定して話を進めると、六道珍皇寺から突然現世にやってきて、驚きのあまりパニック状態に陥り、表通りを抜刀して駆《か》け抜《ぬ》けた。……向かったのは、八坂神社だ。境内《けいだい》を駆け抜け、さらに山を目指せば……」

「清水寺《きよみずでら》付近か」

「その辺に落ち着くだろうな。三月とはいえ、この寒さだ。せめて建物の中に忍び込みでもしないと、あの格好では夜をしのげまい」

「なるほど……」

森は頷《うなず》き、静かにソファーから立ち上がった。リモコンを手に取り、テレビとビデオの電源を切る。

「どちらにしても、現地に行けば、敏生がおそらくは上手《うま》くやるさ」

投げやりとも聞こえる森の発言に、龍村は少し驚いて訊《き》き返《かえ》す。

「琴平君が？　おい、そりゃまた冷たい発言だな。琴平君ひとりに捜させるつもりか？」

森はムッとしてかぶりを振った。

「そうじゃない。……現地へ行けばわかるさ。それより、俺たちもさっさと支度《したく》して寝るとしよう。あんたはとんぼ返りだ。疲れが出ないようにしろよ」

「なんの。僕はそこまでヤワじゃないぜ。実際、久しぶりにワクワクしてきた。明日は面白い日になりそうだ」

どこまでもお気楽な龍村の言葉に、森は苦笑いで首を振った。

「まったく、あんたはつくづく楽天的だな。俺は頭が痛いよ。……だが、とにかく敏生があの張り切りようだ。それに、俺もあの男には大きな借りがある。何とか、警察より先に見つけ出さなくてはな」

「だな。では、僕は風呂《ふろ》に入って寝るとする。お前も、あまり取り越し苦労するなよ」

「わかっているさ。あんたのジャージは脱衣所に出してあるから使え。……おやすみ」

背中越しに手を振り、龍村は居間を出ていった。森は、嘆息して再びソファーに身を沈めた。

「取り越し苦労と言われても……。これでグッタリしないほうがどうかしている」

敏生にとっては、平安時代へのタイムスリップは、数多くの思い出を残した感慨深い経験だったのだろうが、森にとっては、できれば思い出したくない……いわゆる「人生の汚点」に近い出来事なのだ。

異世界に放《ほう》り出《だ》されたとき、負傷のショックで記憶を失った森は、一条戻《いちじょうもど》り橋《ばし》のたもとで安倍《あべ》家の使用人たちに発見された。

彼らは、亡《な》き主《あるじ》で不世出《ふせいしゅつ》の陰陽師《おんみようじ》安倍晴明《せいめい》と森が瓜二《うりふた》つなことに驚き、森を屋敷へ連れて帰った。そして森は安倍晴明の甦《よみがえ》りとして、記憶をなくしたままで暮らしていた。

敏生と再会してから記憶が戻るまでのことは、今の森にはあまり鮮明に思い出せない。ただ、敏生がごく控えめに語った「安倍晴明だったときの森」の行動、そして森自身が断片的に覚えている安倍晴明としての自分の行動の数々は、森にとっては頭を掻《か》きむしりたくなるほど困惑と羞恥《しゅうち》に満ちたものだった。

そしてまた、決して故意ではないとはいえ、自分と再会して喜んだであろう敏生を拒絶し、悲しませたことに、森自身も深く傷ついた。

できることなら、すべてを胸の底深くしまい込み、思い出として語れる日までそっと放置しておきたかった森なのである。

「しかし……そうも言ってはいられないな」

白い天井《てんじょう》を見上げ、森はひとりごちた。

元佑という男も、何とも派手な登場をしてくれたものである。無理とは知りつつも、いっそうちの庭に落ちてきてくれればよかったものを……と嘆かずにはいられない。

「狩衣《かりぎぬ》姿《すがた》で、長刀を抱え、警察に追われている大男を、見つけて、助けて、匿《かくま》わなくてはならないのか……。骨が折れそうだ」

基本的にお気楽な敏生や龍村と違い、森は常に最悪のケースを想定して行動するたちである。どうしても、思考は悲観的になってしまう。

「だが、龍村さんの言うとおりだ。ここでいくら考えていても仕方がない」

自分に言い聞かせるようにそう呟《つぶや》き、森は立ち上がった。暖炉の火を落とし、戸締まりを点検する。

それから彼は、旅支度《たびじたく》を整えるべく、重い足取りで二階へと上がっていったのだった……。

＊　　＊

翌朝、午前四時。

まだ辺りが闇《やみ》に包まれている早朝に、天本家《あまもと》だけには煌々《こうこう》と灯《あかり》が点《とも》っていた。

「天本さん、龍村《たつむら》先生、早く早く！　もうタクシー来てますよう！」

「ははは、元気いっぱいだな琴平《ことひら》君。まあ、そう焦《あせ》るな。タクシーは逃げやせんよ」

玄関で地団駄《じだんだ》を踏む敏生《とし き》を、龍村は鷹揚《おうよう》に諫《いさ》めた。服装こそ昨夜の「逃亡者ルック」のままだが、数時間ぐっすり眠って、すっかり普段のペースを取り戻した様子だ。

「そんなこと言って。そりゃタクシーは逃げないかもしれませんけど、新幹線は、時間になったら行っちゃうんですよ！」

元佑《もとすけ》の安否が気になって仕方がない敏生は、尖《とが》った声を上げる。その不穏な空気に追い立てられるように、ボストンバッグを提《さ》げた森《しん》が、草食恐竜のようにのそりと姿を現した。

「敏生。龍村さんに八つ当たりするんじゃない。少しは落ち着け」

昨夜は結局、考え事やら仕事の整理やらでほとんど眠れなかった森は、傍目《はため》にも寝不足が明らかな、凶悪な顔つきをしている。さすがの敏生も気圧《けお》されて口を噤《つぐ》んだ。しかし、上目遣《うわめづか》いの鳶色《とびいろ》の目が、何より雄弁に、少年の焦燥《しょうそう》を語る。

森は、やや表情を和らげ、敏生の頭をクシャリと掻《か》き回《まわ》した。

「そんな顔をするな。十分時間に余裕を持って動いているんだ、心配ないよ。……前にロンドンで言っただろう、浮《うわ》ついた気持ちでは、ろくな仕事ができないと」

「……すみません」

シュンと項垂《うなだ》れた敏生の頭をポンポンと叩《たた》くと、森はボストンバッグを上《あ》がり框《がまち》に置き、靴《くつ》を履《は》いた。

「さて、それじゃ出発するか」

サングラスをかけ、帽子《ぼうし》を目深《まぶか》に被《かぶ》り、龍村が言った。大柄で、黙って立っていても目立ってしまう龍村である。誰にも騒がれないように京都《きようと》へ行くには、少々怪しくても、こうした格好をするよりほかがない。

三人は、揃《そろ》って玄関を出た。まず最初の関門は、タクシー運転手である。ラジオやテレビでニュースをよく見ており、人間観察に長《た》けた彼らの目に留まらなければ、この先まず大丈夫《だいじようぶ》だと思っていいだろう。

敏生はもちろん、森と龍村もやや緊張の面持ちで車に乗り込んだ。

「お待たせしました。東京駅まで」

「かしこまりました」

森が簡潔に告げると、初老の運転手はアクセルを踏みながら、バックミラー越しに三人をチラチラと見た。

敏生を真ん中に、運転手席の後ろに龍村、助手席の後ろに森……どこをどう見ても、家族でも友達でも職場の同僚でもない奇妙なトリオに、運転手は激しく興味を引かれているようだった。

（うわあ……ここで目を付けられちゃってたら、とても京都なんか仙《たど》り着《つ》けないよう）

どうして小一郎《こいちろう》はこんなときに不在なんだろう……と、敏生は背中にじっとりと汗をかきながら、両手で膝小僧《ひざこぞう》を握り締めて座っていた。

龍村は俯《うつむ》いたまま狸寝入《たぬきねい》りを始め、森は無表情に、窓の外を見ている。自然に、運転手の視線は、敏生に集中し始めた。

（う……お願いだから、何も訊《き》かないでよ……）

だが、そんなささやかな願いが叶《かな》うはずもない。しばらく黙って車を走らせていた運転手は、やがて我慢できなくなったらしく、こんなふうに問いかけてきた。

「お客さんたち、今日はこれから旅行？　始発の新幹線でもつかまえるのかな？」

「……え……あ、まあ」

龍村は根性を据えて寝たふりを続けているし、寝起きの森はどうしようもなく不機嫌《ふきげん》だ。自分が答えるのがいちばんマシだろうと、敏生は曖昧《あいまい》に答えた。

「へえ。どこ行くの？」

「……えと、関西の……」

「大阪《おおさか》？　京都？　それとも神戸《こうべ》かな」

「…………京都、です」

「へえ。そりゃいいねえ。そっちのお兄さん方は、お父さん……じゃないよねえ、あっはっは。お父さん二人じゃ大変だ。本当のお兄ちゃんかい？　それとも……」

「………」

とんとんと軽い調子で実にクリティカルな質問を食らい、敏生は面食らって絶句する。額《ひたい》にまでじんわりと汗《あせ》が浮いてきた。

敏生は素早く、自分の両側に座る森と龍村を見比べた。どちらをお兄さんと偽《いつわ》っても、もう一方を何と説明したものかわからない。

敏生があからさまに困り果てた顔をしているのに気づき、運転手もどうやらまずい質問をしたことを察したらしい。妙な沈黙が車内を支配する。龍村も、姿勢を変えないままだが、指先だけが苛々《いらいら》と腿《もも》を叩《たた》いていた。

そんな小さな危機を救ったのは、森の一言だった。

窓の外を見たまま、森は平板な声でこう言ったのだ。

「こいつは俺のアシスタント、向こう側は俺の友人です。それが何か？」

「いやあ、そう。お仕事仲間とお友達で旅行。慰安《いあん》旅行っすね。いいですなあ。はは」

静かではあるが取りつく島もない森の口調に、運転手は怖《お》じ気《け》づいたように早口でそんなお愛想《あいそ》を言った。だが、誰も何も言わない。運転手はその場を取《と》り繕《つくろ》うように、ラジオをつけた。

その後は運転に専念してくれているらしき運転手に、敏生はホッと胸を撫《な》で下《お》ろした。

あれ以上質問責めにされなかったこともありがたかったが、どうやら龍村があの「ニュースの男」と瓜二《うりふた》つであることに運転手が気づかなかったことが、何より嬉《うれ》しかったのだ。

龍村は、寝たふりをしているうちに本当に寝入ってしまったらしく、軽いいびきが聞こえていた。

森は、虚《うつ》ろな目で流れる景色を追っている。おそらく、脳は機能停止状態なのだろう。そういえば、今朝は慌《あわ》ただしく出発したので、恒例の「泥コーヒー」を淹《い》れられなかったことを敏生は思い出した。

「天本さん。……大丈夫《だいじょうぶ》ですか？」

運転手に会話を聞かれないよう、極力抑えた声で問いかけると、森はゆっくりと視線を敏生に向け、そしてボソリと答えた。

「大丈夫だよ。俺には、君があの男を見つけるまでは、あまりできることがないからな」

「え？」

「大丈夫でないと困るのは君だと言っているのさ。どうせ、あれこれ考えてあまり眠れなかったんだろう。新幹線の中で、よく寝ておけよ」

キョトンとしている敏生に、森はよれた笑みを投げかけ、またすぐに向こうを向いてしまう。

(そりゃ僕、元佑さんを絶対誰より早く見つけるつもりだけど……。でも、天本さんがわざわざそんなふうに言うのって、どうして……)

「……あ」

はっと気づいた敏生は、小さな声を上げた。

(そっか……。だから天本さん、落ち着けって言ってたのか……。そうだよね、僕がオタオタしてたら、どうしたって上手《うま》くやれないや)

ひとり納得したらしい少年は、大柄な男二人の間で、ふうっと大きな息を吐いた。

敏生は、テレビのあの男が元佑であるということについては、自分でも不思議なほどの確信を持っていた。だが、何故《なぜ》元佑が、敏生たちのいる時代に突然現れたのかはまったくわからない。

(元佑さん……。僕たちが行くまで、頑張《がんば》って！)

とにかく、元佑を無事に保護しなくては。敏生は、膝《ひざ》の上で拳《こぶし》を握り締め、決意を新たにするのだった。

そして午前八時過ぎ、彼らは無事京都駅に降り立った。

新幹線の中で、三人はそれぞれに時間を過ごした。つまり、森は昏々《こんこん》と眠り続け、敏生と龍村は、売店でサンドイッチを買い込み、腹ごしらえをしてから仮眠をとった、ということである。

中央口から外に出て、敏生は我知らず小さな息を吐いた。

約二か月前、ここに来たのは、長年不仲だった父親と再会を果たし、その最期《さいご》を看取《みと》るためだった。

そして今は、一生会うことはないだろうと思った人物と再会すべく、同じ場所に立っている。

(何だか、不思議な気がするなあ)

敏生は、ふと足を止め、空を見上げた。二か月前よりはずいぶん寒さが和らぎ、日差しには春の柔らかさが感じられる。

京都という町は、どうやら自分にとっては「思わぬ出会いをもたらしてくれる場所」であるらしい。そう思うと、今回もきっと元佑を捜し出すことができる、そんな自信が湧《わ》いてくるような気がした。

「敏生？　どうした」

タクシー乗り場に向かって歩いていた森と龍村が、振り返って不思議そうに敏生を見ている。

「あ、はい、すみません」

敏生は慌《あわ》てて二人に駆《か》け寄《よ》った。龍村は、サングラスを少しずらし、目深《まぶか》に被《かぶ》った帽子《ぼうし》の下から、敏生にウインクしてみせた。

「おいおい、琴平君。まさか、京都に着くなり、何か旨《うま》そうなものに気をとられてるんじゃあるまいな？」

「違いますよう。もう、酷《ひど》いんだから、龍村先生」

敏生がぷっと膨《ふく》れて抗議すると、龍村は声を出さずに笑った。いつもなら豪快に笑い飛ばすところだが、それもままならない。何しろ、自分そっくりの「謎《なぞ》の逃亡犯」が現れた土地に、とうとう来てしまったのだから。

少なくとも目的を果たすまでは、誰にも見つかるわけにはいかないのだ。

森は、もうすっかり覚醒《かくせい》したいつもの端正な顔で、二人を窘《たしな》めた。

「こんな人通りの多いところに長居は禁物だ。さっさと移動するぞ」

「直接、祇園《ぎおん》に行っちゃうんですか？」

「いや、とりあえず拠点を作ろう。昨夜のうちに電話して、ホテルにアーリーチェックインを頼んでおいたから、まずは荷物を置く。そして、いざというときは、そこを集合場所にする。いいな、二人とも」

いざというとき、という表現に、緊張感が強まる。龍村は大きな肩をひょいと竦《すく》め、敏生は幼い顔を強張《こわば》らせ、こくりと頷《うなず》いたのだった……。

二章　そんな世界と違うとこまで

森《しん》が予約したホテルは、繁華街から少し離れた、しかし交通の便はそう悪くない、大きな観光ホテルだった。

普段なら、森はこの手の大型ホテルを好まない。サービスがマニュアル的すぎることが多く、あまり快適な滞在が期待できないからだ。

だが今回は、宿泊客が多く、スタッフに顔を覚えられにくいこうした宿のほうが好都合と考えたのだろう。

ホテルには、森と敏生《としき》だけがチェックインした。万一のことを考え、龍村《たつむら》は宿泊者名簿に名を載せないほうがいいだろうという配慮からだ。

客室に荷物を運び、設備や非常口の簡単な説明をしてポーターが部屋を出ていくと、すぐ入れ替わりに龍村がぬっと入ってきた。

つば付きのニットキャップとサングラスをむしり取り、龍村は大きく深呼吸した。

「あーあ、何だか顔を隠すというのは、妙なストレスがたまる行為だな。僕はスパイにだけはなれそうにない」

「早川《はやかわ》のスパイを完璧《かんぺき》に演じた人間が、何を言ってる」

森は素《そ》っ気《け》なく言い返し、窓に歩み寄った。よほど、金沢《かなざわ》で龍村に一服盛られたことを根に持っているらしい。

「はっはっは。それもそうだ。しかしまた張り込んだもんだな、天本《あまもと》」

龍村は、部屋の中を見回して、感心と呆《あき》れが混ざり合った声音で言った。敏生もその傍《かたわ》らで、落ち着かなげに頷《うなず》く。

「ほんと……。何か広すぎて落ち着きませんね」

「仕方がないだろう。アーリーチェックインできる部屋がこれしかなかったし……」

森は、渋《しぶ》い顔で弁解した。

彼らが今いる部屋は、いわゆるコーナースイートと呼ばれる客室だ。本当のスイートルームほど豪華《ごうか》でも広くもないが、それでも普通のツインの倍ほどの面積がある。

「コーナー」の名のとおり、部屋がフロアの角にあり、ちょうど中央でくの字に折れ曲がった形をしている。奥のスペースにセミダブルベッドが二つ並んでおり、今三人がいるほうには、ソファーセットと書き物机が置かれ、リビングスペースとして使えるようになっていた。

「それに、これならチェックインしていない龍村さんと、あの検非違使《けびいし》が来ても、何とかソファーで眠れるじゃないか」

「あ、そっか。それで……」

森の説明に納得した敏生は、荷物をソファーの上に置くと、珍しくキッとした表情で言った。

「じゃあ、早く行きましょう。元佑《もとすけ》さんを捜しに！」

はやる敏生を、森は静かな声で制止した。

「ちょっと待て。朝のニュースをチェックしてからだ。現地に来れば、情報量も増えるかもしれない」

「なるほど。ホテルにとっとと落ち着いたのは、それが目的か。賢いぞ、天本！」

「あんたに褒《ほ》められても嬉《うれ》しくない」

森はムスッとした顔でテレビをつけ、地方ニュースにチャンネルをセットした。

ちょうど画面では、レポーターが八坂神社《やさかじんじゃ》の前に立ち、折よく昨夜の続報を伝えている。

『昨夜、この周辺で姿を消した、長い刀を持った不審な男は、今朝になってもまだ逃亡し続けている模様です。京都府警《きょうとふけい》は、今朝も二百人態勢で、逃げた男の行方を追っておりますが、まだ発見の報を聞くことはできません。なお、八坂神社、清水寺《きよみずでら》をはじめ、各観光施設では、昨日の昼より男がまったく現れていないことから、敢《あ》えて拝観中止等の対策はとらず、事態を静観することにしております。観光客の皆様は、どうぞお気をつけて。人気のない場所へは立ち入らないよう、くれぐれも慎重に行動なさってください』

レポーターの声は真剣だったが、その後ろを行き交う人々は、もはや昨日のことなど、気にも留めていないようだ。あるいは、誰かが錯乱して発作的に起こした事件だと考えているのかもしれない。

森はテレビを消して立ち上がった。

「ということだ。彼はまだ発見されず、どこかに潜《ひそ》んでいる。そして、幸いなことに、一般人の警戒心はそれほどでもないようだな」

「む。しかし僕は、相変わらずの変装で行ったほうがよかろうな」

龍村は、再び帽子《ぼうし》とサングラスに手を伸ばす。

立ったままテレビに見入っていた敏生も、両手でパンとソファーの背もたれを叩《たた》いた。

「よーし！　行きましょう！　僕、頑張《がんば》って捜しますよ」

どうやって、というような顔を龍村はしたが、敢《あ》えて何も言わなかった。森は薄く笑って、敏生の頭に片手を置いた。

「頼りにしているよ。……さて、では行動を開始しようか」

＊　　＊

平日の午前中とはいえ、四条河原町《しじょうかわらまち》の人出は思ったより多かった。どうやら、昨日の事件は観光客の行動に何の影響も与えなかったらしい。

開店したばかりの店にはどこもそれなりに客が入り、八坂神社《やさかじんじゃ》の正面階段には、待ち合わせをしているらしき人たちが、そこここに立ったり座ったりしている。

ただ、ほんの少しいつもと違うのは、道の角という角に制服姿の警官たちが寒さに強張《こわば》った顔で立っていることだった。観光客を「謎《なぞ》の男」もとい元佑《もとすけ》から守る目的もあるのだろうが、あるいはまた元佑がここに現れる可能性に賭《か》けた、消極的な待ち伏せ作戦と取れないこともない。

そんな人々の間を擦《す》り抜《ぬ》け、三人はまず八坂神社の境内《けいだい》へ入っていった。社務所《しゃむしょ》の前を通り過ぎると、シートに包まれた工事中の本殿があり、そのすぐ傍《そば》に仮殿が設けられている。

龍村《たつむら》は、サングラス越しに周囲をぐるりと見回し、うーむ、と唸《うな》った。

「ここは通り過ぎていっただけだろう。まさかこんなに視界良好なところに潜《ひそ》んでいるとは思えん。先を急ごう、天本《あまもと》、琴平《ことひら》君」

そう言って山側の門から出ていこうとした龍村を、森《しん》は静かな声で呼び止めた。

「いや、ちょっと待ってくれ。……どうだ、敏生《としき》？」

問いかけられた当の敏生は、仮殿の奥の茂《しげ》みに向かって、軽く空を仰ぐような姿勢で立っている。

「……天本？　琴平君はいったい何を？」

龍村は、ヒソヒソと森に囁《ささや》く。森は、ただ微笑して敏生を見守った。仕方なく、龍村も帽子《ぼうし》のつばとほんの少しずらしたサングラスの間から、敏生の様子を窺《うかが》う。

しばらく目を閉じて精神を集中し、呼吸を整えていた敏生は、やがて目を開けてふうっと静かな息を吐いた。

夢見るような焦点の合わないその瞳《ひとみ》は、淡い菫色《すみれいろ》の微光を放っている。敏生の、普段は秘めた精霊の眼《め》が発現しているのだ。

敏生は、半ば無意識に、両手を虚空《こくう》に差し上げた。人には聞こえない言葉で、神聖な境《けい》内《だい》に憩《いこ》う精霊たちに語りかける。

『僕の大切な友達、僕の尊敬する古い魂たち……。僕の声が聞こえますか？　僕のこと、見えますか……？』

呼びかけに応《こた》えて、方々からいらえが返る。

——聞こえてるよ、小さな子。

——珍しいね、今時あたしたちを呼ぶ人間なんて。

——人間じゃないよ。この子は蔦《つた》の童《わらべ》……そうだろ？

幾重《いくえ》にも重なる高低様々な声を代表するように、一枚の青い葉が、ヒラリと敏生の頭上から落ちてきた。少年は、咄嗟《とっさ》に両の手のひらを合わせ、それを受け止める。

——何が望みなの、可愛《かわい》い人。

敏生にだけ聞こえる、澄《す》んだ愛らしい声。神木に宿る木の精霊のひとりが、敏生の呼びかけに答え、木の葉に姿を変えて舞い降りてきたのだ。

敏生は大事そうに青々した葉を目の高さに持ち上げ、大きな瞳《ひとみ》で問うた。

『大切な人を捜してるんです。昨日の昼にここへ来た、大きな男の人。長い刀を持っていた……』

風もないのに、ざわざわと木々の梢《こずえ》がざわめいた。

——異界から来た男のことかい……？

——おお嫌《いや》だ。あの恐ろしい男のことだよ。ああ不吉な。

『恐ろしい……男？　元佑さんは恐ろしくなんか……』

——関《かか》わり合《あ》いになるんじゃないよ、蔦の童。早くお帰り。早くお逃げ。

——あの男は怖くなくても、あの男の抱え込んだ……ああ、口にするのもおぞましい。

「どうして……いったい何が？」

思わず敏生は驚きの声を上げてしまう。その手のひらから、ふわり、と木の葉が舞い上がった。

敏生の顔の前を、葉っぱはまるで蝶々《ちょうちょう》のように軽やかに舞う。

――あの男は、ここにはいないよ。お山へ逃げた。

喉元《のどもと》をくすぐるような甘い声で、まだ若いらしい木の精霊は告げた。

「おい……天本。琴平君は、誰と喋《しゃべ》ってるんだ？」

龍村は、傍目《はため》にはひとり百面相をやっているとしか見えない敏生を心配して、森に訊《たず》ねた。

「我々には見えない、敏生と同じ血を引く精霊とさ」

森はあっさりと答える。しばらく呆気《あっけ》にとられた顔をしていた龍村は、やがてううむ、と唸《うな》って帽子《ぼうし》のつばを引き下げた。

「なるほど。精霊なら、僕たちが捜している男の行方を知っているかもしれないというわけか。お前が『琴平君に捜させる』と言っていたのは、そういうことだったんだな」

森は頷《うなず》きながら人差し指を唇《くちびる》に当てた。敏生の集中を妨げるな、という意味らしい。龍村は、飼い主に叱《しか》られた大きな犬のように、いかつい肩をすぼめてみせた。

『お山って……どこの？　元佑さん、無事なの？』

木の葉が敏生の目の前でくるくる回ると、そこから精霊の声が聞こえてくる。

──お山は、お山さ。どこまで逃げたかは、あたしたちにはわからないね。知りたくもない。それにあんなおっかないものを持った男、さっさと行き過ぎてくれてホッとしたよ。

『おっかないもの？　ねえ、いったい元佑さんは何を？　それに、ねえ、ホントに知らないんですか、元佑さんの行き先？』

──知るもんか。

差し伸ばされた敏生の指先をかいくぐり、木の葉は自然の摂理に逆らい、梢《こずえ》のほうへとヒラヒラ戻っていく。

──それが知りたきゃ、お山へ行きな。舞台から見りゃ、見えるかもしれないよ？

「……舞台……。そっか、ありがと！」

──気をおつけ、蔦《つた》の童《わらべ》。

そんな言葉を残して、木の葉は見えなくなった。敏生は深い息を吐いて、森と龍村のほうへ向き直る。その大きな瞳《ひとみ》は、もういつもの鳶色《とびいろ》をしていた。

「わかったか？」

森に問われて、敏生は曖昧《あいまい》に首を傾《かし》げた。

「『お山』のほうへ逃げたけど、その先は知らないって。……でも、舞台って言ってたから、たぶん清水寺《きよみずでら》のことだと思います」

「ずいぶんアバウトな返答だな」

森が眉間《みけん》に浅い縦皺《たてじわ》を寄せる。敏生は慌《あわ》てて精霊たちのために弁解した。

「あの、だって天本さん。木の精霊は、木から遠くへ離れたがらないんです。だから……。それに、元佑さん、何か変なもの持ってるみたい」

「変なもの？」

龍村が、大きな口をへの字に曲げた。真っ黒のサングラスをかけているせいで、まるでギャングのような風貌《ふうぼう》になる。

敏生は、森と龍村に歩み寄り、やはり戸惑った表情で自信なげに言った。

「ええ。精霊が、元佑さんを怖がってる……っていうか、元佑さんが持ってる何かを凄《すご》く嫌《いや》がってるようなんです」

「持ってるものといえば、ニュースに映ってたあの刀じゃないのか？」

龍村は角張った顎《あご》を片手でさすりながら言った。敏生も、自信なげにそうかも、と同意する。

森は前髪を掻《か》き上《あ》げ、山のほうを見た。

「どっちにしても、山に逃げたことは確かなんだ。清水寺に急ごう。あるいは、そこでもう一度精霊を捕まえて質問できるかもしれないしな」

「ですね。行きましょう！」

「よしきた。いよいよご対面が近づいてきたかな」

敏生は元気よく、そして龍村は揉《も》み手《で》をせんばかりに楽しげに、再び歩き始めた森の後を追ったのだった……。

＊　　＊

石畳《いしだたみ》の風情《ふぜい》ある「ねねの道」を通り抜け、二年坂《にねんざか》、三年坂《さんねんざか》を上がって清水寺《きよみずでら》の参道に出ると、そこはもう人でごった返していた。

さすが外国人に大人気の京都《きょうと》、その中でも繁華街の四条河原町界隈《しじょうかわらまちかいわい》に近い清水寺には、世界じゅうから観光客が集まってくる。

参道のそこかしこにも警察官がいたが、人込みに紛れて、ようやく制帽《せいぼう》が見える程度だった。

「いやはや、いろんな国の言葉が聞こえるな」

「ホントですね」

敏生《としき》は参道の両側をキョロキョロ見ながら、龍村《たつむら》に相槌《あいづち》を打った。

普段なら、立ち並んでいる売店に目を奪われての「キョロキョロ」だが、今日は違う。どこかに元佑《もとすけ》が隠れていないか、観光客に紛れていないか……。敏生の鳶色《とびいろ》の目は大きく見開かれ、どんな小さな手がかりも見逃すまいと必死の様子である。

森《しん》もまた、周囲を注意深く観察し、また変装しているとはいえ体格が大きいせいでどうしても目立ってしまう龍村を自分の身体《からだ》で隠すようにして、参道を足早に歩く。

ダラダラ続く長い坂を上りきり、清水寺の仁王門《におうもん》に至ると、敏生は「うーん」と小さな声を上げた。

「どうした、琴平君《ことひら》？」

サングラスと帽子《ぼうし》の間にある太い眉《まゆ》を顰《ひそ》め、龍村が訊《たず》ねる。少しでも目立たないようにという努力の現れなのだろう。龍村は大きな背中を心持ち丸めて歩いていた。

「うーん、こんなに人が多いと、精霊たちが隠れちゃって。僕が呼びかけても応《こた》えてくれないんですよ。……僕も何だか集中できないし」

「む、そうか。そりゃ困ったな。……何も感じないのか？」

「今のところは。嫌《いや》な感じもしないし、元佑さんの気配もしませんね」

敏生はそう言って、嘆息した。龍村も、うーんと唸《うな》って周囲を見回す。

「だったら、ここ以外を捜したほうがいいのかな」

「いいえ、やっぱり一か所ずつ確実に捜していったほうがいいような気がします。八坂神《やさかじん》社《じゃ》の精霊たちは、ここを捜せって言ってたし」

「そうか。とにかくここでは、君のいいようにしよう。な、天本《あまもと》」

「ああ」

森は短く答え、コートのポケットに入れていた寺内の地図を取り出した。

「ここから舞台にかけては、確かに混《こ》み合《あ》うところだ。おそらく、こんな人通りの激しいところに、あの男が隠れることはないだろう。……先を急ぐぞ」

「はいっ」

大きなストライドで歩いていく森の後を、敏生は小走りで追いかけた。

人波に紛れ、階段を上りつつ、いくつかやや小さなお堂を通り過ぎる。本堂の脇《わき》にせり出した広い舞台には、たくさんの人がいた。皆、手摺《てす》りに両手をかけ、身を乗り出して、遠くに見える京都の町を眺《なが》めている。あるいは、そんな美しい景色を背に、パチパチと盛んにカメラのシャッターを切っている人たちもいる。

龍村は、そんな観光客たちを見ながら、森に話しかけた。

「しかし、境内《けいだい》には警官の姿がないな。ここここそ、逃げ場所としては最適だろうに」

「表だっては許されなかったんだろう。聞いたことがないか、『駆《か》け込《こ》み寺《でら》』というやつを」

足を止めはせず、ただ歩調を緩めて敏生や龍村と並んで歩きながら、森は低い声で言った。

「昔から、寺は罪人や家庭内暴力の被害者となった女を匿《かくま》い、弱者を救済して罪人を更生させる場所として機能してきた。実際にこの寺が駆け込み寺だったわけじゃないが、それでも、逃げ込んだ窮鳥《きゅうちょう》を猟師に渡すような真似《まね》は、坊主の所行じゃない。もっとも、積極的にあの男を保護するとも思えないがね」

「ふむ。境内《けいだい》に警官を多数配備されては、観光客にも印象が悪いだろうしな。仏の住み処《すみか》なんだ、警察の手なんか借りなくても、平和は維持されるはずだというところか」

いささか意地の悪いコメントを口にして、龍村は鼻白んだように短い口笛を吹いた。監察医として、日頃人生の裏側ばかりを見ている龍村には、仏も警察も、等しく胡散臭《うさんくさ》いものに思えて仕方がないのだ。

「どうせ、制服が駄目《だめ》なら私服の刑事が来ているさ。客の中に交じっているはずだ。せいぜい注意しろよ、二人とも」

「なるほど。そりゃありうる話だ。ファッションのセンスの極悪な奴《やつ》がいたら、きっとそいつが私服刑事だぜ、琴平君」

「……ぶっ」

森の言葉にギョッとした敏生は、次の瞬間、龍村の台詞《せりふ》に吹き出した。森も、涼しい顔に苦笑をよぎらせる。

龍村に服のセンスをどうこう言われては、刑事たちも立つ瀬がなかろう。そうでなくても、本人は「地味な扮装《ふんそう》」のつもりの龍村のファッションは、行き交う観光客の胡乱《うろん》な視線を集めているのだ。……本人は、おそらく気づいていないだろうが。

「とにかく、足を止めるな。行くぞ」

森に促《うなが》され、敏生と龍村も再び歩調を速めた。


本堂を抜けると、左手に見えてくるのは、ひときわ派手な「地主神社《じしゅじんじゃ》」の看板である。いったいいつからこんなことになったのかはわからないが、「縁結び」を売り物にしたこの神社は、清水寺の敷地内で、ひときわ異色を放っている。

「ほう、縁結びか。どうだ、琴平君。恋占いの石なんかもあるらしいぞ」

龍村にからかうような口調で囁《ささや》かれ、敏生は頬《ほお》を赤くした。

「た、龍村先生……。嫌《いや》ですよう、そんなの」

モゴモゴと言う少年の頭越しに、森がキッと睨《にら》みつけてくる。こういうときだけは地獄耳だと、龍村は笑いながら敏生の髪《かみ》を掻《か》き回《まわ》した。

「ま、今さら他人が結ぶ余地なんかないくらい、君と天本はしっかり結び合わされてるんだろうがな。それじゃ、地主神社は無視して、右のほうへ行くと……奥ノ院か」

「もう、龍村先生ったら………あ」

龍村の広い背中をポカポカ叩《たた》いて抗議しようとした敏生は、ふと動きを止め、虚空《こくう》を見回した。

「ん？　どうした琴平君」

「何か今、変な感じが……ちょっと待ってください」

三人の目の前には、左手に釈迦堂《しやかどう》、真ん中奥に百躰地蔵尊《ひやくたいじぞうそん》、そして右手には阿弥陀堂《あみだどう》がある。阿弥陀堂の右隣には奥ノ院があり、そこには数人の観光客が、今度は舞台下の見事な木組みを鑑賞し、歓声を上げていた。

だが、彼らのいる辺りには、偶然誰もいなかった。団体客が行き過ぎて、ちょうど客の往来が途絶えたらしい。

それでも、龍村の言うとおりに「私服刑事がわんさか」いるとしたら、ここにも必ずやってくるだろうし、観光客だって、来ないとは限らない。

アクションを起こすなら今だ、と龍村は敏生に囁《ささや》いた。

「ここなら、身を隠す場所がありそうだ。捜してみる価値はあるぜ」

サングラスを引き下げて周囲を見回し、龍村は呟《つぶや》いた。敏生が小さく頷《うなず》く。

「はい。……何だか、この辺りから『嫌《いや》な感じ』と『懐《なつ》かしい感じ』が混ざり合ったような空気を感じるんです。ええと……ここかも」

敏生が見たのは、釈迦堂よりやや大きな阿弥陀堂であった。

「変な気配？」

森は歩みを止め、周囲の「気」を窺《うかが》った。確かに敏生の言うとおり、うなじの辺りがチリチリするような、弱いながらも不快な気を感じる。だが「懐かしい感じ」というのは、彼にはよくわからなかった。

「精霊たちが、姿を現してくれないんです。この人込みが嫌《いや》なのか……。ううん、ちょっと違う。厄介《やっかい》なことを避けてる感じかなあ。出ていったらまずいから引っ込んでる、みたいな」

敏生は困惑ぎみの顔でそう言い、頼りなげに森の顔を見上げた。

「ということは、やはりこの辺りにあの男がいるということか？」

森に問われ、敏生は曖昧《あいまい》に首を傾《かし》げた。

「たぶん。僕、お堂の中に入ってみますから、龍村先生と天本さんは、ここにいてください」

「よーし、ここでしっかり見張っていよう」

「大丈夫《だいじょうぶ》か？　俺が中に入ったほうが……」

森は心配そうに言ったが、敏生はきっぱりとかぶりを振った。

「いいえ。もし元佑さんがいたら、きっと怯えてると思うから……。ひとりで行って捜したほうがいいと思うんです」

「そうだな。……だったら、ほんの少しの間だけ、この堂の周囲に結界を張ってやる。そう多くの人間の目は騙《だま》せないからな。次の団体客が来る前にすませろよ」

そう言って、森は親指を握り込み、パキリと音を立てて略式の祓《はら》いをした。口の中で、低く真言《しんごん》を呟《つぶや》き始《はじ》める。

「なるほど。急げ、琴平君」

「はいっ」

入母屋造《いりもやづく》りの阿弥陀堂は、前面一間を広く開放している。階段がついているので、中に入ることは少しも難しくない。

龍村の合図で、敏生は階段をヒョイと駆《か》け上《のぼ》り、手摺《てす》りを乗り越えて堂の中に入った。少し迷って、靴《くつ》を脱ぎ、両手に持つ。

前面が大きく開け放たれているにもかかわらず、堂の中は奥へ行くほど暗く、木の床はヒンヤリと冷たかった。

(あ……ここだ)

喧噪《けんそう》を逃れてみると、敏生にはハッキリと感じることができた。肌《はだ》を刺すような「嫌《いや》な感じ」とともに、誰かの押し殺した息づかいを。

そしてその「誰か」の気配は、内陣に鎮座《ちんざ》する阿弥陀堂の本尊、金色《こんじき》の大きな阿弥陀如《にょ》来《らい》の辺りから漂《ただよ》ってくる。蓮華《れんげ》の上に座り、周囲にたくさんの小さな仏を従えた大きな阿弥陀如来像は、半眼でじっと敏生を見つめているように感じられた。

「あの……誰か、いますか……か？」

敏生は、足音を忍ばせて、そっと阿弥陀如来像に近づいた。返答は、ない。

それでも敏生は、一歩一歩近づくごとに、そこに誰かがいるという確信を強めていた。

如来像の陰から、自分の様子を窺《うかが》っている一対の目の光を、敏生は確かに感じ取っていたのだ。

「いますよね。……お願いですから、出てきてください。元佑さん、ですか？」

相手をできるだけ刺激しないようにと、囁《ささや》くような声で呼びかけた、その瞬間……。

それまで抑えていた殺気を爆発させるように、何者かが突然、阿弥陀如来の陰から飛び出してきた。

「わ……あああっ！」

覚悟はしていても、驚かずにすむわけではない。敏生は、悲鳴を上げて床に尻餅《しりもち》をつく。

「敏生！」

「琴平君ッ！」

堂の外から敏生の様子を見守っていた森と龍村も、思わず堂内に駆《か》け込《こ》んでくる。

だが、敏生の前に仁王立《におうだ》ちになった大きな人影……その顔より先に、大上段に振りかぶられた太刀《たち》の輝きを認め、森と龍村はその場に凍りついた。

彼らが一歩でも内陣に踏み込めば、その太刀は少しの躊躇《ちゅうちょ》もなく敏生の頭を叩《たた》き割《わ》るだろう。そんな本物の殺気が、人影から発散されていた。

「だいじょぶ……ですから……」

敏生は、後ろ手で森と龍村に合図すると、そろそろと顔を上げた。

外から射《さ》し込《こ》む光に淡く照らされた、まるで塗り壁のような大柄な男のシルエット。そして、茫々《ぼうぼう》と乱れた長い黒髪に半ば覆《おお》い隠《かく》された、顎《あご》の大きな、角張った顔。そして、左《ひだり》頬《ほお》に走る、大きな傷跡。

それは、敏生にとっては忘れ得ぬ人、中原元佑《なかはらのもとすけ》の懐《なつ》かしい顔だった。

男の食いしばった大きな口から、獣《けもの》じみた呻《うめ》き声《ごえ》が漏《も》れた。

「もと……すけ、さん……?」

裂けんばかりに見開かれた敏生の目は、瞬《まばた》きも忘れて男を凝視している。掠《かす》れ声《ごえ》の呼びかけに、男はずいと一歩踏み出し、改めて太刀《たち》を振りかぶった。

「ことひ……!」

思わず飛び出そうとした龍村を、森が片手で制止する。

「動くな。……敏生を殺したくなければ、じっとしていろ」

抗議の声を上げかけた龍村は、しかし森の手が小さく動き、印《いん》を結んでいるのに気づき、口を噤《つぐ》んだ。男の太刀が動いた瞬間、森は念を放って男をうち倒すつもりでいることがわかったからだ。

「貴様も……化け物か」

男の口から、ひび割れた声が絞り出された。敏生も、吐息《といき》のような声で答えを返す。

「元佑さん？　元佑さんでしょう？　僕のこと、わかんないんですか？」

「……問答無用！」

男の血走った目が、カッと見開かれた。太刀《たち》の柄《つか》を握る手に、ぐっと力がこもるのがわかる。鋭い刃《やいば》が、僅《わず》かな光を受けて、ギラリと光った。

（どうしよう……もう、正気じゃないかも……）

斬《き》られる、と思った。

敏生の網膜には、自分の眉間《みけん》に食い込む太刀の映像が、ありありと浮かんで消えた。怖かったが、全身が見えない糸で縛《しば》られたように凍りつき、動けなかった。ここで斬られて死ぬのだ、と心のどこかで妙に冷静に自分自身を投げ捨てるような声が聞こえる。

「……とすけさ……」

「黙れッ！」

裂帛《れっぱく》の気合いとともに、男の右足が僅かに前に出て……振り上げた太刀の切っ先が、敏生に向かって真っ直ぐ《ますぐ》振り下ろされる……！

「元佑さんっ！　僕です、敏生です！」

そのとき、無意識に迸《ほとばし》った悲鳴のようなその声に、今まさに敏生の頭蓋《ずがい》に吸い込まれようとしていた太刀が、ぴたりと止まった。

「………？」

頭を抱えてギュッと縮こまっていた敏生は、いつになっても必殺の一撃が加えられないので、そろそろと顔を上げた。

少年の目の前で、大男はワナワナと全身を震わせていた。ぎらついた光を放つ双眸《そうぼう》が、信じられないものを見たというように、瞬《まばた》き一つせず敏生を凝視している。

咄嗟《とっさ》に念を放とうとしていた森も間一髪のところで踏みとどまり、警戒しつつも二人の様子を見守っていた。

「もと……すけ、さん？」

敏生は両手を頭から下ろし、囁《ささや》き声《ごえ》で呼びかけた。

それに呼応するように、男の乾ききった唇《くちびる》が、微《かす》かに動く。それが自分の名前を形作っているると気づいた瞬間、敏生はすっくと立ち上がっていた。

「元佑さん！　やっぱり、元佑さんだ……」

「……しき……。お前は、本当に敏生なのか……？　いや、その顔を見忘れるはずがない。お前なのだな！」

元佑の瞳《ひとみ》から、獣《けもの》の色がすうっと消えていく。両腕が下ろされ、太刀《たち》がカタリと床に落ちた。

「元佑さんっ！」

ゆっくりと広げられた元佑の腕の中へ、敏生は少しの迷いもなく飛び込んだ。固い布の感触と、埃臭《ほこりくさ》い中にも、ほんの僅《わず》か残った香《こう》の匂《にお》い。それらが敏生に、平安《へいあん》の都で過ごした日々を鮮烈に思い出させた。

「ほんとに……元佑さんだ」

鼻の奥がツンとする。敏生は、溢《あふ》れそうになった涙を必死で堪《こら》えて、元佑の厚い胸に腕を回し、ギュッと抱きついた。

「お前が……何故《なにゆえ》ここに」

呆然《ぼうぜん》とした声音で、元佑は訊《たず》ねた。そして、太い腕でおずおずと敏生の身体《からだ》を探る。それはまさに、少年の実在を、両手で確かめるための行動だった。元佑の肉厚の大きな手は、ジットリ冷《ひ》や汗《あせ》に濡《ぬ》れて、そのくせ氷のように冷たかった。

「敏生……。ああ、まさにお前だ。相も変わらず痩《や》せっぽちだな。折れそうではないか」

「元佑さんも……全然変わんない。すぐわかりました」

自分を抱きしめる元佑の腕から、そして身体から、みるみる緊張が解けていくのが、敏生には感じられた。

「テレビで偶然元佑さんを見て、助けに行かなきゃって。……だから僕、来たんです」

「お前がここにいる……ということは、敏生ッ」

元佑はガバと身体を離し、敏生の両肩に手を置いて、涙ぐんだ少年の顔を覗《のぞ》き込《こ》んだ。

「もしやここは、お前の住む世界なのか⁉」

敏生は頷《うなず》き、背後で二人を見守っている森と龍村を見た。

「そうです。だから、天本さんも……えっと、それから龍村先生と」

「天本どのもか！　……む！」

森の姿を認め、驚きの声を上げた元佑は、しかし次の瞬間、見事に硬直した。

「お……おい、敏生。……俺は夢を見ておるのか……。やはり、すべて幻影なのか……？

これはいったいどうしたことだ。俺が、俺がいる」

敏生は困惑して、元佑の狩衣《かりぎぬ》の袖《そで》を引く。

「し、しっかりしてください元佑さん！　あれは元佑さんじゃないです。前に話したじゃないですか。あれが、龍村先生です。元佑さんにそっくりな人がいるんだって、そう言ったでしょう？」

「……………」

だが、元佑の目は限界まで見開かれ、今にも眼球が転げ落ちそうだ。

そしてそれは、龍村にしても同じことであった。

「……………」

声にならない叫《さけ》びを上げ、龍村はサングラスを自分の顔からむしり取る。

双方ともに敏生から話を聞かされているとはいえ、ついに対面を果たした両者の驚きは、筆舌に尽くせぬものがあった。

森と敏生の目から見ても、龍村と元佑はそっくりという言葉では表しきれないほど似ていた。

身長、体格、そして顔かたち。クローンと言われても納得してしまうほどの酷似《こくじ》ぶりである。

確かに、服装は二人ともまったく違う。元佑の乱れ髪は長く、龍村のそれは短く刈り込まれている。元佑の左頬《ひだりほお》には、龍村にはない長い線状の傷跡がある。

だが、それらを勘定に入れても、二人はまったく同じパーツで組み立てられたアンドロイドのように見えた。

龍村は、珍しく顔面蒼白《がんめんそうはく》になって森の腕を小突いた。

「お……おい、天本。……ぼ、ぼ、僕がいるぞ!」

森は、苦々しい顔で冷淡に突き放す。

「あんたじゃない。あれが、平安時代から来た、検非違使《けびいし》の中原元佑という男だ。敏生にさんざっぱら話を聞かされたんだろう?」

「…………」

龍村は、魂を抜かれたような表情で、しかしひょいと手摺《てす》りを乗り越え内陣に踏み入った。一歩、また一歩、元佑のほうへ近づいていく。元佑のほうも、無言で龍村に歩み寄る。

呑気《のんき》にこんなところで油を売っていられる状況ではないのだが、敏生も森も何となく制止しかねて、そんな二人を見守っていた。

無言で胸が合うほど近く向かい合った龍村と元佑は、物言わぬまま、同時に両手を上げた。あつらえたように同じ大きさの手のひらが、ぴたりと合わさる。

まるでパントマイムの「鏡芸」のように、元佑と龍村は、二人とも強張《こわば》った鬼瓦《おにがわら》のような顔をして、手を合わせて立ち尽くした。瞬《まばた》きも忘れて互いを凝視し合ったまま、彫像のように動かない。

そういえば十和田湖《とわだこ》にある、高村光太郎《たかむらこうたろう》作の「乙女の像《おとめのぞう》」と同じ構図だ……などとよくわからないことを思い出してしまった森は、慌《あわ》ててそのイメージを頭から追い出した。

二人の周囲の空気だけが、永久に凍りついたように感じられる。森も敏生も、そんな二人を見ているだけで、何を言うこともすることもできなかった。

だが、その張りつめた空気を破ったのは、龍村の大声だった。

「こうしてはいられない。その服、すぐに脱いでください！」

「……何と？」

いきなり脱げと命じられ、元佑は面食らって一歩引き下がる。龍村は、帽子《ぼうし》を取り、革《かわ》ジャンパーを脱ぎながら、ハキハキと言葉を継いだ。

「服を交換するんですよ。早く」

「……な、何故《なにゆえ》そのような」

「天本と琴平君が、あなたを無事にここから連れ出せるように、ですよ」

「おい、龍村さん……」

戸惑いを隠せない森の声に、龍村は大真面目《おおまじめ》な顔で言った。

「お前まで呆《ほう》けてるんじゃない、天本。おい琴平君。そのわけのわからん服をとっとと脱がせて、僕の服を着せろ。天本。お前はその服の着方を知っとるんだろう。僕に着せるんだ」

ハキハキと指示されても、森と敏生は顔を見合わせるばかりで、動こうとしない。元佑も、再び警戒の眼《まなこ》で龍村を睨《にら》む。

龍村は、セーターを脱いで身震いしながらも、地団駄《じだんだ》を踏んで声を荒《あら》らげた。

「おい、お前らこの非常時にのんびりしてるんじゃない。ここだって、いつまでも人が来ないようにできるわけじゃないんだろう、天本」

「あ、ああ」

「それに、小一郎《こいちろう》がいない今、こんな格好の大男を連れて、無事にホテルまで帰り着けるはずもあるまい。せっかく同じ顔なんだ、利用せん手はないだろうが！」

「龍村さん……。あんた、まさか」

森が顔色を変えて龍村の腕を摑《つか》む。眉間《みけん》に浅い縦皺《たてじわ》を寄せ、森は鋭い声を上げた。

「自分が身代わりになって、派手に捕まるつもりか！　その隙《すき》に俺たちを……」

「そうさ」

龍村は、ようやくいつもの不敵な笑みを浮かべて頷《うなず》いた。

「言ったろう。僕には完璧《かんぺき》なアリバイがある。ここでいったん捕まっても、本当に逮捕されることはないさ。安心しろ。僕が表に出て一騒ぎぶちかます間に、この人を連れてホテルへ行け。僕もじきに追いかけるから」

「龍村先生……」

敏生もようやく龍村の意図が呑《の》み込《こ》めたらしい。今にも泣きそうな顔で龍村と元佑を見比べる。

元佑は、太い眉《まゆ》を顰《ひそ》め、腕組みした。

「いったいどうなっておるのだ。……俺は如何《いかが》すべきだ、敏生」

「……琴平君。心配ない」

龍村は、力強く頷く。森も、仕方ないと言わんばかりに小さく肩を竦《すく》めてみせた。森にしても、それ以外にここから逃げ出すいい方法を思いつけないでいることを、敏生は悟った。

そこで敏生は、思い切って元佑の狩衣《かりぎぬ》の腰帯に手をかけた。

「元佑さん、これ脱いでください。何も訊《き》かずに、とにかく脱いで。そして、あそこの龍村さんが脱いだ服に着替えて。僕が手伝いますから」

「む……されどそれは」

「ガタガタ揉《も》めている暇はありません。話は後で。琴平君、むしり取ってしまえ」

龍村が、寒さに震えつつも勢いよくシャツを脱ぎながら、尖《とが》った声で指示する。

元佑も、ようやく混乱から一歩抜け出したらしい。とにもかくにも知った顔に会えたことで、幾分《いくぶん》は心が落ち着いたのだろう。

「わかった。ともかく今は、何もかもお前の言うとおりにしよう、敏生」

いったん腹を括《くく》れば、元佑の行動は素早かった。敏生に手伝わせて腰帯を解き、泥だけの狩衣《かりぎぬ》と裾《すそ》の擦《す》り切《き》れた指貫《さしぬき》を脱ぎ捨てる。

小袖《こそで》姿となった元佑の胸元に、何やら布でグルグルくるまれた細長いものが突っ込んであるのに気づき、敏生はふと手を止めた。

「元佑さん、これも脱いで。……あ、その包み、僕が……」

だが、包みに触れた瞬間、敏生の身体《からだ》がビクンと大きく震えた。

(何、これ……!)

「ああ、迂闊《うかつ》に触るでない！」

元佑も焦《あせ》った様子で、その包みを自ら引き抜き、手に持ったままで小袖を脱ぎ始めた。

「ご、ごめんなさい」

敏生も咳《せ》き込《こ》むように謝り、それきり何も問わずに着替えを手伝った。だが、さっきほんの一瞬触れたその包みが、先刻から自分が感じている「嫌《いや》な感じ」の正体だということが、敏生にはわかっていた。

さっきは再会の驚きと喜びに打ち消されて感じられなかったが、今はハッキリと感じ取ることができた。何かがその力を減弱させてはいるが、それでも消し去ることのできない邪悪な「気」……。

(何だろう……。元佑さん、何を持ってるんだろう。あれが、精霊たちが出てきたがらなかった理由なのは確かみたいだけど……)

頭の片隅《かたすみ》でそんなことを考えながらも、敏生は脱がせた元佑の装束《しょうぞく》を森に手渡し、龍村の服を受け取った。テキパキと、困惑の体で突っ立っている元佑に、龍村のシャツやズボンを着せつけていく。

龍村の身体《からだ》にピッタリの服は、誂《あつら》えたように元佑にもサイズが合った。

「元佑さん、ちょっと屈《かが》んでください」

大きな背中を折り曲げるようにした元佑の頭に、敏生は龍村の帽子《ぼうし》を被《かぶ》せてやった。そうすると、頭のてっぺんの髻《もとどり》も、もつれた長い髪も、どうにか隠し込むことができる。

「窮屈な烏帽子だな」

髪が多いせいで少々帽子《ぼうし》がきついのだろう。元佑は顔を顰《しか》めたが、それ以上の不平を言いはしなかった。敏生は、仕上げに、元佑にサングラスをかけさせた。それで、頬《ほお》の傷跡も、少しは目立たなくなる。

「それは烏帽子《えぼし》じゃなくて、帽子って言うんです。できましたよ」

元佑の支度《したく》を終え、ホッとして振り向いた敏生は、思わず絶句した。

そこには、小袖《こそで》はようやく着せ終えたものの、指貫《さしぬき》を着せつけるのに難儀している森と、呆《あき》れ顔《がお》で仁王立《におうだ》ちになっている龍村がいたのだ。

「あ、天本さん……何やってるんですか」

森は、眉間《みけん》に深い縦皺《たてじわ》を刻んで振り返った。

「いつも着せられる立場だったからな。……どうも、人に着せようとすると、よくわからなくなってきた」

「ああもう！　変なところでぶきっちょなんだから、天本さんってば」

敏生は慌《あわ》てて龍村に駆《か》け寄《よ》ると、森を押しのけ、さっさと龍村の着付けを開始した。元佑の屋敷にいた頃、紅葉《もみじ》が忙しいときはよく元佑の着替えを手伝っていたので、人に平安時代の装束《しょうぞく》を着せつけるのは慣れている。

意外な点で自分より器用なところを見せつけられ、森は渋《しぶ》い顔で手持ち無沙汰《ぶさた》にそれを見守るばかりだった。

「さて、できた！　わあ、こうしてると本当に龍村先生、元佑さんにそっくり」

腰帯を締めてやり、立ち上がった敏生は、一歩下がると、感嘆の声を上げた。

かなりボロボロになった狩衣《かりぎぬ》とはいえ、体格のいい龍村が着ると、それなりの風格がある。これなら皆、龍村が「ニュースに出てきた謎《なぞ》の男」だと信じて疑わないだろう。

「さて。これで準備オーケーだな。出よう。……まだ大丈夫《だいじょうぶ》なんだろう、天本」

「ああ。もう少しなら、な」

森は答え、堂の外へ視線を向けた。ちょうど、新たな団体客が到着したらしい。舞台の上には、また多くの人々がひしめき合っている。

(彼らが、ちょうどいい「目撃者」になってくれるか)

四人が堂の外に出ても、通り過ぎる人たちは、何の関心も示しはしなかった。阿弥陀堂内の本尊を覗《のぞ》き込《こ》んだり、賽銭箱《さいせんばこ》に小銭を投げ込んだりする人々の視線は、森たちを素通りしていくように見える。それは、森の張った結界の効果だった。

「もうすぐ、この結界の効力も失《う》せる。……そろそろ行動を起こすときだな。本当にいいのか、龍村さん」

どこか曇《くも》った表情で問いかける森に、龍村は笑って狩衣の胸を叩《たた》いてみせた。

「任せろ。夜には部屋に戻るさ。お前たちこそヘマをするなよ」

「龍村先生……気をつけてくださいね」

敏生も心配そうに龍村の笑顔を見上げた。その後ろで、サングラスをかけた元佑が、うっそりと頭を下げる。どうやら、龍村が自分のために窮地に身を投じようとしていることは、理解しているらしい。

「おいおい。みんなしてそんな顔をするな。僕は大丈夫《だいじょうぶ》だ。凶器は持ってないしな。……ああそうだ。あの刀は持っていけよ、琴平君。あれが見つかると少々ややこしい」

「あ、そうですね！」

敏生はすぐに堂内に引き返して、元佑が落としたままの太刀《たち》を拾い上げ、持ってきた。明るい光の下で見ると、太刀の刃《やいば》は少し曲がってしまっている。

「鞘《さや》は？」

森の問いかけに、元佑は力無く首を横に振った。

「失《う》せてしもうた。それに、この曲がり刃《ば》では、どのみち鞘には収められぬ」

「なるほど……。だが、そのままでは注目の的になってしまうし、だいいち危険だ。……そうだ敏生。君、マフラーを持ってきていたな？」

「あ、はい。天本さんのもありますよ」

敏生はバックパックからゴソゴソと毛糸の長いマフラーを二本取り出した。早春とはいえ京都は寒いからと、森も敏生も念のため、防寒具を持ってきていたのだ。

森は敏生からマフラーを受け取ると、注意深くそれを太刀《たち》に巻き付けた。

「強く握ると危ないが、マフラーの上から注意して持てば、ホテルまでは辿《たど》り着《つ》けるだろう」

そう言って自らそれを持とうとする森の手から、敏生は半ば強引に太刀を取り上げた。

「これは僕が持ちます」

それが、未《いま》だ自分に重いものを持たせまいとする敏生の気遣《きづか》いと知って、森は思わず苦笑した。だが、敏生が絶対に渡すもんかと顔じゅうで主張するので、素直に厚意を受けることにする。

「では、結界を解くぞ。ちょうど、ギャラリーのお越しだ」

見れば、先刻舞台にいた団体客が、こちらに向かって移動を始めている。

「よし。僕は準備完了だ。お前らは離れていろよ」

龍村は、森たちを手ぶりで自分から遠ざけると、狩衣《かりぎぬ》のたっぷりした前身ごろを引っ張り、ニヤリと笑った。

それを合図に、森はパチリと指を鳴らし、結界を解いた。

途端に、周囲のざわめきが聞こえてくる。そして、絶妙のタイミングで釈迦堂の前にさしかかっていた団体客の数人が、突然姿を現した龍村を見て、キャーッとけたたましい声を上げた。

ニュースで見たあの男だ、とか、出た、とか口々に騒ぎ始める。本堂からも奥ノ院からも、人が駆《か》けつけてくる。龍村は、あっという間に人だかりに紛れ、見えなくなった。

「……大丈夫《だいじょうぶ》かな……」

少し離れてその様子を見守っていた敏生は、心配でたまらない様子で、太刀《たち》をギュッと抱きしめかけ、慌《あわ》てて手の力を緩める。

元佑も、ううむ、と低い呻《うめ》き声《ごえ》を漏《も》らした。森は、そんな二人の背中を押して、歩き出した。

「大丈夫だ。龍村さんがああして注意を引きつけてくれているうちに、早くここから立ち去ろう」

「はい。……龍村先生の気持ち、無駄《むだ》にしちゃいけませんよね」

(どうか、本当に無事に帰ってきてくれますように)

人だかりからは、怒号と悲鳴が入り交じって聞こえてくる。後ろ髪を引きむしられるような思いで、敏生はその光景に背を向け、元佑の腕を引いて、森の後を追ったのだった……。

あまり人のいない場所では、かえって見張りの警官の目についてしまう。人込みに紛れて歩くのがいいだろうという森の判断で、三人は参道を真《ま》っ直《す》ぐ下り、途中で右に折れて、三年坂、二年坂を通り、ねねの道を抜けて東大路《ひがしおおじ》通りに到着する、行きと同じルートを取ることにした。

行き交う人の流れに沿い、広い参道から細い三年坂の石段にさしかかる。

森はいつもと変わらぬポーカーフェイスで、とんとんと石段を下りていく。どうやら、少し先を行き、周囲の様子を偵察しているらしい。その後を追いつつ、敏生は元佑の表情を窺《うかが》った。

さっきから一言も発しない元佑は、サングラス越しにもわかるほど、そのいかつい顔を強張《こわば》らせている。

（そりゃそうだよね。……きっと、僕が平安時代に行ったときと同じ気持ちなんだろうな）

過去に遡《さかのぼ》るより、未来に来てしまうほうが、見るもの聞くもの驚きに満ちているだろう。何を見ても化け物じみて見えるかもしれない。

（いくら元佑さんだって、怯《おび》えちゃうよね……）

敏生は片手で太刀《たち》を抱き、もう片方の手でそっと元佑の腕に触れた。そして、何か声をかけ……ようとしたとき、敏生の足が、ズルリと石段を踏み外した。

「……あ！」

「おい！」

少年の身体《からだ》が、グラリと後ろに仰《の》け反《ぞ》る。その拍子に敏生の手から、太刀《たち》が放《ほう》り出《だ》され、地面に落ちた。

ごとん。そんな鈍い音を立てた太刀は、しかし石段を滑《すべ》り落《お》ちていくうちに、マフラーが徐々にほどけ、石段の一番下で止まったときには、その姿をすっかり現してしまっていた。

一方、元佑は慌《あわ》てて敏生を抱き留めようとしたが、慣れない服に慣れない靴《くつ》である。自分もバランスを崩し、敏生を抱いたまま、石段を転げ落ちてしまった。石段を行き来していた観光客たちが、悲鳴を上げて二人を避《よ》ける。

「うおおおおお、う！」

派手なアクションで転落したせいで、石畳《いしだたみ》に叩《たた》きつけられたときは、元佑の帽《ぼう》子《し》もサングラスも、段の途中で外れてしまい、その顔が日の下に明らか、しかも仰《あお》向《む》けである。すぐ傍《そば》に転がった太刀が突き刺さらなかっただけでも不幸中の幸い……とは言えない事態に、二人は陥っていた。

「ちょっと。これ、刀じゃないの。血がついてるわ！」

「いやだ、この人、昨日ニュースで見たあ！」

そんな声とともに、幾多《いくた》の足が自分たちをたちまち取り囲むのを、敏生は元佑の上にラッコの子のように抱きかかえられたままで見ていた。

（やば……）

頭の上から様々な声が降ってくる。「お巡りさん！」と、近くにいるらしい制服警官を呼ぶ叫《さけ》び声《ごえ》も聞こえてくる。

（どうしよう……せっかく龍村先生が頑張《がんば》ってくれたのに、僕がめちゃくちゃにしちゃった）

遅すぎる後悔が胸を灼《や》く。せめて、少し先に行っていた森が、戻ってこないように……それだけを念じて、少年は元佑にすがりつき、ギュッと目をつぶった。

「敏生……」

元佑の押し殺した声が聞こえる。だが敏生は、応《こた》える言葉を持たなかった。

「はい、道あけてあけて！」

ホイッスルを吹きながら、警官が大声を張り上げて近づいてくるようだ。万事休すである。

さっき、元佑に斬《き》りつけられそうになったときと同じくらい胸がドキドキしていた。口から心臓が飛び出しそうに、鼓動が速く、激しい。

逃げなくては、とも思う。だが、この人垣を突っ切り、元佑の手を引いて逃げ切ることは、到底不可能だ。

（お願い……天本さんだけでも逃げてください！）

心の中でそう叫び、敏生は元佑を庇《かば》うようにその大きな身体《からだ》をギュッと抱きしめた。

だが……。

「おい、あんたたち」

警官の声がすぐ近くで聞こえ、その手が敏生の肩に触れたそのとき……。

——この、大うつけ！

聞き慣れた懐《なつ》かしい声が頭の中に響き、敏生はシャツのうなじが鷲摑《わしづか》みにされたのを感じた。

「……え⁉　小一郎《こいちろう》？」

——目を開けるな。じっとしておれ。

次の瞬間、元佑の身体ごと、自分の身体が浮き上がるのを敏生は感じた。天も地もない浮遊感。小一郎が、間一髪のタイミングで駆《か》けつけ、二人を妖《あやか》しの道に引き込んだのだ。

「う、ぐわあああああ……むむっ」

敏生には慣れた感覚だが、元佑には何が起こったのかサッパリわからない。物凄《ものすご》い悲鳴を上げかけた元佑の口を、敏生は手探りで必死に押さえた。

「むぐっ、むがむが！」

襟首を摑む小一郎の手に体重のすべてを預け、敏生はもがく元佑の口を、両手で塞《ふさ》ぎ続《つづ》けた。もしかすると口だけでなく鼻孔《びこう》まで塞いでしまっていたのかもしれないが、そんなことを考慮する余裕は、敏生にはない。

そのまま、何秒が経過しただろう……。

ドサッと絨毯《じゅうたん》に叩《たた》きつけられる感触で、敏生はようやく目を開いた。

そこは確かにホテルの部屋で、傍《かたわ》らには仰向《あおむ》けにひっくり返ったまま目を見開いている元佑がいる。そしてそろそろと視線を上げると、腕組みした小一郎が、仁王立《におうだ》ちで敏生を睨《にら》みつけていた。

「こ、小一郎……。来てくれたんだ」

ホッとした笑顔で自分を見上げる少年の襟首《えりくび》を、小一郎はグイと摑《つか》んで無理やり立たせた。そして、鼻先に嚙《か》みつかんばかりの勢いで、敏生を怒鳴りつけた。

「主殿《あるじどの》に言いつけられた仕事を早く終えられたゆえ、様子を見に来ればこのザマだ。お前は、俺がおらねば男のひとりも連れて戻れぬのか！」

「あ……うー……ごめん。すっごく助かった……。もう駄目《だめ》かと思った」

安堵《あんど》のあまり脱力してしまった敏生は、ふらつきながら小一郎に摑まって立ち、そしてふと不思議そうに小一郎の浅黒い顔を覗《のぞ》き込《こ》んだ。

「そういえば、どうしてここに？　家じゃなくて……」

「妖《あやか》しの道を通りつつ、お前の意思を読んだ。お前が行こうとしていた先は、家ではなくここだったのだろうが」

「うん、そう。……あー……ホントに助かったんだ……。僕、今度こそ捕まったと思ったよ」

「俺が間に合わねば、捕まっておったわ。おい、その男は大丈夫《だいじょうぶ》か」

「……あ！　元佑さん、元佑さんっ！　しっかりしてください」

ハッと気づいた敏生は、目を見開いたまま硬直している元佑に覆《おお》い被《かぶ》さり、その広い肩を力一杯揺さぶった。だが元佑は、口を僅《わず》かに動かすだけで、今にも泡《あわ》でも吹きそうな雰囲気である。無論、返事をするどころの騒ぎではない。

小一郎は、冷ややかにそれを見下ろし、吐き捨てた。

「妖《あやか》しの道で、目など開いておるからだ。あそこにひしめく妖魔《ようま》どもを見てしもうたのだからな。正気に返るにはしばらく時間がかかろうよ」

「……あ、そっか……。僕、口塞《ふさ》ぐのに必死で、目を塞ぐの忘れてた……」

「だからお前は、どうしようもない、うつけだというのだ」

「あーあ……ねえ小一郎。やっぱり怖いのかな、妖しの道って。いつも小一郎、僕に目をつぶれって言うもんね？」

小一郎は、馬鹿《ばか》にしたように鼻を鳴らす。

「怖いの怖くないのと、そのような人の心は、俺にはわからぬ。……だが以前主殿《あるじどの》が、生きて地獄を見るようなものだと仰《おお》せになった」

「……天本さんがそう言うんなら……死ぬほど怖いんだよね、きっと。どうしよう。立ち直ってくれるかな、元佑さん……。あ、そういえば天本さんは？」

「俺がこれより、お前たちを無事連れ帰ったことをお伝えしてくる。お前は、その男を何とかしておけ」

そう言うが早いか、ダークグリーンのタートルネックセーターと黒の革《かわ》パンツ姿の式神《しきがみ》は、掻《か》き消《け》すように見えなくなった。

ひとり……いや、正確には二人なのだが、片方はまったく役に立たない状態である……残された敏生は、途方に暮れて呟《つぶや》いた。

「何とかって、どうすりゃいいんだよう、もう。元佑さん、しっかり！　目を開け……いや、目は開きっぱなしだから、瞬《まばた》きしてくださいっ！　息はしてますよね？」

どんなに呼びかけても、元佑は棒切れのように寝転がったままである。

そんな元佑の頬《ほお》をピタピタ叩《たた》いたり、身体《からだ》を揺すったり、襟元《えりもと》を緩めてやったり、とにかく思いつく限りの介抱《かいほう》を続ける敏生であった……。

三章　僕だけがフィクション

それから約一時間後……。

「敏生《としき》！　大丈夫《だいじょうぶ》か」

森《しん》がホテルの部屋に戻ってきたとき、敏生はようやく正気を取り戻した元佑《もとすけ》をソファーに寝かせ、その額《ひたい》に濡《ぬ》らしたタオルを載せてやっているところだった。

「あ、天本《あまもと》さん！　無事だったんですね」

「それはこっちの台詞《せりふ》だ」

森は不機嫌そうに言葉を返し、しかし明らかにホッとした様子で、ダッフルコートを脱ぎながら室内を見回した。

絨毯《じゅうたん》の上には、元佑の太刀《たち》が抜き身でごろんと転がっている。どうやら、敏生らを救出した際に、小一郎《こいちろう》が一緒に拾い上げてきたものらしい。

太刀を拾い上げ、カップボードの上に壁に立てかけて置いてから、森はソファーに歩み寄った。

「……そっちは大丈夫《だいじょうぶ》ではないようだな」

そっち、と言われた元佑は、目の上にかかっていた濡《ぬ》れタオルを引き上げ、充血した目で森を見上げた。

敏生は、困り顔で森に言った。

「すみません。小一郎が助けに来てくれたのはホントよかったんですけど、僕が元佑さんの目を塞《ふさ》ぐの忘れちゃって……」

「ああ。小一郎にあらかた聞いた。ちょうどいいところにあいつが帰ってきてくれて、今度という今度は大助かりだったな。いくら俺でも、あの状態で二人ともを助けるのは無理だと、途方に暮れた」

「……すいません、僕がドジ踏んじゃって」

「気にするな。結果オーライという言葉はこんなときのためにある」

しょげる敏生の頭をポンと叩《たた》いて、森は元佑の顔を覗《のぞ》き込《こ》んだ。

「見たものを……忘れたければ、記憶を消して差し上げますが」

「……その必要はありませぬ」

土気色《つちけいろ》の顔で呻《うめ》くようにそれだけ言うと、元佑はゆっくりと身を起こした。床に座り込んだままの敏生が、慌《あわ》てて広い背中を支えてやる。

「昨日、突然この不可思議な世界に来てから、見るもの聞くものすべてが妖《あやか》しの業《わざ》のようであった。先刻見た百鬼夜行《ひやっきやぎょう》のほうが、なじみの深い世界であったやもしれぬ」

そんな台詞《せりふ》が明らかに強がりであっても、元佑が敏生たちのいるこの世界に来て、どれほどの衝撃を受けたかを物語るコメントである。

森は口の端《は》に微苦笑を浮かべ、元佑の足元、つまりソファーの肘掛《ひじか》けに浅く腰を下ろした。

「敏生とあなたが瞬間的に消えてから、大騒ぎでしたよ。俺はしばらく近くで見ていましたが、警察のほうも、清水寺《きよみずでら》で龍村《たつむら》さんが捕まるわ、三年坂《さんねんざか》であなたが目撃されてすぐ消えるわで、情報が交錯《こうさく》して混乱している様子でした」

「けい……さつ？」

「ああ、この時代における、検非違使《けびいし》のような機関のことです」

「なんと……。俺は、追捕《ついぶ》する側から、される側へ転じたということか！」

「残念ながら」

なんということだ、と元佑はガックリと肩を落とす。

「俺はついに、罪人にまで身を落としてしまったのか！」

乱れ放題の長い髪を、節くれ立った大きな手が掻《か》きむしった。

「も、元佑さん……」

時空を超えたときのつらい体験を思い出したのか、敏生は今にも泣きそうな顔で、元佑の太い腕をさする。言葉で慰《なぐさ》める術《すべ》を見いだせなかった敏生の、せめてもの労《いたわ》りなのだろう。

ふと、元佑は手を頭からパッと放し、ソファーから絨毯《じゅうたん》に下りた。胡座《あぐら》をかいて背筋を真《ま》っ直《す》ぐ伸ばし、森と敏生のちょうど中間に、深々と頭《こうべ》を垂れる。

「窮地を救っていただき、まことにかたじけない。……今は、言葉でしか謝意を示せぬ俺だが」

「謝意など示していただかなくて結構。俺も敏生も、あなたの時代で、あなたに受けた恩を返しているだけです。……ただ、体調が許すなら、話を聞かせてくださいい」

森は実にフラットな口調でそう言い、ソファーを指さした。

「……ああ」

元佑はしかし、ソファーに座らず、毛足の長い絨毯の上に留まった。

「俺にはこのほうがよい。これは柔らかすぎて、尻《しり》が落ち着かぬ」

「お好きなように」

森は、向かいのソファーに深く腰を下ろした。フウッと深い溜《た》め息《いき》をついて、ジャケットを脱ぎ、ネクタイを引き抜く。敏生は、森と元佑のために、熱い緑茶を淹《い》れた。

「どうぞ」

敏生の勧めたお茶を一口飲んで、元佑はようやく人心地ついたという様子で口を開いた。

「何が何やら、今もってよくわからぬことが多すぎる。……だが、俺にわかることを最初から話そう」

敏生も、森の横に腰掛け、元佑のほうに身を乗り出した。

「事の起こりは、一月《ひとつき》ほど前、典薬寮《てんやくりょう》の近くで無惨《むざん》な女の死体が見つかったことなのだ。初めは獣《けもの》か追《お》い剝《は》ぎにやられたのだと思うておったが、検非違使庁《けびいしちょう》に運び込まれたその死体を見て、俺は戦慄《せんりつ》した。……どのような殺しの手口も知っている、どのような無惨な死体にも動じることなどもはやないと思うておった俺がだ」

胡座《あぐら》の膝《ひざ》に片肘《かたひじ》をつき、元佑はいかつい顔を歪《ゆが》める。

(僕が一緒にいたとき、元佑さんが死体を見てこんな顔をしたこと、なかったな)

どんなに酷《ひど》い状態だったのだろうと、敏生は思わず生唾《なまつば》を飲む。

「まだうら若い女だった。さる屋敷の雑仕《ぞうし》で、夜、主人の急な腹痛で、典薬寮まで煎《せん》じ薬《ぐすり》を貰《もら》いに出たらしいのだ。ところが、いつになっても戻らないゆえ、今度は男を見にやったところ……女が典薬寮のすぐ裏手の暗がりに倒れていた。慌《あわ》てて抱き起こすと、首が一周ねじれていたそうだ」

「うっ……」

想像して、敏生は思わず両手で口を押さえる。元佑の元にいたとき、彼の実検《じっけん》に付き添い、何体も死骸を見てしまった敏生には、死体の状態が嫌《いや》でもリアルに想像できてしまったのだ。

元佑は、陰鬱《いんうつ》な声で続けた。

「見ればなるほど、首の骨がへし折られ、頭が一回転ねじれておった。腕も足も、まるで細い棒切れをねじるように、骨ごと半ばねじ切られ……何より恐ろしいことには……」

元佑は、頰杖《ほおづえ》をついたまま、広い肩を上下させる。

森は、氷のような無表情で、先を促《うなが》した。

「検非違使《けびいし》のあなたに、恐ろしいと言わせる状態とは、いったいどのようなものだったのです？」

「死体の額《ひたい》から上が……なかった」

「額から上が？　それはつまり、脳……頭の中身がなくなっていたということですね？」

「…………脳味噌《のうみそ》が、ない……」

敏生は思わず、森のワイシャツの袖《そで》を、両手で摑《つか》む。

「それって、どうしてそんなことに？」

怯《おび》えながらも訊《たず》ねた敏生の顔を見上げ、元佑は沈んだ声のままで言った。

「そのときはわからなんだ。だが、獣《けもの》や人にできることではない、それだけは確かだった。……手がかりのないまま数日が経《た》ち、今度は朱雀門《すざくもん》の前で、下衆《げす》の男が殺された。

……先に話した女の死体と同じく、この男も、額《ひたい》から上を失い、手足がねじ切られ、なくなっておった。これも夜だったが、幸い朱雀門の衛士《えじ》が事件の始終を見ておった。命からがら逃げた衛士らから、話を聞くことができたのだ」

「いったい、何があったんですか？」

敏生は、森にしがみついたまま、恐怖に引きつった顔で問う。怖がりのくせに、好奇心は人一倍なのだ。

「奴《やつ》らは言った。鬼《おに》が出たと」

元佑は、簡潔に答えた。森は初めて、形のいい眉《まゆ》を僅《わず》かに顰《ひそ》める。

「鬼？　それは……」

「真実ではなかったとはいえ、一度は安倍晴明《あべのせいめい》であった貴殿《きでん》のこと、よもや妖《あやか》しの存在を疑ってはおられますまい？」

元佑は、挑むような顔つきで森を見据えた。おぼろげな記憶が甦《よみがえ》ったのか、森の端正な顔が、ごく微妙に歪《ゆが》む。しかし森は、すぐに表情を消し、かぶりを振った。

「妖しの存在を疑っているわけではありません。ただ、鬼といっても人によって概念が違う。彼らの言う鬼とは、どのようなものだったのだろうと、そう思っただけです」

元佑はどこかホッとしたように頷《うなず》き、森の顔に視線を据えたまま、話を続けた。

「なるほど。それは無理からぬことです。……衛士らは、身《み》の丈《たけ》は彼らの二倍はあろうかという、全身が炎に包まれた鬼《おに》だと、そう申しました。鬼は闇《やみ》から忽然《こつぜん》と現れ、人の胴《どう》ほどもある太い腕で、逃げようとする男を地面になぎ倒し……。まるで我らが干し魚でも食うときの如《ごと》く、男の手足を引きちぎって食うたと。そして、男の頭を音を立てて嚙《か》み砕《くだ》き、脳を啜《すす》り、そうしてまた闇へ消えていった……門を閉ざし、小さな穴より覗《のぞ》き見ていた衛士《えじ》の申し分はこうでした」

「なるほど……食人鬼か……。それで？」

「検非違使庁としても、都の夜間見回りを強化し、鬼の出現に備えた。だが、鬼は我らの裏をかくように、都のあちこちに現れ、人をむさぼり食った。……手足は食うことも食わぬこともあったが、必ず死体の頭が食われていた」

「どうして、人の頭ばかり食べるんだろう」

「さてな」

森は、軽く首を傾《かし》げ、まだ自分のシャツの袖《そで》をしっかり握ったままの敏生の頭を、軽く小突いた。

「そこが鬼の味覚には旨《うま》いのか、あるいは人の『気』を最も効率よく摂取《せっしゅ》しているのか……。とにかく、人の話を聞いただけで、そんなに怖がっていてどうする」

「だって……」

敏生は、訴えるような眼差《まなざ》しで森を軽く睨《にら》んだが、すぐに元佑に向き直った。

「それで、その鬼《おに》の話と、元佑さんがこの世界に来ちゃったのと、何の関係があるんですか？」

「うむ、それが……」

元佑は、角張った顎《あご》を撫《な》でながら、天井《てんじょう》を仰いだ。

「それがいったい『いつ』と言《ゆ》うてよいのか俺にはわからんのだが、とにかく『その』夜、俺は嵯峨野《さがの》にいた。都に出た鬼《おに》が、その前日、嵯峨野に現れたという報を聞き、佐《すけ》どのが俺を遣《つか》わされたのだ。そのうえ、俺だけでは心許《こころもと》ないとお思いになったか、鬼に興味をお持ちであったのか、左大臣どの御自らが、渡辺綱《わたなべのつな》どのの同行をお命じになった。そこで俺たちは連れ立って、その日の朝都を発《た》ち、嵯峨野へと向かったのだ」

「嵯峨野って……僕たちが元佑さんの世界から戻ってくるときに出た場所ですよね」

敏生の囁《ささや》きに、森は軽く頷《うなず》く。元佑は、一口茶を飲み、乾いた唇《くちびる》を湿《しめ》した。

「嵯峨野で見た死体も、やはり頭が綺麗《きれい》サッパリ食われていた。俺と綱どのは、鬼の存在を確信し、夜通し嵯峨野を歩き回ることにしたのだ。……そして……あれは子《ね》の三刻（午前0時）頃であったろうか。我らが、女の悲鳴を耳にしたのは」

まるでサスペンス映画を見ているかのように、敏生は息を詰めて耳を傾けている。元佑は、頬杖《ほおづえ》を解き、両手を頭の上に差し上げて、大きな人間のシルエットを宙に描いた。

「悲鳴が聞こえてきたのは、福生寺《ふくしょうじ》の境内《けいだい》からだった」

（福生寺……やはりそうか）

元佑の口から出たのは、「小野篁《おののたかむら》の井戸」の片方がある寺の名である。森の推測は、どうやら当たりつつあるようだった。

「駆《か》けつけた俺と綱どのが見たものは、まさしく巨大な火の鬼《おに》であった。さよう、身の丈《みのたけ》は俺の倍以上、身体《からだ》はまるで小山のようであった」

「角《つの》は？　鬼っていうからには、角が生えてたんですか？」

敏生の問いに、元佑は少し考え、首を捻《ひね》った。

「わからぬ。角のあるなしだけでなく、顔かたちもよくはわからなんだ。全身が、紅蓮《ぐれん》の炎に包まれ、鬼の全身は、熱でゆらゆらとゆらめいて見えておった。これが衛士《えじ》らの見た鬼だと、すぐにわかったわ」

「炎に……」

「うむ。我らの松明《たいまつ》など必要がないほど、鬼の放つ炎で、辺りは赤く照らされ、すべてのものが燃えさかっているように見えた。……鬼は、骨を砕かれてぐにゃぐにゃと妙に曲がった女の手足を太い両手で引き裂き、ボリボリとむさぼり食っていた。そして、俺と綱どのの目の前で、大きな口をカッと開き、女の頭《こ》を一口に嚙《か》み砕《くだ》いた。血と、ドロドロした脳漿《のうしょう》が地面に滴《したた》り、鬼の放つ熱でたちまち焦げて、たまらぬ臭気《しゅうき》が辺りにたちこめた」

その光景を思い出したのだろう、元佑は拳《こぶし》で絨毯《じゅうたん》を打った。

「俺と綱どのは、地面に松明《たいまつ》を置き、抜刀した。鬼《おに》は、我らの姿を認めると、女の骸《むくろ》を投げ捨て、太い腕を振り上げた。炎を透《す》かし、俺の胴ほどもある腕に、隆々と筋肉が盛り上がっているのが見えた。……我らは死にものぐるいで鬼に飛びかかった」

元佑は太刀《たち》に目をやり、小さく嘆息した。

「だが、鬼の身体《からだ》を包む炎は凄《すさ》まじく、近づいただけで熱が肌《はだ》を焼いた。髪や衣が、チリチリと音を立てて焦《こ》げてゆくのがわかった。……そして、鬼の足に一太刀斬《き》りつけた俺は、我が目を疑った。父祖伝来の太刀が、ガチンと岩を斬りつけたような音とともに、撥《は》ね返《かえ》されたのだ」

「……それで？」

敏生の両手にいっそうの力がこもる。シャツだけではなくその下の腕まで無意識に摑《つか》まれ、森は痛みに顔を顰《しか》めつつも、話の腰を折ることはしなかった。

元佑は、火ぶくれのできた両の手のひらをじっと見つめた。

「驚く間もなく、鬼の腕が、無造作《むぞうさ》に俺を払った。敏生、お前はあの土蜘蛛《つちぐも》のことを覚えておろう。あ奴《やつ》と勝るとも劣らぬ力で、俺は地面になぎ倒された。不覚にも頭を強打し、気が遠くなり……立ち上がることができなんだ。そんな俺を庇《かば》い、綱どのが俺と鬼の間に割って入った。そして……綱どのの太刀が翻《ひるがえ》り……」

元佑は立ち上がり、そのときの渡辺綱のアクションを再現してみせる。

「俺を摑《つか》もうと伸ばされた鬼の手に、綱どのは渾身《こんしん》の力を込めて刀を叩《たた》きつけた。そして見事、鬼の手を切り落としたのだ。大きな鬼の手は、俺の顔のすぐ前にぼとりと落ちた。鬼の身体《からだ》を離れたせいか、炎が消え、赤黒い皮膚《ひふ》が見えた。……血は流れなかったように思う。鬼は怒り狂って、空が震えるほどの咆哮《ほうこう》を上げ、綱どのを蹴《け》り飛《と》ばした。あの大男が、まるで紙屑《かみくず》のように転《ころ》げていったのだ。一方で奴は左手で俺の背を鷲摑《わしづか》みにした。俺はとっさに、地に落ちた鬼の腕を摑み……そして次の瞬間、俺の身体は宙に飛んでいた……」

「綱さんは、大丈夫《だいじょうぶ》だったんですか？」

「わからぬ」

元佑は、苦い声でそう言ってかぶりを振った。

「俺が叩きつけられたのは、井戸の縁《へり》だった。……そのまま体勢を立て直すことができず、綱どのの無事を確かめることもできず、鬼に一矢《いっし》報いることもできず、俺はそのまま井戸の中へと落ちていったのだ」

元佑は突っ立ったまま、森と敏生を見た。

「気がつけば、見知らぬ寺の、井戸の傍《そば》に倒れておった。……手には鬼の腕を握ったままだった。……わけがわからぬままに、俺は鬼と綱どのの姿を求め、寺の境内《けいだい》を飛び出した。……すると……地面はいやに硬く、草の一本も生えておらぬ。そして行き交う人々は怪しき装束《しょうぞく》を纏《まと》い、大路らしき道には、火車《かしゃ》のような恐ろしいものが、この世のものとは思えぬ速さで走っておる。……恥ずべきことだが、俺は恐怖でわけがわからなくなった。……見るものすべてが恐ろしく、俺はあるいはあのまま死んで、地獄に来たのかと……半狂乱になって逃げ惑うた」

「それで、やっと清水寺に辿《たど》り着《つ》いたんですね」

「ああ。命からがらあの堂に入り込み、阿弥陀如来《あみだにょらい》の後ろに身を隠した。……阿弥陀仏の守護《しゅご》を恃《たの》むよりほかがなかったのだ。……そうして……お前たちに相まみえることができた」

「……大変だったんですね」

「今となっては、あのときのお前の心持ちが手に取るようにわかるわ」

そう言って、元佑は傷跡の走る頬《ほお》に、苦い笑みを浮かべた。森は、小さな咳払《せきばら》いをしてから、そんな元佑に問いかけた。

「それで。……ずっと気になっていたのですが、あなたがシャツの中に隠し持っているのが、その『鬼《おに》の手』というわけですか」

「……ああ」

元佑はシャツのボタンを不器用に外し、ウエストの上に入れ込んでいた包みを取り出し、テーブルの上に置いた。

それは阿弥陀堂で、敏生が触れかけて元佑に取り上げられたものであった。三十センチほどの棒状のものが、美しい鶯《うぐいす》色の絹布に包まれている。

(あ……これだ。「嫌《いや》な感じ」がした包み。だけど、それにしては……)

「それにしては、邪気が薄いな」

敏生の心の中を読んだように、森は呟《つぶや》き、テーブルの上で包みに触れた。

「なるほど。符《ふ》を縫《ぬ》い込《こ》めた布ですか」

森の繊細な指先は、布の下に縫い込まれた薄い紙片の感触を感じ取っていた。元佑は頷《うなず》く。

「紅葉《もみじ》が、俺の身を案じて持たせてくれたものです。鬼《おに》の腕をそのまま持ち歩くのはまずいと考え、咄嗟《とっさ》にそれで包み、袂《たもと》に押し込んだのです」

「この魔よけの符が、鬼の邪気を抑えてくれているのですよ。……それに、本体から切り離された時点で、かなり力を失っているはずです」

元佑と敏生が見つめる中、森は注意深く包みを開いてみた。

「わ……！」

傍《かたわ》らで、敏生が息を呑《の》む。

四方に広げた布の中から現れたのは、まさしく一本の腕であった。手首の少し上で見事に切断された、鬼の右手である。

元佑の手は大きく肉厚だが、鬼《おに》の手のひらは元佑のそれより一回り以上大きく、今にも何かを摑《つか》もうとするかのように開いた指先には、長く尖《とが》った爪《つめ》が生えていた。

赤黒い皮膚《ひふ》はザラザラと肌理粗《きめあら》く、全体が赤茶けた剛毛に覆《おお》われている。切断面からは、乾燥して黒ずんだ筋肉が、はみ出すように膨《ふく》らんで見えた。

「……これが、鬼の手……」

敏生は、思わず感嘆の声を上げる。護符《ごふ》の抑制が取れると、腕の放つ邪気には凄《すさ》まじいものがあった。身体《からだ》の末端部、しかも切り落とされた手でこれならば、鬼自身の邪気はいかほどかと、想像するだけでも身体が震えるような気がする。

それでも、ちょっと触ってみたいような気がして、敏生が怖々《こわごわ》手を伸ばしたそのとき……。

「うわあああっ！」

少年は驚きのあまり、悲鳴を上げて絨毯《じゅうたん》にひっくり返った。

指先が触れようとしたまさにそのとき、鬼の指先が、ピクリと動いたのである。

元佑も、仁王《におう》の目を見張る。森だけが、ちっと小さく舌打ちした。

「面倒だな。切り離されてもまだ生きているのか、この手は」

まるで怨敵《おんてき》を追い求めるかの如《ごと》く、太く長い指がテーブルの上をゆっくりと動き、布に皺《しわ》を作る。それはまるで、大きな蜘蛛《くも》が蠢《うごめ》いているようだった。

早九字《はやくじ》を切り、森は護符《ごふ》を縫《ぬ》い込《こ》んだ布を、再び鬼《おに》の手にかけた。包み込まれても、まだ布の下で腕が動いているのがわかる。

「天本さん……」

敏生の掠《かす》れた声に森は瞬《まばた》きで答えた。

「ナウボバギャバテイ・タレイロキャ・ハラチビシシュダヤ・ボウダヤ・バギャバテイ。タニタヤ・オン・ビシュダヤ・サマサンマンタ……」

低く真言《しんごん》を唱えながら、指を複雑に絡《から》ませて印《いん》を結ぶ。敏生と元佑は、息を殺して森を見守っている。

「……サンマンダ・ハリシュデイ・サラバタタギャタ・キリダヤ・ジシュナウ・ジシュチタ・マカボレイ・ソワカ」

長い真言を唱え終える頃には、鬼の手はピクリとも動かなくなっていた。

森はそれをそっと持ち上げると、クローゼットの空いた引き出しにしまい込み、呪《しゅ》を唱えて封印を施してから、ソファーに戻ってきた。

「天本さん……あの手、調伏《ちょうぶく》したんですか?」

「いや……。鬼の本体を調伏しないと、あの手を完全に殺してしまうことはできないよ。ただ、力を弱め、あの引き出しに封じ込めただけだ」

「……そうか」

元佑は、やけにホッとした顔つきで、森に言った。

「あれは、綱どのの手柄。持ち帰り、返さねばならぬと思っておったのだ。……ああ、綱どのがご無事であればよいのだが」

言葉は途中から嘆息に変わる。

森は、それより、と話題を変えた。

「鬼《おに》の手は、俺が封じておきます。それより、井戸の話をもう少し聞かせてください。あの井戸は、確かに六道珍皇寺《ろくどうちんのうじ》の井戸に通じています。しかし場所は特定されていても、時間軸は特定されていない。あなたが何故《なぜ》、敏生のいるこの時代に来たのか……その理由が、あなたが無事に元の世界に戻れるかどうかの決め手を握っています」

「何故《なにゆえ》……そうだな……」

元佑は、顎《あご》に手を当て、しばらく考えていた……が、やがて敏生を見ながらこう言った。

「そういえば、井戸に落ちつつ、源太《げんた》の話を思い出した。敏生、お前が六道珍皇寺の井戸より己の家に戻ったと。……そうだ、いつまでも底に辿《たど》り着かぬ不思議な井戸の中で、俺は確かにお前のことを思った」

「……元佑さん……」

敏生は、思わぬ嬉《うれ》しい言葉に、幼い顔をほころばせる。

ふむ、と森は低い声で呟《つぶや》いた。

「ということは、あなたの意思が、あなたをこの時代に運んできた。ならば、逆のことをすれば、元の世に戻れる可能性が高いな」

「逆、とは？」

「六道珍皇寺の井戸から、時空トンネルを今度は逆方向に辿《たど》るのです。現世と地獄を自由に行き来した、小野篁のようにね。戻るときは、あなたの世界で、あなたが会いたいと……愛《いと》しいと思っている人のことを強く念じれば、おそらくあなたの心が、あなたをその世界に導いてくれるでしょう」

「俺の会いたい人……か」

元佑は目を閉じた。おそらく、紅葉《もみじ》のことを思い出しているのだろう。敏生は、微笑《ほほえ》んでそんな元佑の横顔を見ていた。

ソファーにゆったりと腰掛けた森は、両手で髪を後ろへ撫《な》でつけ、言った。

「これで、今回の事件のあらましはわかった。あとは……警察にしょっぴかれた龍村さんが帰ってくるのを待つばかり、だな」

「……あ。そうだ、龍村先生。大丈夫《だいじょうぶ》かなあ……」

敏生は心配そうに顔を曇《くも》らせる。

森は、心配半分、呆《あき》れ半分の顔でこう言った。

「あの人のことだ、きっと『滅多《めった》にできない経験ができた』と大喜びで戻ってくるさ」

「そうかなあ……」

敏生は窓から外を眺《なが》め、心配そうに呟《つぶや》いた。


結局、龍村がホテルの部屋に現れたのは、午後九時を過ぎた時分だった。

ノックの音に、飛びつくように扉《とびら》を開けた敏生は、龍村の無事な姿を見るなり、絨毯《じゅうたん》にへたりこんだ。

「はあ……龍村先生、ちゃんと帰ってきてくださってよかったです」

「おいおい、大袈裟《おおげさ》だな。最初から心配ないと言ってあっただろう？　僕がそう言ったときは、本当にそうなのさ」

龍村は敏生の両肩を摑《つか》んで立たせると、ソファーにかけている森と、絨毯に胡座《あぐら》をかいた元佑に、右手を軽く上げてみせた。

「よう。皆さんお揃《そろ》いで結構、結構」

「……小一郎から、あんたが取り調べを受けていると聞いて、心配したぞ。解放されたなら、さっさと連絡を入れないか」

珍しく、森は腹を立てたようにそんなことを言った。敏生は思わず、クスッと笑ってしまった。

さっきから、敏生が「龍村先生、大丈夫《だいじょうぶ》ですかねえ」と言うたびに、「大丈夫だ。落ち着けよ」と軽く受け流していた森である。そのくせ、広げた新聞が逆さまなことに長い間気づかないままだったり、苛々《いらいら》と貧乏揺すりをしてみたり、まったく森らしからぬ行動ばかり繰り返していたことを、敏生はちゃんと見ていたのだ。

(天本さんってば。やっぱりめちゃくちゃ心配してたんだ。素直じゃないなあ)

「……何だ?」

「何でもないですよ」

森に睨《にら》まれ、敏生は慌《あわ》ててそっぽを向いてごまかした。

「で、どうだったんだ、警察のほうは」

八つ当たりのように怖い声で問われ、龍村は「いやあ、参った」といつもの豪快な笑い声を立て、ソファーにドカリと腰を下ろした。自然と、元佑が足元に座ることになる。森は、視界に縦に二つならんだ同じ顔に、苦笑いして言った。

「ずいぶん絞られたとみえるな」

「絞られたとも。僕の立場を明らかにして、すぐにアリバイは証明されたが、その後がいけない。なんだってこんな悪趣味な悪戯《いたずら》をしたんだと、たっぷりお説教をくらったぜ」

「悪戯だと言ったのか。説教は当然だろう」

森は呆《あき》れたように肩を落とす。龍村は笑いながら、敏生が淹《い》れた緑茶を、旨《うま》そうに飲んだ。

「ほかに説明の仕様もなかろうが。あんまり自分に似ていると皆が言うから、試してみたくなったんだ、と。しまいには、『ホンマに似てますなあ先生』と感心してくれたぞ、みんな」

「やれやれ」

相変わらずの龍村の様子に、森もようやく安堵《あんど》したらしく、眉間《みけん》を指で揉《も》んだ。

一方、黙って二人のやりとりを聞いていた元佑は、会話が一段落したところで、龍村に深く一礼した。

「俺のために、危《あや》うい目に遭《あ》わせてしまった……。まことに……」

「礼も詫《わ》びも不要ですよ。なかなか興味深い体験でした。べつに暴力をふるわれることもなく、和《なご》やかに話して帰ってきただけです。気にしないでください」

龍村は背中をソファーから浮かし、床に座り込んだままの元佑の肩を片手でポンポンと叩《たた》いた。分厚い肩……シャツの上から触れる硬い筋肉は、龍村よりほんの少し引き締まった身体《からだ》をしていることを感じさせる。

「……そういえば、その服はどうした?」

森は、龍村が狩衣姿《かりぎぬすがた》でないことに気づき、ふと眉根《まゆね》を寄せた。ダークグリーンのチノパンに、灰茶色のセーター。龍村の好みとは思えない配色だが、まだ真新しい感じだし、サイズも合っている。

「あー……それがだな」

森の質問に、龍村は初めて逡巡《しゅんじゅん》した。しかし、隠しても無駄《むだ》だと思ったのか、正直に白状した。

「実はな。所轄署《しょかつしょ》の事情聴取が終わって、さて帰ろうと思ったら……。所轄の刑事が紙袋を持ってきたんだ。差し入れですって。開けてみたら、この服と靴《くつ》が入ってた」

「差し入れ？」

森は右眉《みずまゆ》を吊《つ》り上《あ》げた。龍村は、短い髪をばりばりと掻《か》き、うむ、と頷《うなず》いた。

「最初はお前たちの仕業《しわざ》かと思ったんだが、その刑事が『名前も名乗らずにとっとといなくなってしもうた、スーツ着て眼鏡かけたおっさん』が置いていったと言うんだな、これが」

「………早川《はやかわ》か」

森は思わず頭を抱えた。律儀なエージェントは、今回も森たちの行動をしっかりと把握《はあく》していたらしい。

「あ、天本さん。……僕たちには差し入れできなかったし、早川さんが行ってくれて助かったじゃないですか。ね？」

森が爆発するのではないかと心配し、敏生は慌《あわ》てて早川を庇《かば》ったが、森は深い溜《た》め息《いき》をつき、こう言っただけだった。

「次の仕事は覚悟しろよ、敏生。とびきり厄介《やっかい》なのを押しつけられるぞ」

その唇《くちびる》に苦笑いさえ浮かんでいるのを見て取り、敏生は驚きつつも、ホッと胸を撫《な》で下《お》ろしたのだった。


お互いのこれまでの話を交換し、さてこれからどうしよう……という段になり、龍村がボソリと言った。

「で、これからどうするんだ。この人を元の時代に帰してあげることはできるのか？」

元佑も、自分が話題になっているだけに、真剣な表情で森を見る。

「さっきもそのことを話し合ったんだが、おそらく、六道珍皇寺の井戸から飛び込めば、向こうの時代の福生寺《ふくしょうじ》に行き着けると思う。強く、自分にゆかりの人々を念じればな」

「それは、何よりありがたい」

この世界に飛ばされ、初めて聞いたよい知らせに、元佑は思わず張りつめていた頬《ほお》を緩める。

森も、微笑して頷《うなず》いた。

「とりあえず、明日の朝、敏生と六道珍皇寺に行ってみるよ。井戸の様子を見て、妖《あやか》しの道がちゃんと繋《つな》がっていることを確認する。問題なければ、明日の夜には元の世界に戻れますよ」

最後の一言は、元佑に向けられていた。

「……ありがたい」

元佑は、喉《のど》の奥から絞り出すような声で言い、目礼した。

龍村は、陽気に言った。

「では、明日でミッションは完了か！　今回はまずまず簡単だったな」

「……あんたのおかげでね」

森は、まんざら皮肉でもない様子で、小さく肩を竦《すく》める。

龍村は、立ち上がってうーんと大きな伸びをした。

「では、小一郎を借りるぞ、天本。僕は家に帰る」

「あんたにしては、やけに慌《あわ》ただしいな。警察がらみか？」

「うむ。念のため、明日は終日自宅でおとなしくしているようにと言いつけられている。尾行がつくほどじゃないが、今夜もきっと、帰宅を電話で確認するだろう。もう戻るよ」

「そうか……。そうだな、そのほうがいい。小一郎！」

森に呼ばれるのと同時に……あるいはそれより早かったかもしれないが、その足元に、式神《しきがみ》が現れた。

「……おそばに」

「龍村さんをマンションに送ってやってくれ」

「それから、こちらの御仁《ごじん》もな」

そんな言葉とともに肩を叩《たた》かれ、元佑は吃驚《びっくり》して顔を上げる。森と敏生も、目を見張った。

「考えてもみろ、明日一日無事に過ごせれば、それでいいんだぜ？　いったん捕まって人違いだと知れた僕の家が、日本でいちばん安全な場所だ。そうだろ？」

「それは……そうだろうが」

「もし僕の家にこの人がいるのを誰かが見つけても、それは僕だと思うだろう。木《こ》の葉《は》を隠すにゃ森の中、ってやつだ」

「……それは少々用法が間違っているような気がするが……」

森は前髪を掻《か》き上《あ》げ、少し考えてから頷《うなず》いた。

「だが確かにあんたの言うとおりだ。明日、俺たちが外に出ている間、ここにひとり残していくよりは、あんたと一緒にいたほうがいい」

森は、促《うなが》すような視線を元佑に向けた。元佑は、戸惑った顔つきながらも素直に立ち上がる。

「そういうことです。明日、俺たちが連絡するまで、龍村さんの家にいてください。そこがおそらく、あなたにとって最も安全な場所でしょうから」

「だが、その……」

元佑の視線の先を見て、森は「ああ」と頷《うなず》いて言った。

「鬼《おに》の腕については、心配要りません。ここで、俺が邪気を封じておきます」

「それはありがたい……だが、その……」

元佑は、無表情に控えている小一郎をチラリと見た。

「……ああ」

森はようやく元佑の懸念《けねん》に思い当たり、ちょっと強い口調でこう言った。

「今度は、目を開けないように。重ねて言っておきますが、妖《あやか》しの道を通る間、決して声を立ててはいけません。……命が惜しければ。黙って、この小一郎にすべてを任せていれば、無事に辿《たど》り着《つ》けます。いいですね」

「わ、わかり申した。……必ずそのように」

元佑は、それでも緊張をその四角い顔に漲《みなぎ》らせ、しゃちほこばって立っている。

「心配しないでくださいね。小一郎がちゃんと連れていってくれますよ。そして僕たち、明日ちゃんと元佑さんが帰れるように準備してきますから。だから、風邪引かないように、暖かくしてよく休んでくださいね」

「う、うむ」

「安心して、龍村さんちでのんびりしてください」

敏生は、伸び上がって元佑のシャツの襟《えり》を整えてやる。それでようやく、元佑も落ち着いたらしかった。

「小一郎、この二人を龍村さんのマンションまで送ってやってくれ」

「……は」

森の命令を畏《かしこ》まって受けた小一郎は、龍村を元佑と並んで立たせ、その背後から両者の上着の襟をしっかりと握った。

そうしていると本当に「ダブル龍村」のようで、敏生はこみ上げる笑いを必死で噛《か》み殺《ころ》した。ふと見れば、森も片手で口元を押さえている。どうやら、不覚にも浮かんだ笑みをごまかそうと必死になっているらしく、肩が小さく震《ふる》えていた。

「ではな。連絡を待っているぞ、天本。おやすみ、琴平君《ことひら》」

龍村は、いつもの笑顔で左手を上げた。元佑も、まだ少し強張《こわば》った顔で、右手を上げる。二人は、同じ幅で足を開き、同じポーズで立っていることになる。

「では、参りまする」

小一郎の声がして、大男二人と背後の式神《しきがみ》の姿は、泡《あわ》のように消《き》え失《う》せた。

「……ぶっ」

敏生は、とうとう笑いを堪《こら》えきれなくなり、思いっきり吹き出してしまった。ソファーに倒れ込んで、バンバンとクッションを叩《たた》く。

「もー、龍村さんと元佑さんってば、左右対称で手なんか上げるんだから。ホントに双子《ふたご》みたい」

「……まったくだ」

森も、敏生の隣にどさりと腰を下ろし、くぐもった笑い声を上げた。

「許されるものなら、今夜の龍村家を覗《のぞ》いてみたいな。二人並んで、同じアクションで歯を磨くかもしれないぞ」

「あはははは、ホントにやりそう」

ひとしきり笑って、敏生は涙を拭《ふ》きながら起きあがり、森の腕にもたれた。

「でも、元佑さんを見つけられてよかった。また会えてよかったです。紅葉さんたちの話も聞けたし」

「そうだな。……だが、彼を六道の井戸に放《ほう》り込《こ》むまで、油断は禁物だぞ」

「わかってます。……あの、ホントにありがとうございました。僕の我《わ》が儘《まま》につきあってくださって」

ふと改まって頭を下げた敏生を、森は苦笑しつつ抱き寄せた。

「いきなり他人行儀な口をきかなくていい。俺だって、あの男には借りがあるとそう言っただろう」

「だけど……天本さんに嫌《いや》な思いさせちゃったかなって」

敏生は、森の胸に頬《ほお》を押しつけ、躊躇《ためら》いがちに口を開く。

（やれやれ……。俺もつくづく大人げないな）

平安《へいあん》時代でのことを、森があまり思い出したがらないことに、妙なところで人の心の動きに聡《さと》い少年は気づいていたのだ。森は自己反省とともに、敏生の背中を軽く叩《たた》いた。

「そんなことはないさ。君は何も気にしなくていい。……さて、明日は朝から出かけなくてはな。先に風呂《ふろ》を使っておいで。俺は、とりあえず早川に礼の電話を入れるから」

「はい。早川さんに、僕からのお礼も伝えてくださいね」

「ああ」

敏生の姿がバスルームに消えると、森はのそりとソファーから立ち上がった。

そして、行き届きすぎるエージェントにかける最初の一言を何にしようかと考えあぐねつつ、受話器を耳に当てたのだった……。

＊　　＊

さて、一方こちらは龍村《たつむら》邸である。

龍村と元佑《もとすけ》を、龍村のマンションに送り届けた小一郎《こいちろう》は、玄関前でうっそりと頭を下げた。

「では、これにて」

「ああ。ありがとう小一郎。助かった」

龍村は労《ねぎら》いの言葉をかけたが、小一郎はそれには軽い目礼で答えただけで、すぐさま姿を消してしまった。

相変わらず式神《しきがみ》の神出鬼没っぷりに慣れない元佑は、目を丸くして立ち尽くすばかりだったが、龍村は陽気に笑ってポケットを探った。

「やれやれ、愛想《あいそ》のない奴《やつ》だ。これが人間なら、中でコーヒーの一杯も飲んでいかせるところなんだが」

カチャッと鍵《かぎ》を開け、龍村はドアノブに手をかけた。

「さて、我が城にようこそ」

扉《とびら》を開けた龍村は、大袈裟《おおげさ》に一礼して元佑を招き入れた。元佑は、ぎこちない歩き方で中に入る。まだ、現代の身体《からだ》にぴったりした服に慣れないらしい。

「ああ、靴《くつ》はそこで脱いでください。……大丈夫《だいじょうぶ》ですか？」

元佑は、悪戦苦闘の末、革靴《かわぐつ》を足から引っこ抜いた弾みに、後ろにひっくり返る。バタンと仰向《あおむ》けになったまま、元佑は真上に見える龍村の顔をつくづくと見上げた。

「まこと、鏡を見ているようだ。まだ信じられぬ」

「僕にしても同じことですよ。生き別れの双子《ふたご》の兄貴がいたら、こんな感じだったのかと想像したくなる。……おっと、そういえばまだ年齢を聞いていませんでしたな。おいくつです？」

ひっくり返ったままで、元佑は律儀《りちぎ》に答える。

「この夏で、三十三になり申す」

「ではやはり、あなたが兄だ。僕はまだ三十に手が届きませんから。ではどうぞ、兄上」

龍村は片頰《かたほお》だけで気障《きざ》に笑うと、しゃがみ込んで元佑の背中を押し、起き上がらせた。

「さて、とりあえず家を一周するとしますか。狭くて驚かれるかもしれないが」

実際のところ、龍村のマンションの部屋は３ＬＤＫで、独り身の男が住むには広すぎるくらいである。

だが元佑は、内心酷《ひど》く驚いたらしかった。巧《たく》みに表情を消してはいたが、龍村には、彼の驚きが明瞭《めいりよう》に感じ取れた。

無理もない。決して階級が高いとはいえない検非違使庁大尉《けびいしちようのだいじよう》の元佑であるが、それでも中庭に池のある、それなりに広い屋敷に住んでいるのだ。現代の住宅事情は、彼の理解の範疇《はんちゆう》を遥《はる》かに超えている。

「庭……は、ないのか？」

そんな問いに、龍村はリビングの窓を開け、バルコニーに元佑を誘った。

「地上五階の部屋に、土はありませんよ。これが、我が家の庭代わりです。ただ、眺《なが》めだけはなかなかのものですがね」

「…………！」

龍村に手招きされ、何気なくバルコニーの手摺《てす》りから身を乗り出した元佑は、高所を恐れることも忘れ、ほう、と感嘆の溜《た》め息《いき》をついた。

目の前に広がるのは、神戸の夜景である。遠くに、遊園地の観覧車の電飾もカラフルに光っている。

「この家は空に浮いているようだ。それにこの世では、星は地上に輝くのか」

そんな素朴な驚きの声に、龍村は苦笑いしてかぶりを振った。

「いや。あれは星ではなく、すべて電気です。この部屋を照らしているのと同じ電球の一つ一つが、あんな輝きを放っているんです。ですから、ほかの家から見れば、この部屋の灯《あかり》も、あなたの言う『星』に見えることでしょう」

「……なるほど。とても信じられぬ話だが、俺は今それを見ているのだな」

元佑は、冷たい夜風に長い髪を乱しつつ、どこか寂《さび》しげに呟《つぶや》いた。

「まるで夢の世界にいるようだ。俺は……自分が実在しているような気がせぬ」

「それは……半分、僕のせいですな」

龍村はほろ苦く言って、自分も手摺りに両手をついて夜景を眺《なが》めた。二人の吐く息が、白く夜空に立ち上っていく。

「自分と同じ顔の男と、空に浮いた家で、地上の星を眺《なが》めている……。そりゃあ、現実感も失せますよ。だが、大丈夫《だいじょうぶ》」

龍村は、まるで自分を慰《なぐ》めているようだと思いつつも、元佑のがっしりした肩をポンと叩《たた》いた。

「あなたは確かにここに存在している。琴平《ことひら》君も、天本《あまもと》も、そして僕もいる。あなたが無事に元の世界に戻れるよう、我々は最善を尽くしますよ」

「龍村どの……」

「といっても、僕は天本や琴平君と違って、そっち方面に才のない男でね。あなたにこうして隠れ家を提供することしかできませんが」

「感謝している。あなたにも、あの二人にも。言葉には尽くせぬほどに」

簡潔な、しかし思いのこもった声でそう言って、元佑は、龍村に深々と頭を下げた。龍村は、慌《あわ》てて元佑の両肩に手をかけ、頭を上げさせた。

「よしてください。感謝など求めてはいませんよ」

「だが……」

元佑の顔を覗《のぞ》き込《こ》み、龍村は大きな口を引き伸ばすようにして笑った。

「僕は、自分がしたくないと思ったことは、てこでもしない男です。あなたをこの家に入れた時点で、掛け値なしの大歓迎だと思ってください」

「……かたじけない」

　再び軽く頭を下げる元佑の肩を叩《たた》き、龍村は言った。

「さて、中に入りますか。琴平君に聞いたところでは、まだ動転していて、飯が食えなかったとか。そろそろ落ち着いて、腹も減った頃でしょう。僕も腹ぺこだが、あいにく、冷蔵庫が空っぽだ。宅配のピザでも取りますよ」

　やがて届けられた大きなピザをテーブルの真ん中に置き、龍村と元佑は向かい合って食卓についた。

　最初の一口で目を見張り、絶句した元佑だったが、その後は何も言わず、黙々と食べ続けた。

　自分の世界では、塩と醤《ひしお》であっさり味付けたものしか食べたことのない元佑には、スパイシーなピザは、まさしく未知の味である。それに気づいた龍村は、すまなそうに詫《わ》びた。

「よく考えれば、寿司《すし》か何かのほうがよかったかもしれませんね。申し訳ない。琴平君が泊まりに来たときは、必ずピザを食べたがるもんで、つい」

「ほう、敏生《としき》がこれを……」

　龍村が差し出したティッシュでべたつく口元を拭《ぬぐ》いつつ、元佑はしげしげと食べかけのピザを見た。

（このように脂《あぶら》けの多い、複雑な味のものばかり食うておったのでは、俺の家の食事は、さぞ味けなかったことだろう）

今さらながらに、食事のたび、何やら物足りなそうな顔をしていた敏生を思い出し、元佑は気の毒に思う。

「琴平君はジャンクフードが好きなんですよ。ただ、天本が愛情たっぷりの家庭料理を作ってくれるもんだから、なかなかピザが食べたいとは言い出せないらしくてね。うちに来ると、こんなものでも大喜びで食ってくれます」

「ほう……」

ジャンクフードという言葉の意味はわからなくても、どうやら「いい加減な食べ物」というニュアンスは伝わったらしい。元佑の顔に、ようやく笑みが浮かぶ。

「だが、確かに慣れればなかなか旨《うま》い」

「そう言ってもらえれば助かります。天本と違って、僕は料理はからきし駄目《だめ》でしてね。酒の肴《さかな》しか作れんのです」

龍村は、ひとり缶ビールを呷《あお》り、ニッと笑った。先刻、元佑にもビールを勧めてみたのだが、口の中で炭酸が弾《はじ》ける感覚に驚愕《きょうがく》し、缶を放《ほう》り出《だ》してしまったのだ。

そこで、元佑は冷蔵庫にあったウーロン茶を飲みながらの食事となった。

食べ物を分かち合うと、人はうち解けるものである。

龍村と元佑も腹がくちくなる頃には、どこかぎこちなかった会話がスムーズに弾むようになった。

龍村は元佑にトイレとバスルームの使い方を教え、自分のジャージをパジャマ代わりに出してやった。

そして、元佑がシャワーと悪戦苦闘している間に、普段はまったく使わない六畳の和室に、彼のための布団《ふとん》を敷いた。畳《たたみ》のほうが、元佑には過ごしやすいだろうと考えたのである。

「昨日からさんざんな目に遭《あ》いっぱなしで、さぞ疲れたでしょう。今日は早く休んだほうがいい。何か用事があれば、いつでも呼んでください。僕は奥の部屋にいます」

風呂《ふろ》からサッパリした顔で上がってきた元佑を客間に案内し、龍村は部屋の備品をひとしきり説明してやった。

「部屋の灯《あかり》はここで消せます。枕元《まくらもと》のスタンドは、この紐《ひも》を引けば点《つ》きますよ。あと、水のボトルを置いておきますから」

「かたじけない」

布団の脇《わき》に胡座《あぐら》をかいた元佑は、身体《からだ》にピタリとまとわりつく洋服からゆったりしたジャージに着替え、ようやくリラックスしたように見えた。まだ濡《ぬ》れた長い髪も、綺麗《きれい》に梳《くしけず》られ、首の後ろで一つにまとめられている。

「では、ゆっくり眠ってください。明日の朝、天本から連絡があったら起こします。それまでは寝ていてかまいませんよ」

「相わかった」

「では、おやすみなさい」

「……しばらく」

龍村が部屋を出ていこうとしたそのとき、元佑がやや大きな声を出した。龍村は襖《ふすま》に手をかけたところで、首を巡らせる。

「このようなことを申すのは、まことに恥じるべきことと思うのだが」

元佑は、龍村から目を逸《そ》らし、畳《たたみ》を見ながら苦々しくそう言った。龍村は、首を傾《かし》げて次の言葉を待つ。

元佑は、ボソリと言った。

「今宵《こよい》は、龍村どのと同じ間にて休んでもかまわぬだろうか？」

「……はあ？　この部屋は、お気に召しませんか？」

龍村は、客間を見回す。確かに愛想《あいそ》のない部屋だが、寝るだけなら何の不都合もないはずだ。

そんな思いが、顔に出ていたのだろう。元佑は、いたく慌《あわ》てた様子で、「いや、そうではござらぬ」と両手を振った。よく日に焼けた四角い顔が、仄《ほの》かに赤くなっている。

「不服など何一つないのだ。ただ……どうにも心細うてたまらぬ。ひとりになると、この身が溶《と》けて消え去ってしまいそうでな。地に足がついておらぬ気がする、と言えばよいだろうか。貴殿《きでん》と同室なら、まだ少しは落ち着くかと思うた。それだけだ」

「なるほど」

龍村は、片頬《かたほお》だけでホロリと笑った。

「それなら寝る前に一杯、やりますか？」

「一杯、とは？」

「酒ですよ。眠るには、神経が尖《とが》りすぎているんでしょう。そういうときには旨《うま》い酒を軽く飲むに限る」

「……それはよい考えだ」

元佑も、ようやく傷跡の目立つ頬に笑みを刻み、頷《うなず》いた。

そこで二人は、連れ立ってリビングに戻った。

龍村と色違いのお揃《そろ》いのジャージを着た元佑は、キャビネットの中を覗《のぞ》き込《こ》んでいる龍村の背中に問いかけた。

「この世界には、どのような酒があるのだろう」

「それこそいろいろですよ。眉間《みけん》が痛くなるほど甘い酒から、舌が痺《しび》れるほど辛《から》い酒まで。世界じゅうの酒を集めたら、一生かかっても飲みきれない」

　龍村は笑いながら、数本の瓶《びん》を抱えて振り向いた。

「僕は昔、バーテンダーのアルバイトをしていましてね」

「ば……ばあてんだあ、とはいったい何だ」

「ああ失礼。つまり、旨《うま》い酒を飲ませる職業と言えばいいでしょうか。いい酒を選んで店に並べるのがオーナー……店主の役目、そしてそれを客の望む方法で飲ませるのが、僕の仕事だったわけです」

　元佑は、口をへの字に曲げて腕組みした。

「わからぬな。酒など、そのまま飲めばよかろう」

「あなたの時代はそうだったのかもしれませんが、今の世の大人たちは、酒を温めたり冷やしたり、そのまま飲んだり混ぜたり、いろいろなことをするんです。……何か、味に好みは？」

「そう言われても、さっぱりわからぬ。俺は、紅葉《もみじ》が買《こ》うてくるいつも同じ安酒ばかり飲んでおるからな。……あ、いやしかし、先刻の口の中で弾《はじ》ける酒だけは御免《ごめん》被《こうむ》る」

「やれやれ。ビールはご不興を買ってしまったようだ。挽回《ばんかい》のチャンスをください。少々お待ちを」

　くっくっと笑って頷《うなず》くと、龍村は瓶を抱えて台所へ消えた。やがて、シャカシャカと何かを振っているような金属的な音が聞こえた後、龍村がグラスを二つ持って戻ってきた。

「お待たせしました。どうぞ」

目の前に置かれたグラスを、元佑は目の高さまで持ち上げてみた。冷たい、濁《にご》った茶色の液体が、なみなみと満たされている。

その中に大きなロックアイスが入っているのを見て、元佑は驚きの声を上げた。

「これは、氷ではないか。豪勢《ごうせい》なことだ。それに貴殿《きでん》らは、夏でもないのに氷を食するのか?」

「かき氷を食うのは夏ですがね。飲み物には、年から年じゅう氷が入ってますよ。これは、天本が好きな酒です。僕には甘すぎてどうも駄目《だめ》ですが、あなたはどうでしょうね。試してみてください」

龍村に促《うなが》され、元佑はおそるおそるグラスに口をつけた。甘くてとろりとした、そして平安人《へいあんじん》の元佑にとっては跳び上がるくらい冷たい液体が、口腔《こうくう》内に流れ込む。

まずは、怖々の一口。そして、さらに今度はたっぷりの一口。

「……旨《うま》い」

感嘆というよりは呻《うめ》くような声で、元佑は言った。龍村は、ホッとしてソファーに深く身を沈める。

「そりゃよかった。ベイリーズという酒を、牛乳で割ったものです。甘すぎるかと心配しましたが……」

「甘いが、旨《うま》い。何とも言えぬ味わいだな。これが甘露《かんろ》というものかもしれぬ。……酒を乳で割るなど、我らでは考えつきもせぬことだ」

元佑は、グラスを手に、ゆったりとソファーにもたれかかった。

「やはり酒は良いものだな。心が落ち着く」

「同感です」

龍村は、自分用に作ったジンライムを舐《な》めるように飲みながら、頷《うなず》いた。

(……このくらいはいいだろう、天本)

実は、さっきかかってきた電話で、森《しん》からしっかり釘《くぎ》を刺されている龍村である。曰《いわ》く、「あまりこの世界の情報を与えすぎるな」と。

(だが、どうせ元の世界に戻すときには、僕たちの記憶なんか綺麗《きれい》さっぱり消しちまうつもりなんだろうしな)

どうせなら元佑に、この世界での滞在を楽しんでほしい。そう思った龍村は、敢《あ》えて森の言いつけを無視することにしたのだった。

それぞれ二杯ずつ酒を飲んだ後、龍村は元佑の希望どおり、自分の寝室に元佑の布団《ふとん》を敷いた。

部屋の大部分がキングサイズのベッドに占領されており、布団《ふとん》は片方がどうしても壁に密着したせせこましい配置になってしまう。それでもいいと、元佑はきっぱりと言った。

「では、電気を消しますよ」

「うむ」

返事まで自分そっくりだ、と半ば呆《あき》れながら、龍村は部屋の灯《あかり》を消し、ベッドに潜り込んだ。下のほうで、元佑が布団を被《かぶ》るらしき物音がする。

「龍村どの……」

数分の後、暗闇《くらやみ》の中で、元佑が唐突に口を開いた。まだ眠らずにいた龍村は、枕《まくら》に頭を預けたままで、いらえを返す。

「何です？」

「失礼なことをお訊《たず》ねするが、龍村どのは、妻を娶《めと》られぬのか？　この家には、女の姿が見えないが」

さすがに、即答できる問いではなかったらしい。龍村はしばらく沈黙し、そして「参ったな」と呟《つぶや》いた。

「で、出過ぎたことをお訊《き》きした。忘れていただいてかまわぬ」

「いや。僕はべつに気分を害したわけではありませんよ。ただ、最近、独り身が寂《さび》しくなっているのは事実なんでね。痛いところを衝《つ》かれた気がしただけです」

焦《あせ》った声音で元佑が質問を取り下げようとするのを、龍村はやんわりと制止し、そして問い返した。

「琴平君から、あなたには素敵な細君《さいくん》がおられると聞きました」

ああ、と頷《うなず》いて、元佑は再びゴロリと横たわった。両手を頭の下で組み、暗さに慣れてきた目で、天井《てんじょう》を見上げる。

「琴平君が言うには、とても優しい人だと」

「気は強いが心根は優しい、紅葉と申す女だ。乳母《めのと》の娘で、幼き頃より見知っておった。俺は兄弟姉妹がおらぬゆえ、紅葉のことを実の妹のように思うていた」

「ほほう。……それは」

「何か？」

「いや、今の天本には、あなたの経験談が、いちばん役に立ちそうだと思いましてね」

龍村の笑いを含んだ声に、元佑は不思議そうに瞬《まばた》きする。

「天本どのには、何かお悩みがおありなのか？」

「ええ。ですが、僕には相談に乗ってやることはできても、助言してやることはできないんです」

「……それが何か、訊《き》いてもよいだろうか」

「本当はベラベラ喋《しゃべ》ることではないんでしょうが」

龍村は、元佑のほうへ寝返りを打ち、肘枕《ひじまくら》をついた。

「同じ顔の人間には、どうしても話したくなってしまいます。あいつは今、琴平君との関係に少し悩んでますよ」

「敏生との……関係に？　あの二人が互いに好《す》き合《お》うているのは、見ていればわかる。……が、それはこの世では道ならぬ道なのか？」

ストレートな問いに、龍村は軽く肩を竦《すく》める。

「そう考える人も、気にしない人もいます。善くも悪くも、いろいろな考え方の人間が共存している世界ですからな。少なくとも、僕は気にしません。というか、あの二人は、互いに最高に似合いの相手だと思っていますよ」

元佑は、低い声で言った。

「敏生を……俺の世界で敏生を拾ったとき、あいつは酷《ひど》い怪我《けが》をしていた。高い熱に浮かされて、ずっと呼び続けていたのは、天本どのの名だった」

「そう……ですか」

「ああ。あいつが『大切な人を捜している』と言ったとき、すぐにそれが天本どののことだと察しがついた。俺は、天本どのが記憶をなくし、晴明《せいめい》どのであったときも、そして天本どのに戻られたときも知っている」

元佑は、微《かす》かな吐息《といき》をついた。

「晴明どのに会《お》うた後、敏生がどれほど失望していたかも……晴明どのが記憶を取り戻し、天本どのとなったとき、いかほど嬉《うれ》しげにしていたかも」

その言葉には、龍村は面白そうに質問を挟んだ。

「ほう。どうでした？　安倍《あべの》晴明と天本……両者は違っていましたか？」

しばらく考え、元佑は、わからぬ、と答えた。

「違っていたような気もするし、同じだったような気もする。……だが、確かに違っていたのは、敏生に対する眼差《まなざ》しだった。晴明どのは、敏生を何やら不思議な生き物を見るような目で見ていたが、天本どのの敏生を見る目には、限りない慈《いつく》しみを感じた」

「慈しみ……か。そこですよ。天本が悩んでいるのは」

「どういうことだ？」

龍村の苦さを滲《にじ》ませた声に、元佑は首を巡らせた。暗がりで髪型がよく見えない今、龍村の顔は本当に自分そっくりに見えた。

龍村もまた、傷跡と長い髪が見えないせいで自分と同じ顔をした元佑を見ながら、口を開いた。

「さっきの話を聞いた限り、あなたにも身に覚えがあるでしょう。妹だと思っていた人間を、いつしか女と……抱きたい相手として愛していることに気づいたときの戸惑いに。残念ながら、僕には想像するしかない感情ですが」

「そ……それは……その」

未《いま》だかつて、誰かと性愛について語り合ったことなど皆無な元佑である。あまりにもあけすけな龍村の物言いに、いかつい顔がみるみる紅潮《こうちょう》していく。大きな口が、酸欠の金魚のように、忙《せわ》しくパクパクした。

だが龍村は、そんな元佑をからかうでも笑うでもなく、真剣な面持ちで話を続けた。

「割り切ってしまえば……一線を越えてしまえば、いっそ楽になるのかもしれない。だが天本は、自分が楽になるために、琴平君に手を出すような男じゃない。誰よりも琴平君の幸せを願っているからこそ、あいつは苦しんでいるんでしょう」

「何やら難しげだな」

「まったくね。琴平君は今、ちょうど子供が大人になっていく過渡期にあるように思います。だから、余計にややこしい」

「……ふむ」

元佑は、しばらく口を噤《つぐ》み、考え込んだ。そして、おもむろに口を開いた。

「人間はそれぞれ、様々な考え方をするものだ。考えなしに動きすぎる者もおれば、考えすぎて身動きままならぬ者もおる。……だが、結局のところ、考えようと考えまいと、なるようになるのではないか、とこのごろ俺は思うのだ」

ほう、と面白そうに相槌《あいづち》を打ち、龍村は先を促《うなが》す。元佑は、考え考え、話を続けた。

「以前の俺は、自分の運命は自分で切り開くものとばかり思うておった。だが、敏生と出《で》会《お》うて思った。やはり、神や仏はどこか高いところで、俺を見ているのではないかと」

「それは、何故《なぜ》です」

「あの日、敏生に会わなんだら……戻《もど》り橋《ばし》の下で敏生を拾わなんだら……今の俺はなかったと、そう確信できるからだ。紅葉と夫婦になるのは、もっと先のことになっただろう。源《みなもとのよりみつ》頼光どのや左大臣どのといった俺にとっては雲の上の方々に、顔を覚えられるようなこともなかったろう。渡辺綱《わたなべのつな》どのという得がたき友を得ることもなかったろうし、源《げん》太《た》が家司《けいし》になることも……」

以前、敏生が龍村に語って聞かせた人の名が、元佑の口から次々に発せられる。龍村は、興味深げに耳を傾けていた。

「無論、最後に心を決めて動きを起こすのは俺自身だが、神仏が俺を見ていて、正しきときに正しく腹を括《くく》れるよう、助けの手を差し伸べてくだされるような気がしてならぬのだ」

「あなたにとって、敏生は神の使いですか」

「まさしくそうだな。……今回も、俺がもうこれまでかと思った瞬間に、敏生が現れた。外からの光があいつの背中を照らして、まるで後光が射《さ》しているように見えた」

「なるほど……」

龍村は溜《た》め息《いき》混じりに、ばたんと寝返りを打ち、天井《てんじょう》を真《ま》っ直《す》ぐ見上げた。

「僕にとっても、琴平君は一種、天使、いや天の使いのようなものですよ。彼のおかげで、僕は……償《つぐな》うべくもない罪を赦《ゆる》された気がするんです」

「……それは……」

思わず身を起こした元佑を横目で見て、龍村はゆっくりとかぶりを振った。

「いや、それについては訊《き》かないでください。ただ、僕に言えることは……」

龍村は、ニッと笑うと仁王《におう》の目でウインクしてみせた。

「琴平君には、人の心を結び合わせる不思議な力があるということです。……そして、僕たちの天の使いを、自分だけのものにしようとしている天本が苦労するのは、至極当然、ということですかな」

「……違いない」

元佑もフッと笑って、再び寝床に身を横たえた。

「ですが、ここにおられる間、もし機会があれば、天本と話してやってくれませんか」

「俺では役に立たぬかもしれぬが。……龍村どのが望むなら、嫌《いや》とは言えぬ」

「恐縮です」

龍村はそれだけ言うと、口を噤《つぐ》んだ。

不意に、沈黙が訪れる。

やがて聞こえだした、軽いいびき。

しばらくそれに耳を傾けていた龍村は、自分も目を閉じた。

本来ならば、会うはずもなかった自分にそっくりな男。外見だけでなく、まるで魂まで自分の片割れのように思えるその男が、すぐ近くで寝息を立てている。

眠れば、夢まで共有できるような気がして、龍村は思わずいかつい顔に笑みをよぎらせた。

やがて訪れた、やけに心地よい睡魔に、龍村は迷うことなくその身を委《ゆだ》ねた……。

四章　切りぬけるだけの日々

本当は、昼までぐっすり眠るつもりだった。

だが、翌朝八時過ぎに、龍村泰彦《たつむらやすひこ》は電話の呼び出し音で叩《たた》き起《お》こされる羽目になった。

「うう……何だ、こんなに早くから」

いつもなら、六時半には起きてジョギングをするところなのだが、さすがに昨日の事情聴取初体験で疲れていて、それどころではなかった。龍村は、重い足取りでガウンを羽織り、リビングに向かった。

「はい、龍村ですが」

寝起きのひび割れた声でそう言うと、受話器の向こうから聞こえてきたのは森《しん》の緊迫した声だった。

『龍村さん、俺だ』

「おう、天本《あまもと》？　お前、自分がいつも八時起きだからって、僕にまでモーニングコールをしてくれなくてていいんだぜ」

『べつに、伊達《だて》や酔狂《すいきょう》で電話してるわけじゃない。近くにテレビがあるか？』

「ああ。今リビングだからな。あるぜ。……ああ、昨日の僕の誤認逮捕がニュースになってるってのか？」

『そんな小さな事件じゃない。……検非違使《けびいし》の彼はどうしてる？』

「まだ寝てるぜ。一昨日《おととい》からの疲れがどっと出たんじゃないか？」

『起こしてくれ。そして、どのチャンネルでもいいから、ニュースを見ろ』

「おい、天本……いったいどうし……」

『いいから早くしてくれ！』

珍しいほど苛立《いらだ》った森の声に、龍村はどうやらただならぬ事態が起きているのだと察した。

「わかった。ちょっとこのまま待ってろ」

そう言って受話器を置くと、自室に引き返す。

まだカーテンを引いたままの薄暗い部屋では、ベッドと壁の間の狭いスペースに布団《ふとん》を敷き、元佑《もとすけ》が変形大の字になって寝ている。

敏生《としき》は、「元佑さんってね、あんまり熟睡してないみたい。僕がちょっと夜更《よふ》かししてて物音立てたら、すぐ起きて怒りに来てたから」と言っていた。

だが今の彼は、龍村が枕元《まくらもと》に立っても、目覚める気配を見せない。やはり、二日にわたる逃亡劇で、疲れきっているのだろう。

可哀相《かわいそう》だとは思ったが、森がああいう尖《とが》った声を出しているときは猶予《ゆうよ》ならないときなのだと、龍村にはこれまでの経験でわかっている。仕方なく龍村は、そっと元佑の肩を叩《たた》いた。

「むむう……」

呻《うめ》いて、元佑はポッカリと目を開く。このあたりの寝起きのよさはさすがと言うべきだろう。龍村は、ひょいとしゃがみ、真上から元佑の顔を見下ろして言った。

「申し訳ない、兄上。もっとゆっくり寝かせてあげたかったんですが、朝から天本が殺気立っていてね。二人でニュースを見ろと言うんです。……ああ、ニュースの意味がわからないか。とにかく、起きてもらえますか」

「無論だ」

元佑は、山猫のように敏捷《びんしょう》な動きで立ち上がり、リビングへと向かった。

「……さすがだな」

龍村は感心して、その後を追った。リビングに行くと、手真似《てまね》で元佑にソファーを勧め、片手でリモコン、片手で受話器を取った。パチッと音を立てて、テレビがつく。ソファーで元佑が驚愕《きょうがく》のあまり仰《の》け反《ぞ》るのを見ながら、龍村は受話器の向こうの森を呼んだ。

「おい、いるか？　兄上を起こしてテレビをつけたぞ。ニュースが何だって？」

リモコンを操作して、ニュースをやっている局を探す。

『見ればわかる』

「愛想《あいそ》のない奴《やつ》だなあ……ちょっと待てよ。これかな」

とある局で、アナウンサーが何やら言っている。龍村は、チャンネルをそこで止め、ボリュームを上げた。

「こ、こ、これは何だ⁉　この箱はいったい何なのだ。中で人が喋《しゃべ》っておるぞ龍村どの！　この箱の中に、小さな人間を詰め込んであるのか？」

元佑は、テレビの画面を指さし、太い指をプルプルと震わせている。龍村は、眉毛《まゆげ》を八の字にして苦笑いした。

「テレビの説明は後でして差し上げますよ。今は黙って見ていてください」

「う、うむ。わかった……」

画面に映っているのは、いつもは芸能ニュースを伝えている、蓮《はす》っ葉《ぱ》な感じの若い女性記者だった。彼女がマイクを握って立っているのは、そう、清水寺《きよみずでら》の前である。

龍村は受話器を持ったまま、そして元佑は驚愕《きょうがく》して身構えたまま、記者の言葉に耳を傾ける。

『今朝早く、この観光客に大人気の京都《きょうと》の代表的観光名所の清水寺で、死体が発見されるという事件が起こりました』

「何だって⁉」

龍村は、素《す》っ頓狂《とんきょう》な大声を上げる。受話器からは、森の声がした。

『黙ってしばらく見ていろ。大変なことになっている』

寝起きに偶然このニュースを見たか、先に起きてテレビを見ていた敏生に叩《たた》き起《お》こされるかしたのだろう。森の声は、僅《わず》かに掠《かす》れている。遠く、敏生が森にコーヒーを勧めている声が聞こえた。

『清水寺で死体？　それは、舞台から飛び降りたってやつですかね？』

スタジオにいるメインキャスターが冗談めかしてツッコミを入れる。だが女性記者は、真顔で「違います」と言った。

『正確に言いますと、死体が見つかったのは、清水寺の門前です。中年男性の死体で、死亡推定時刻は深夜、午前二時から三時頃ということです。男性の身元等はまだわかっていませんが、この死体、大変な状態だったんですよ』

『大変な状態？　それはどういうことでしょうか？』

『今朝、その死体を発見した参道のお土産屋《みやげや》さんの話では、死体の手足がもぎ取られてなくなっており、さらに、頭部がそっくりなくなっていたというんです。辺りには血が飛び散っていたそうで、非常に惨《むご》たらしいありさまだったと……』

『そ、それは殺人、ということですか？』

女性キャスターは、強張《こわば》った顔で頷《うなず》いた。

『京都府警は、残虐《ざんぎゃく》な殺人事件とみて捜査を開始しました。先日、八坂神社《やさかじんじゃ》で太刀《たち》を持った怪しい男が目撃されたばかりの界隈《かいわい》で、今朝は猟奇的な殺人事件、まったく物騒なことですね』

メインキャスターも、お得意の顰《しか》めっ面《つら》で相槌《あいづち》を打つ。

『まったくですね。その二つの事件に関係はあるんですか？』

『それはまだわかっておりません。ああ、それから死体から失われた脳、そして手足は、死体の傍《そば》には見あたらず、未《いま》だ捜索中です。持ち去られた疑いもあるということです』

「持ち去られたんじゃない……。食われたんだ」

龍村の口から、掠《かす》れた呻《うめ》きが漏《も》れる。

『あんたもそう思うか。単なる偶然ならいいと思ったんだがな』

「そんな都合のいい偶然があるものか！」

『そうだな。ということは……いや、テレビの情報だけで心を決めるのは危ないな。彼も見たのか？』

龍村は、ソファーに目をやった。元佑は、テレビの仕組みを理解できないまま、しかしニュースの内容だけはしっかりと把握《はあく》しているらしい。画面を指さしたまま、わなわなと身震いしている。

龍村は、ズキズキ痛み始めたこめかみを片手の指で叩《たた》きながら、電話の向こうで自分と同じく渋《しぶ》い顔をしているであろう森に問いかけた。

「で？　どうするんだ？　とりあえず、そっちへ行くか？」

『……だが、あんたは家にいないとまずいんだろう？』

「ああ、そうだった。厄介《やっかい》だな」

『とりあえず、事件の経緯だけ、二人で追いかけておいてくれ。これから、俺と敏生は現場の近くまで行ってみる。さすがに清水寺には入れないだろうが、何か情報が得られるかもしれない』

「なるほどな。わかった。こっちでも……そうだな、その死体はきっと今頃K大学の法医学教室に運ばれているはずだ。ちょっと探りを入れてみるよ」

『そうしてくれれば助かる。が、昨日のような無茶は、もうしないでくれよ』

「ああ。自重しよう。そっちも気をつけてな」

『わかってるさ。また、連絡を入れる』

通話が終わった後も、龍村は受話器を手に持ったまま、ぼんやりとそこに立っていた。

(なんてこった……。やっぱり、あいつらがらみですんなり終わる事件なんて、あるわけないか)

昨夜、元佑が語った「鬼《おに》に食われた死体」とよく似た形状の死体が、清水寺で発見された……。それが単なる「そら似」であればいいと、龍村も思う。だが、今までの経験からいって、それは空《むな》しい希望というものだろう。

どうやら、元佑を六道珍皇寺《ろくどうちんのうじ》の井戸に放《ほう》り込《こ》んで終わり、というような簡単な結末は望めなくなったようだ。

まだテレビに噛《かじ》りついている元佑を横目に、龍村は、K大学の電話番号を調べるべく、再び受話器を取り上げた……。

その二時間後、森と敏生は清水寺の門前にいた。

さすがに今朝は、門の両側に見張りの警官が立ち、本日拝観中止の大きな紙が掲示されている。寺内にも、多数の刑事とおぼしき背広姿の男たちがウロウロしていた。

死体が門前にあったということは、事件自体は寺の敷地内で起こった可能性がある。マスコミには知れていないようだが、昨日の龍村誤認逮捕の一件もあり、寺内を詳しく検分しているのかもしれない。

そして門前には、拝観中止を知らずにやってきた観光客や野次馬《やじうま》、そしてテレビ映りたさにカメラを追いかけ回す子供たちがひしめいていた。いつもの森なら即座に立ち去るような混雑ぶりだが、今の場合は身を隠せて、かえって好都合である。

「中には入れそうもないな」

「ですね」

門に詰めかけた野次馬《やじうま》たちに紛れ、森は敏生に耳打ちした。

「ここからでも、何か感じ取ることはできるか？　それとも……この人込みでは無理か」

「うーん……。どうだろう。とりあえず、やってみますね」

敏生は曖昧《あいまい》に首を傾《かし》げ、しかしダラリと下げた両手の指を組み合わせ、俯《うつむ》いて目を閉じた。そのまま、心を穏やかにし、目に見えない友……精霊たちに呼びかける。

やがて目を開けた少年は、手真似《てまね》で森を屈《かが》ませ、その耳元で囁《ささや》いた。

「精霊たちが、酷《ひど》く怯《おび》えてます。……昨日は、たぶん元佑さんの持ってた鬼《おに》の手を嫌《いや》がってたんだと思うんですけど、今朝のはそれどころじゃなくて……」

森は、形のよい眉《まゆ》を僅《わず》かに顰《ひそ》める。

「それは、どういうことだ？」

「うーん……ちょっと待ってくださいね」

敏生は、虚空《こくう》を探るような不思議な目つきをした。どうやら、自分と話をしてくれる精霊を見つけようとしているらしい。だが少年はすぐに、諦《あきら》めの言葉を口にした。

「駄目《だめ》ですね。……ただ、木の精霊が特に動揺しているみたいです。風の精霊は……大きな火柱が、人を引き裂いたと。それだけ教えてくれました」

「大きな火柱……やはり、元佑氏の語った鬼《おに》に似た姿だな」

「……ですね。火だから、木の精霊《せいれい》たちが怯《おび》えてるのかも。ってことは」

敏生は、大きな鳶色《とびいろ》の瞳《ひとみ》に不安の色をよぎらせ、森を見た。

「偶然ここに妖《あやか》しが出た、ってわけじゃなくて……。ええとそのやっぱり、その鬼って、元佑さんがあっちの世界で戦ってた鬼が……」

「彼と前後して……あるいは彼を追って、時空トンネルをくぐり抜け、この世界に来た。そう考えるのが妥当だろうな」

「そんな……！」

「とりあえず、ここにこれ以上長居しても意味はないようだ。行こう」

森は踵《きびす》を返すと、参道を下り始めた。

「あ、待ってくださいよう！」

敏生は慌《あわ》てて森の後を追おうとして、しかし、ふと足を止め、清水寺を振り返った。

よりにもよって、元佑に再会した場所である清水寺に、鬼らしきものが出た。それが何を意味するのか……。

ただの偶然ではないような気がする。心に何かが引っかかっていたが、考えをまとめる暇は、今の敏生にはなかった。

「天本さん、待ってくださいってば！」

同じように考え事に没頭しているのだろう。いつものように待ってはくれず、どんどん早足で遠ざかっていく森の背中を、敏生は大慌《おおあわ》てで追いかけたのだった。


参道を下る途中で、森と敏生はほぼ同時にぴたりと足を止めた。視線の向いた先も、同じ右側の八《や》つ橋《はし》屋である。その店の奥から、甲高《かんだか》い女の声で、「鬼《おに》」という言葉が発せられたのを、二人ともが聞きつけたのだ。

「天本さん」

「ああ。ちょっと入ってみよう」

二人は連れだって、狭い間口から店内に入ってみた。

清水寺が拝観中止の今日は、客の入りも見込めない。店内にはほかの客の姿はなく、奥で店番の女性二人が足台を椅子《いす》代わりに座り、お茶を飲みながら話し込んでいた。

「でも大変やったねえ、お祖父《じい》ちゃんも災難やわ」

「そうやねえ、当分寝込むやろねえ、あれは。……あ、お客さんやわ」

こちらを向いていた女性は、森と敏生の姿を認めると、さっと立ち上がって頭の三角巾《さんかくきん》を整えた。

「おこしやす。……せっかく来やはったのに、残念でしたわねえ、清水《きよみず》さんがこんなんで」

そんなお愛想《あいそ》を言いながら、もうひとりの女性も腰を浮かせ、奥に入ってしまう。

森は、適当に手に取った生八つ橋の箱を女性に渡しながら、さりげなくその女性に声をかけた。

「そういえば、先ほど、鬼《おに》が何とかとか仰《おっしゃ》っていたようですが」

「……あ、ええ。お客さん、今朝のニュース見はりました？　清水さんの門前で、怖い人死にがあったいうのん……」

話好きらしいその女性は、品物を包みながら、やけに嬉《うれ》しそうに言った。

「ええ。それがどうかしたんですか？」

森は適当に相槌《あいづち》を打つ。女性は、声を潜《ひそ》めてこう言った。

「実はねえ、うちのお祖父《じい》ちゃんが、真夜中、あそこで鬼見たて言《ゆ》うんですよ」

「ええっ」

森の横で話を聞いていた敏生は、思わず驚きの声を上げる。女性は、その反応に気をよくして、調子よく話を続けた。

「ほら、うちはお寺さんの門前の店やし、朝早いですやろ。よその店はどうか知りませんけど、うちは朝からお客さんにできたての八つ橋食べてもらおうと思て、お祖父ちゃんがひとりで、朝の三時頃から準備し始めるんですわ。ああ、ほらお客さん、八つ橋、ちょっと味見しはったら。……言《ゆ》うても、今朝のんはお祖父ちゃんがあんなんなってしもて、代わりのもんが作ったから、いつもほどは美味《おい》しないかもしれへんのんですけど」

「あ、すいません」

差し出された皿から、敏生は抹茶皮《まっちゃがわ》の八つ橋をつまみ上げた。口に放《ほう》り込《こ》むと、もちもちと柔らかい皮から、ほんのり抹茶の味がする。大量生産の八つ橋と違い、これ見よがしな肉桂《にっき》の味はしなかった。

「美味《おい》しいです。でも、お祖父《じい》ちゃんはどうしちゃったんですか？」

もう一つ、今度は白い皮のものをつまみながら敏生が問うと、女性は初めてちょっと困ったような顔をした。

「それがねえ、いつも仕事にかかる前には、清水さんの門まで行って、中の仏さんに向かって手ぇ合わすんがお祖父ちゃんの日課なんですわ。それで、今朝も暗いなか、出かけていったんですって。そしたら、門の前でぼうぼう火が燃えてて、お祖父ちゃん、すわ火事か、て仰天《ぎょうてん》して駆《か》けつけて……そこで、鬼《おに》を見たんですて」

「鬼⁉　鬼ってどんな鬼ですか？」

敏生はガラスケースに両手をついて、女性のほうへ身を乗り出した。こうなったら、聞き上手の敏生に任せてしまおうと、森は黙って耳を傾けることにした。

「お祖父ちゃんが言うにはねえ、体じゅうが火でできた、そりゃあ大きな鬼だったそうですわ。それが、人を摑《つか》んで、スルメみたいにちぎって食べとったって言うんです。お祖父ちゃん、腰抜かして逃げ出して、えらい勢いで家に帰ってきはってねえ。そのまま寝込んでしもて」

「それって、事件の目撃者ってことじゃないですか！　警察には言ったんですか？」

「そらねえ、言いましたけど。せやけど警察の人も、犯人は鬼《おに》や言われても困りはるでしょう。お年やしねえ、言《ゆ》うてガックリ肩落として帰りはりました。そらそうやわねえ」

「鬼……」

「鬼みたいに大きな人やったんですかねえってさっきここにおった人と、話してましてん」

そう言いながら、女性は綺麗《きれい》に包装した八つ橋の箱を紙袋に入れ、差し出してきた。

店を出ると、敏生は森の手から紙袋を受け取り、小さく笑った。

「龍村先生たちにお土産《みやげ》ができちゃいましたね。……でも、さっきの話。あそこのお祖父《じい》ちゃんの見たっていう鬼、元佑さんが昨日言ってた……」

「火の鬼とそっくりだな。やれやれ、事態は厄介《やっかい》になってきたようだぞ。昼飯を食う前に、六道の井戸を見に行こう」

森は、溜《た》め息《いき》混じりにそう言って、両手をコートのポケットに突っ込んだ。

＊　　＊

祇園界隈《ぎおんかいわい》の喧噪《けんそう》が嘘《うそ》のように、六道珍皇寺《ろくどうちんのうじ》の境内《けいだい》は静まりかえっていた。

敏生《としき》は、キョロキョロと辺りを見回す。

「井戸は、裏庭にあってこの間来たとき聞きました」

「ああ。ちょっとご住職にお願いしてこよう。見せてもらえるものかどうか」

森《しん》はそう言って、本堂脇《わき》のインターホンを押した。出てきた僧侶《そうりょ》としばらく話したあとで、森は振り向いて、離れたところで待っていた敏生を手招きした。

「本当は前日に予約しなくてはならないらしいんだが、特別に見せてくださるそうだ」

森に続いて木戸をくぐると、そこにはこぢんまりとした裏庭があった。敏生は、思わず呟《つぶや》く。

「何だか、平安《へいあん》時代の六道珍皇寺と全然違いますよねえ」

「それは……千年前とまったく変化なしというほうが気持ち悪いだろう」

森はあっさりと言葉を返し、住職らしき僧侶について井戸へと向かった。

「これが、小野《おのの》篁《たかむら》が地獄へ出仕する際に使った井戸と言われています。ここより篁は、毎夜地獄に通い……」

説明慣れした住職の口上を適当に聞き流しつつ、森と敏生は井戸に近寄り、蓋《ふた》を取って中を覗《のぞ》いてみた。

「井戸も、僕が入ったときと形が変わってますね」

「それはそうだろう。……だが、時空トンネルとしては使えそうだな。感じられるか？」

「ええ」

敏生は、井戸にほとんど頭を突っ込むようにして、目を閉じた。水底のもっともっと深いところで、大河が流れているような凄《すさ》まじい「気」の流れを感じる。まさしくそれは、かつて自分が時空を超えたときに感じたのと同じものだった。

「これだけの強さがあれば、十分あの検非違使《けびいし》を元の時代まで運んでくれるだろう。……だが……」

森の言わんとしていることは、敏生にもわかった。少年は、その華奢《きゃしゃ》な身体《からだ》をブルリと震わせた。

「何だか乱れてる、気が」

それは、どこか不安のようなものを湛《たた》えた……たとえれば、清流に濁《にご》った水が大量に流れ込んでいるような、そんな感じだった。

「やはりそうか。俺より君のほうが強く感じているようだが」

「ありゃまあ、二人して井戸に頭を突っ込んで……落ちたら危ない。地獄に送られてしまいますよ」

住職が、井戸に飛び込まんばかりに深く頭を突っ込んでいる森と敏生を、笑いながら諫《いさ》める。

「失礼しました。興味があったもので、つい」

森は頭を上げると、慇懃《いんぎん》に住職に詫《わ》び、まだ上半身が井戸の中状態の敏生の首根っこを摑《つか》んで引き上げた。

「大変参考になりました。無理を言って見せていただいて、本当にありがとうございました」

「はあ、ほな、ええ小説を書いてください」

どうやら、小説の取材に来たと、森は住職に説明したらしい。住職は、破顔してそんなことを言った。

二人は、住職に礼を言い、六道珍皇寺を去ったのだった。


ちょうど昼時ということもあり、二人は、南座《みなみざ》の隣にある蕎麦屋《そばや》「松葉《まつば》」で昼食を摂《と》ることにした。敏生は名物の「にしん蕎麦」を、森は「百合根《ゆりね》蕎麦」を注文する。

「ねえ、天本《あまもと》さん。さっきの井戸の中の気の乱れ……。あれって」

言いかけて口を噤《つぐ》む敏生に、森は続きを促《うなが》した。

「君はどう思った？」

敏生は、おしぼりを両手で捻《ひね》りながら確信のない口調で答えた。

「何だかね、今、何か起こって乱れてるっていうよりは、少し前に大きな何かがあって、その余韻で乱れが残ってるような、そんな感じがしました」

「静かな水面《みなも》に大きな石を投げ込んだ後、波紋が広がるような……？」

「ええ、そんな感じかも」

「それをどう解釈する？」

先生が生徒に質問するような口調で、森は訊《たず》ねた。敏生は少し迷って、しかし素直に答えた。

「こんな解釈、凄《すご》く嫌《いや》だけど……。でもやっぱり、あそこの時空トンネルを使って、鬼《おに》が平安時代から、この世界へ飛んできたんだと思います。その鬼の邪気で、トンネルの空気が乱れてるんじゃないかな」

「そしてそれを裏付けるのが、清水寺《きよみずでら》で君が聞いた精霊の声と、あの八《や》つ橋《はし》屋で又聞きした老人の目撃談か」

「そうですね」

「……参ったな」

それきり二人は、運ばれてきた蕎麦《そば》を黙って食べ始めた。

しばらくして、敏生は甘辛《あまから》く煮付《につ》けたにしんを箸《はし》で割りながら、口を開いた。

「でも、どうして鬼は時空を超えてきたんだろう。天本さん、言ってましたよね。元佑《もとすけ》さんは、時空トンネルの中で僕のことを思い出したから、僕の世界へ出てきたんだって」

「ああ、そう言った」

森は、大きく丸く作って揚げた百合根《ゆりね》の団子《だんご》を食べながら、短く答える。敏生は、首を捻《ひね》りながら独り言のような口調で言った。

「じゃあ、やっぱり鬼《おに》も、トンネルの中で元佑さんのことを思ったのかな。もちろん、好きで会いたいと思ったわけじゃないだろうけど。でも、自分と戦った相手が憎いとかだったら、向こうの世界に残ってるはずの綱《つな》さんに注意が向かうと思うんだけどな……」

「あるいは、渡辺綱《わたなべの》も時空を超えたか？　いや、それは考えにくいな。もしそうなら、どこかで必ず誰かに目撃され、騒ぎになっているはずだ」

「ですよね。誰だって、平安時代からいきなりこの時代に飛ばされたら、パニックになるもの」

「ああ。ほかの時空へ飛んだなら、俺たちにはどうしてやることもできない。鬼が特別この時代に来ることを自ら選択したんだとしたら……」

「やっぱり、元佑さんへの恨《うら》みが強かったから？」

「どうだろうな」

森は曖昧《あいまい》な返答をして蕎麦《そば》を啜《すす》った。ここの蕎麦は、あまりコシがない。京都《きょうと》らしく、出汁《だし》の染み込んだ柔らかい蕎麦である。

「あ、ずるい」

敏生は、ちょっと不満そうな顔をした。森の口ぶりや表情から、敏生の質問に対する答えがわかっていてわざと答えないでいることがわかったからだ。

だが森は、笑ってかぶりを振った。

「意地悪で答えないんじゃない。まだ仮定の段階だから言わないのさ」

「じゃあ、いつ教えてくれるんですか？」

敏生は口を尖《とが》らせる。森は少し考え、言った。

「今夜。龍村《たつむら》さんが警察からの所在確認電話を受けて、お役御免になったら、実験をしよう。……おそらくはそれでハッキリすると思う」

「実験ですか？　僕も連れてってくれるんですよね？」

「もちろんさ」

そう言われて、敏生はやっとホッとした顔つきになった。

「よかった。じゃあ、これからどうするんですか？」

「今夜の実験に適した場所を選びに、何か所か心当たりの場所を回ってみたい。だが、ここを離れるその前に……」

「その前に？」

真面目《まじめ》な顔で問う敏生に、森はニヤリと笑って言った。

「その前に、君のお薦《すす》めの店で口直しをしていこうか。今度京都へ一緒に来たときは、旨《うま》い抹茶《まっちゃ》パフェの店へ連れていくと、君言っただろう？」

＊　＊

その夜、龍村《たつむら》と元佑《もとすけ》が小一郎《こいちろう》に連れられてホテルの部屋に現れたのは、午後十時半を過ぎてからだった。

「遅くなって悪い。警察からの電話と、仕事がらみの野暮用《やぼよう》と、両方立て込んでな」

夜中だというのに、龍村はアイボリーのスーツ姿だった。ジャケットの下には、鮮やかなロイヤルブルーのシャツが覗《のぞ》いている。ネクタイを締めていないところが、気持ちカジュアルダウンした服装のつもりなのだろう。

「こんばんは、龍村先生、元佑さん。こっちへどうぞ」

（確かに目立つけど、やっぱり派手な格好してるほうが、龍村先生らしくていいや）

敏生《としき》はそんなことを思いつつ、二人に夜の挨拶《あいさつ》をし、ソファーを勧めた。

「おう、琴平《ことひら》君。天本《あまもと》も、夜だってのにその服装か。やはり出かけるのかな」

龍村はそんなことを言いつつ、ソファーにドカリと腰を下ろした。続いて、こちらはよほど気に入ったのか、今日も引き続きジャージ姿の元佑が隣に座る。体格が立派な上、頭のうえに髻《もとどり》を結っているので、まるで相撲取《すもうと》りのように見えた。

「用事は大丈夫《だいじょうぶ》なのか、龍村さん」

森《しん》は龍村の問いには答えず、気遣《きづか》わしそうにそう言った。

龍村は頷《うなず》き、テーブルの上にパソコンでプリントアウトしたらしい何枚かの紙をバサリと置いた。

「ああ、心配ない。電話で指示を出せばすむ用事だったし、警察のほうも、半分は無駄《むだ》話《ばなし》だ。例の清水寺《きよみずでら》の殺人事件の話を聞いてた。それより、これを見ろよ。K大学法医学教室の友人から、メールで送ってもらったものだ。向こうも、奇怪《きかい》な症例《しょうれい》だけに、内々で参考意見を聞きたかったようでな。決して広めないという条件で見せてくれた」

「わあっ！」

いちばん上の一枚を覗《のぞ》き込《こ》むなり、敏生は叫《さけ》び声《ごえ》を上げて仰《の》け反《ぞ》った。森も、不快げに端正な顔を歪《ゆが》める。

それは、無惨《むざん》な死体の写真であった。現場で撮影されたらしく、背景に清水寺の仁王門《におうもん》が写っている。

死体には、四肢《しし》がなかった。まるで人形から手足を引き抜いたように、付け根から綺麗《きれい》になっている。そして、無惨に放《ほう》り出《だ》された胴体《どうたい》からは、取っ手か何かのように、目から下しかない顔が飛び出していた。

敏生は、吐き気を堪《こら》えて紙をめくってみる。二枚目は、一枚目よりアップで上から撮った写真、そして三枚目、四枚目と、角度を変えて撮影したものが続いた。

「写真そのものじゃないから、少し見にくいかもしれんが、まあ大丈夫《だいじょうぶ》だろう。僕は兄上に写真とは何ぞやを説明することを締めた。後で誰か説明をしておけよ」

龍村はそんな軽口を叩《たた》いたが、誰も応じず、ただ写真に意識を集中している。

「これは……酷《ひど》いな」

森の口からも、そんなコメントが漏《も》れた。おいおい、と龍村は大袈裟《おおげさ》に広い肩を竦《すく》めて言った。

「おい、僕は何も、死体のグロテスクさを実感させようと思って、これを持ってきたわけじゃないぜ。昨日の兄上の話と、照らし合わせてみろ。むしり取られた手足、そして嚙《か》み砕《くだ》かれた頭蓋骨《ずがいこつ》。これを見ればよくわかる」

龍村は、二枚目の紙をいちばん上にして、その頭部を指さした。

「この頭の骨の砕けよう。まさしく、この辺縁の形が、鬼の歯形と見てよかろう。頭の皮のちぎれようも、ほれかように不整なれど、やや鋭いもので切られたことが見てとれる」

勢い込んで説明したのは元佑だ。監察医と検非違使《けびいし》、同業者どうしで息もぴったりである。元佑が口を閉じると、すかさず龍村が後を引き継ぐ。

「そして、脳底部が露出しているだろう。脳組織がすっかりなくなってるんだ。この大後頭孔から微妙に見えてるのが、延髄《えんずい》の下端あたりだな。この頭蓋の傷や四肢《しし》の傷には、生活反応がある。ということは、この被害者は、生きながら……あるいは、瀕死《ひんし》の状態か死亡直後に、手足をもがれて頭を齧《かじ》り取《と》られたってことになる」

「うむ。しかし、これをご覧あれ」

元佑は、一枚目のやや遠景の写真を出してきた。

「かようにむごたらしい傷なれど、血はあまり流れておらぬ。……おそらく、鬼《おに》が血を啜《すす》ったのだな。そして、傷口や、鬼が摑《つか》んだと見られるこの胴の部分が僅《わず》かに焦《こ》げておるのがおわかりになろうか。先日は言わなんだが、俺が元の世界で見た『鬼に食われた骸《むくろ》』にも、同じような焦げ跡があった」

森は写真を凝視し、なるほど、と小さな息を吐いた。敏生は、両手で頭を抱え、恨《うら》めしげに元佑と龍村を見た。

「うう、何かそんなステレオで解説されたら、頭がグルグル回りますよう。ホントに双子《ふたご》みたい」

「何をたわけたことを言《ゆ》うておるか。しっかり見ろ」

元佑は、検非違使《けびいし》らしくキビキビした口調で敏生を叱《しか》りつけ、一枚目の写真を敏生の前にバンと置いた。

「ここには、お前が見つけるべきものが写っておる。探してみろ」

「え……？」

敏生は、身を乗り出して、Ａ４サイズいっぱいに引き伸ばされたその写真に見入った。パソコンを介《かい》して印刷されたせいで、少々粒子が粗《あら》いが、十分に観察はできそうだ。

かつて敏生が平安京《へいあんきょう》で元佑の従者だったとき、元佑は敏生をいつも実検《じっけん》に連れていった。そして、死体を前に、今と同じように「この骸《むくろ》からお前が学ぶべきものは何だ？」と問いかけ、答えを示し、様々なことを教えてくれたものだ。

当時のことを懐《なつ》かしく思い出しつつ、敏生は写真の隅《すみ》から隅まで、丹念《たんねん》に見ていった。龍村も森も、そんな敏生を黙って見守る。

呼吸まで止めて写真に集中していた敏生は、やがて、あ、と声を立てて顔を上げた。元佑を見る鳶色《とびいろ》の目が、期待に輝いている。

「元佑さん、もしかしてこれじゃないですか？」

「うむ？」

敏生が指さしたのは、死体のすぐ傍《そば》の地面だった。

「そう、そこだ。よく見つけたな」

元佑は満足そうに頷《うなず》いた。どうやらそのあたりは二人で検討ずみだったのだろう、龍村もニヤニヤしている。森は、敏生に指摘されて初めて気づいたらしく、やや複雑な表情で元佑を見た。

「これは……足跡ですね、『鬼《おに》』の」

「さよう」

元佑は、重々しく頷《うなず》く。

確かに、死体のすぐ脇《わき》、僅《わず》かに流れた血液を踏んだのか、地面にくっきりと足形が残されていた。死体の男性が標準的な身長と考えれば、あまりにも大きな、裸足《はだし》の足形である。大まかに概算して、四十センチ近くあるのではないだろうか。

「なるほど……。こんな大きな足の人間は、おそらく世界じゅう捜してもいない。手足の外れ方も、人間によるものとは思えないんだな、龍村さん」

「人力では絶対に不可能だろうさ。人間の手足を引っこ抜くなんてことはな。関節を外すのが関の山だ。無論、鋸《のこぎり》を使えば可能だが、創口《そうこう》を見れば、これが切られた傷じゃなく、文字どおり引きちぎられたってことがわかる。見ろ。ちょっとわかりにくいかもしれんが、皮膚《ひふ》が過進展されたときにできる縮緬状《ちりめんじょう》の進展創が肩の辺りにできてるだろう」

龍村は、歯切れよくそう言って、森の顔をジッと見た。

「兄上と二人で昼間はずっとテレビを見てたが、朝のニュースとあまり変化はなしだ。解剖結果も、あまりに凄惨《せいさん》だからか、ニュースでは伝えられてない。被害者の身元はまだ明らかでないが、K大学法医学教室の友人が聞いたところでは、ホームレスの疑いが濃《こ》くなってきたようだ。……そっちの収穫は？」

「ああ。敏生とあちこち歩いてみたんだが……」

森は簡潔に、今日一日の成果を龍村と元佑に語った。黙って耳を傾けていた元佑の顔が、目に見えて険《けわ》しくなる。

森の話が終わると、それまで何とか我慢《がまん》してソファーに座っていた元佑は、絨毯《じゅうたん》に下りて胡座《あぐら》をかき、口を開いた。

「ではやはり天本どのも、俺が戦ったあの鬼《おに》が、俺と同じ不思議の道を辿《たど》り、この世に来たと……そう思われるのですな。俺と龍村どのが、あの箱から……てれびとやらいう箱から出てくる知らせを見ながら話し合って出した結論と同じように」

森はハッキリと頷《うなず》いた。

「それは確実だと思います。敏生も不穏な気を感じ取っていますし、すべてがあなたの話してくださった鬼の仕業《しわざ》に酷似《こくじ》している……。ただ、俺がわからないのは、鬼が何故《なぜ》この世界に来たか、です」

元佑は、それを聞いて眉《まゆ》を曇《くも》らせる。

「俺にもそれがわからぬ。……よもや、綱《つな》どのがあの鬼にやられ、次に俺を狙《ねら》ってここまで追ってきた……とは思いたくないのだ」

元佑の心の痛みは、その太い声に如実《にょじつ》に表れている。敏生は、心配そうに元佑と森を交互に見た。

「あなたの相棒、渡辺《わたなべの》綱氏の安否については、残念ながらまったくわかりません。ただ、鬼《おに》がここに来た理由については、どうしてもハッキリさせておかなくてはいけない。何故《なぜ》なら……」

森の骨張った長い指が、死体の写真を叩《たた》いた。

「鬼はこうして人を襲い、その脳や身体《からだ》を食い、血を啜《すす》ることで、綱氏に斬《き》りつけられた傷を修復し、時空を超えることにより消耗した力を回復していくでしょう。あなたの世界にいたときは、鬼はそこまで頻繁に現れなかったでしょう？」

「うむ。……二夜続けて現れることもあったが、大概は数日おきであったな」

「おそらく、普段の鬼ならば、そのくらいのペースで人を食っていれば、己の体力を維持できるんでしょう。だが、今は違う。衰えた自分の体力を回復すべく、おそらくはもっと頻繁《ひんぱん》に現れ、人を襲うでしょう。つまり我々が、奴《やつ》の次の出現場所を予知できなければ……つまり、奴が何を目的にここへ来て、何を今求めているかを知ることができなければ……」

カツン！　森の爪《つめ》が、写真をひときわ強く叩く。

「こういうことが、また起こるんです。今夜も。そして明日も。しかも、被害者はあなたにまったく無関係な、この世界の人たちです」

森の声には、冷徹な響きがあった。元佑の顔が、まるで渾身《こんしん》の力で殴《なぐ》られたように引《ひ》き歪《ゆが》む。

「天本さん、そんな酷《ひど》いこと……」

敏生は思わず元佑を庇《かば》おうとしたが、元佑はいや、とかぶりを振った。

「天本どのを詰《なじ》るは筋違いだ、敏生。貴殿《きでん》の言われるとおりだ、天本どの。あの鬼《おに》めがここに来た理由が何であれ、奴《やつ》は俺の獲物だ。この世の人々を、これ以上ひとりたりとも殺させることなく奴を仕留めることは、俺の務めだ。命をかけて……奴をこの手で倒さねばならぬ」

元佑の声には悲壮《ひそう》な決意が漲《みなぎ》っている。森は、そんな元佑を見つめ、静かな口調で言った。

「もはや、あなただけの問題ではありませんよ。あなたを助けた以上、その鬼を調伏《ちょうぶく》することは、俺たち全員の義務です。俺の言葉はすべて、龍村さんにも、敏生にも、そして俺自身にも向けられているんです」

「天本どの……」

元佑は胸を衝《つ》かれたように声を詰まらせる。敏生はニッコリ笑って頷《うなず》き、龍村はそんな元佑の肩をポンと叩《たた》いた。

「ときに天本。そう言うからには、鬼の目的に見当がついているんだろうな？」

龍村はギョロリとした目を森に向ける。森は、右眉《みぎまゆ》だけを吊《つ》り上《あ》げ、まあな、と言った。

「だが、それを確信するためには、実験が必要だ。……協力してくれるな、皆」

一同がそれぞれに深く頷《うなず》いたのは、言うまでもない。森は行動を起こすべく、段取りを説明し始めた……。


そして、午前二時。

敏生と龍村は一条戻り橋《いちじょうもどりばし》の上に、そして森と元佑は、そこから少し離れた晴明神社《せいめいじんじゃ》の境内《けいだい》にいた。

同じ場所でひたすら待ち続け、もう二時間になる。京都の底冷えは、三月といってもまだまだ厳しい。冷気が、骨の髄《ほねずい》までじわじわと沁《し》み込《こ》んでくるようだった。

「そろそろ、この実験とやらの目的を教えていただけまいか、天本どの」

真っ暗な境内で、拝殿の階段に並んで腰掛け、元佑は低い声で森に問いかけた。何も知らされずに待つことに、さすがにたまりかねたのだろう。森は微《かす》かに笑って頷《うなず》く。

「いいでしょう。敏生とは打ち合わせずみなので、今頃はあいつが龍村さんに説明している頃でしょうからね。まずこの一帯を実験場所に選んだのは……」

森は、静まりかえった境内を見回し、言葉を継いだ。

「昼間、敏生とあちこち歩き回って、やはりここがいちばん霊気が高まりやすい地だからです。古来より、京《きょう》の都の鬼門を守ってきた場所だというのも頷けますね」

「うむ。……この場所には、何やら俺のいた場所の雰囲気が残っている気がするな。空気の匂《にお》いといえばいいのだろうか。どこか馴染《なじ》んだ空気が漂っておる」

夜風を吸い込み、元佑は一瞬懐《なつ》かしげな表情で目を閉じた。だがすぐに、真剣な面持ちで森に問いかけた。

「されば、何故《なぜ》我らを二手に分けたのですか？　しかも、この組み合わせに何か意味が？」

「あります。近いとはいえ、我々をハッキリ二手に分けたのは、俺は今夜、ここか一条戻り橋か、どちらかに鬼《おに》が出ると踏んでいるからです。……この推測が外れれば、また何の罪もない人が被害に遭《あ》うことになる……だから、当たることを心底願っていますが」

「では何故、そのような推量を？」

「鬼が、偶然この世界に……あなたの来たのと同じ世界に来たとは考えがたいからです。ならば、奴が故意にここを選んだ。つまり、奴《やつ》が強く欲《ほっ》するものが、この世界にあったということになります。……わかりますね？」

元佑は頷《うなず》く。森は、澄《す》んだ夜空を見上げ、話を続けた。

「奴が欲するであろうもの……それは二つしかありません。一つはあなただ。綱氏の消息は別問題として、あなたを敵と見なし、時空を超えて追いかけてきた可能性がある。だがここで、考えなくてはならないことがあります。鬼が出現したのが、清水寺だということだ。偶然なのか、そこにも鬼の意志が働いているのか……。それを確認すべく、もう一つの可能性を、敏生に託しました」

「戻り橋の上にいる敏生に……？　いったい何をです？」

「あなたがあの世界からお持ちになったものですよ」

元佑は、ハッと目を見開く。

「もしや……」

森は、薄い唇《くちびる》に微《かす》かな笑みを浮かべ、頷《うなず》いた。

「そう、あなたが持ってきた、鬼《おに》の手です。昔話を読んでいると、面白い記述がありましたよ。源《みなもとの》頼光《よりみつ》がかつて鬼の手を切り、それを鬼が取り戻しに来たという話がね。ということは、この手についても、同じことが考えられる」

「そうか。鬼がこの手を取り戻さんとして追ってきた……確かにそうかもしれぬ」

「幸か不幸か、あなたはずっと鬼の手を、あの魔よけの護符《ごふ》入りの布に包んで持っていた。だから、鬼も自分の手の行方を完全に把握することはできなかった。ただ、己の『気』が最も強く残っていた場所……あなたが鬼の手とともに長時間身を隠していた清水寺に現れ……そして偶然そこを通りかかった人物を襲撃し、食らった……と推測できます」

「なるほど……そこで鬼の手を敏生に持たせ、鬼の狙《ねら》いが俺か、それとも奴《やつ》の手かをハッキリさせようというのだな」

「ええ。そしてほかの可能性も一気に除外し、できることなら現れた鬼を調伏《ちょうぶく》したい……というのが、最大限の希望です。そしてこの希望は、実現されなくてはならない」

森はきっぱりとそう言った。元佑も、頷《うなず》き返《かえ》す。

「うむ。俺はこの命を賭《と》して、奴《やつ》と再び相まみえるつもりだ。……だが、鬼《おに》の手が狙《ねら》いであった場合、敏生と龍村どのの身が危《あや》ういではないか」

「無論、危険ではありますが。敏生がそれを望んだんです。あなたの役に立ちたいとね」

「敏生が……」

「ええ。それに、小一郎に……俺の式神《しきがみ》に、見張らせています。どちらかに鬼が現れれば必ずもう一方に……」

森の言葉が終わらないうちに、二人の前に黒衣の式神が跪《ひざまず》いた。森と元佑は、どちらからともなく立ち上がる。

「どうした小一郎」

森の問いに、小一郎は即座に答えた。

「ただいま、橋の上に鬼が現れましてございます」

「何っ！」

元佑は色めきたったが、森は冷静そのもので、小一郎に命じた。

「よし。すぐに向かう。俺たちが行くまで、あの二人を守れ」

「御意《ぎょい》」

小一郎は、すぐさま姿を消す。森は、元佑に言った。

「お聞きのとおりです。行きましょう」

「おう！」

二人は、全速力で駆《か》けだした……。


「敏生ッ！」

森と元佑が駆けつけたとき、敏生と龍村、そして二人の前に立ちはだかった小一郎の目前に、まさしく元佑が形容したとおりの「全身が炎に包まれた鬼《おに》」がいた。

「天本さん！　元佑さんも！」

鬼の手を決して渡すものかとギュッと胸に抱きしめた敏生は、森と元佑を認めると、必死の形相ながらも安堵《あんど》した声で呼びかけた。

「むむう……こ奴《やつ》め。己の切り落とされた手を求めて、ここまで追ってきたのか！」

元佑は、持ってきた太刀《たち》に巻き付けていたバスタオルをごそりと抜き取った。

「龍村さん、下がれ。敏生、敏生、その手をこっちに」

森は素早く指示を出し、敏生から鬼の手を受け取った。

鬼は、一歩森たちのほうへ踏み出した。元佑の二倍、敏生の四倍ほどもありそうな巨体に、橋が悲鳴を上げる。鬼の全身を包む紅蓮《ぐれん》の炎が、鬼の動きに伴い、凄《すさ》まじい熱風となって一同を襲った。

ゴオオオオウ……。

炎の塊のような頭部の口とおぼしき部分の炎がパックリと割れ、夜気を震わせるような咆哮《ほうこう》が迸《ほとばし》った。両腕を振り上げ、四人に向かって振り下ろそうとする。その右腕の先は、確かに手首から先が失われていた。

「小一郎！　これを持って、手はずどおりに飛べ」

森は、鬼の手を虚空《こくう》に放《ほう》り投《な》げる。それを、目にも留まらぬ速さで一羽の鳶《とび》がくわえ、暗い夜空を縫《ぬ》うように飛び去っていく。式神《しきがみ》の変身した姿だ。

捜し求めた手をすんでのところで奪い去られ、鬼は怒り狂った。地を踏み鳴らし、長い腕を振り回す。コンクリートの橋が、ギシギシと揺れ、軋《きし》んだ。

鬼の殺気が、対峙《たいじ》する四人に向けられる。彼らは、鬼の憎悪《ぞうお》の念をハッキリと感じ取った。

森は、鋭い声で敏生に言った。

「龍村さんと後ろに下がれ。そして、結界を張るんだ。誰かが通りかかっても、巻き込まずにすむように」

「わかりました！」

敏生は、鬼に魅入《こい》られたように立ち尽くしている龍村のジャケットの袖《そで》を強く引いた。

「龍村先生！　こっちへ」

「あ……うむ」

自分が妖魔《ようま》相手にはまったく役に立たないことを自覚している龍村は、素直に森と元佑から少し離れた。

敏生は、鬼《おに》と直接対決しようとしている森と元佑を気遣《きづか》いながらも、ギュッと目を閉じた。精神を集中し、胸から下げた守護珠《しゅごじゅ》を右手でギュッと握り締めた。透《す》き通《とお》った水晶の中で燃えさかる青い火が、少年の想《おも》いに応《こた》えて熱を増すのが感じられる。

「我は汝《なんじ》を召喚《しょうかん》す。我が声を聞け、そしてすべての霊を我に服従させよ……」

少年の口から放たれた嗄《しわが》れた声に、龍村はギョッとして敏生を凝視した。敏生は、固く閉じていた瞼《まぶた》を半眼に開く。その大きな瞳《ひとみ》は、薄紫色の微光を放っていた。

少年の口を、身体《からだ》を借り、守護珠に宿る古き世の魔導士《まどうし》の魂が、精霊たちを招き寄せる。ほっそりした腕が持ち上げられ、人差し指の先が、ゆっくりと、しかし正確に、五芒《ごぼう》星《せい》を虚空《こくう》に描いた。

「すべての蒼穹《そうきゅう》の霊、エーテルの霊、地の上の霊、地の下の霊、陸の霊、水の霊、風の霊たちよ……。すべての霊よ、出《い》でて、我に服従せよ、我を守護せよ！」

敏生のものとは明らかに異なる厳かな声が、凛《りん》と響く。残念ながら龍村の目には見えないが、呼びかけに応え集まった精霊たちが、四人と鬼を包むように「気」のドーム……つまり結界をたちまち張り巡らせていく。

それを感じ取ると、それまでひたすら鬼《おに》の攻撃をかわし続けていた森が、元佑に言った。

「最初は俺に任せてください。……霊縛《れいばく》を試みます」

「心得た」

太刀《たち》の柄《つか》をしっかりと握り、靴《くつ》を脱ぎ捨てて裸足《はだし》で地面を踏みしめた元佑は、目前の鬼から視線を逸《そ》らさず、短く答えた。それまで何度も鬼の腕に斬《き》りつけ、はねのけられた太刀は、ボロボロに刃が欠けつつある。それでも元佑の顔には、諦《あきら》めの色は少しもなかった。

森は鬼から吹きつける炎風に皮膚《ひふ》を炙《あぶ》られながらも、黒い革《かわ》手袋をはめた両手を胸の前で構えた。手の甲に、小さく縫《ぬ》い取《と》られた銀の五芒星《ごぼうせい》が、炎に映えて煌《きら》めく。

「臨・兵・闘・者・開・陣・列・在・前！」

森の口から九字の真言《しんごん》が放たれ、刀印《とういん》が吹きつける炎を切り裂く。その両手はすぐさま、すべての指を固く握り込む内縛印《ないばくいん》へと転じた。

「ノウマクサンマンダ・バサラダンセン・ダマカロシャダソワタヤ・ウンタラタカンマン！」

剣印《けんいん》、刀印、と森の手は流れるように動く。

「オン・キリキリ、オン・キリキリ！」

グオオオォアァ……！

まるで目に見えない糸に縛《しば》られたように、鬼《おに》の両腕が胴体に密着したまま動かなくなる。鬼は、その巨大な火柱の如《ごと》き全身をくねらせ、身悶《みもだ》えた。絶え間ない苦痛の叫《さけ》びとともに、身体《からだ》のあちこちから火山の噴火のように激しく火焔《かえん》が噴き出す。

森や元佑はもちろん、後ろで見守る龍村と敏生も、熱で全身が汗《あせ》びっしょりになっていた。

「琴平君……あれが、天本の言う霊縛《れいばく》か？」

「ええ」

龍村の問いに敏生はこくりと頷《うなず》き、今は鳶色《とびいろ》に戻った目で、心配そうに森の背中を見つめる。

「天本さん、頑張《がんば》って……。僕の結界、あまり長く保《も》ちそうにないから」

「何だって？」

少年の呟《つぶや》きに、龍村が目を剝《む》く。敏生は、悲しげに首を振った。

「鬼の力が強すぎて……精霊たちが怯《おび》えて、いつもほどは集まってくれなかったんです。……だから、結界の力も弱くて」

「なるほどな……。頑張れよ、天本。兄上も」

この場合、まったく役に立たない自分を悔しく思いつつ、龍村はせめて自分の念が彼らを支えられれば……と、敏生と同じ思いを森と元佑に向けた。

そんな龍村と敏生の支えの力を受けつつ、森は霊縛《れいばく》した鬼《おに》をさらに逃げられなくするための転法輪印《てんぽうりんいん》を結び、新たな真言《しんごん》を発した。

「ノウマクサンマンダ・バサラダンセン・ダマカロシャダソワタヤ……くっ！」

だが、その真言を最後まで唱えることはできなかった。

オオオオオウウッ！

凄《すさ》まじい絶叫とともに、鬼は霊縛を……目に見えない霊力の糸を引きちぎり、再び自由を取り戻したのだ。そして、激しく手のない右腕を、森に向かって振り下ろした。腕の断端から、火焔《かえん》が水流の如《ごと》くに迸《ほとばし》り、危《あや》うく飛び退《との》いた森が立っていた地面を焼き払う。もし一瞬遅れていれば、森の身体《からだ》は黒焦《くろこ》げになっていただろう。

「天本どのっ！　くそう、鬼め……！　覚悟しろっ！」

元佑は、太刀《たち》を構え、真《ま》っ直《す》ぐに鬼に対した。

「やめろ、今のこいつには……！」

「うおおおおおッ‼」

制止する森の言葉を振り切り、裂帛《れっぱく》の気合いとともに、鬼に向かって斬《き》り込《こ》んでいく。

両の拳《こぶし》を握り締める龍村の傍《かたわ》らで、敏生が息を呑《の》んだ。

ガツッ！

まるで岩石に斬りつけたような鈍い音がして、鬼の左腕に斬りつけた元佑の太刀が、ポッキリと二つに折れてしまった。次の瞬間、鬼《おに》の太い腕になぎ払われた元佑の身体《からだ》が、敏生たちの立っているところまで吹っ飛ばされてくる。

「元佑さん！」

「兄上！」

龍村と敏生が、地面に叩《たた》きつけられた元佑を、両側から助け起こした。元佑の衣服は、鬼の炎熱に焦《こ》げて、ボロボロになってしまっている。乱れた髪が汗《あせ》で頬《ほお》に張りつき、顔や手に酷《ひど》い擦《す》り傷《きず》を負っていた。おそらく全身傷だらけになっていることだろう。

「お……俺はよい。天本どのを……」

元佑は、荒い息を吐きつつも、敏生の身体を押しのけようとする。その手が、流れる血でズルリと滑《すべ》った。

「元佑さん、怪我《けが》……」

「馬鹿者《ばかもの》！　今は俺の怪我を案じておる場合ではなかろうが！」

狼狽《ろうばい》する敏生を、元佑は一喝《いっかつ》した。

「彼のことは僕に任せておきたまえ、琴平君」

龍村の言葉が、敏生の背中を力強く押してくれる。

「天本さん……」

今や鬼と一騎討ちの状態になった森を見て、敏生は反射的に立ち上がった。森に駆《か》け寄《よ》ろうとして、しかし次の瞬間、ハッと凍りつく。

「駄目《だめ》だ……」

その色を失った唇《くちびる》から、絶望の声が漏《も》れた。

「天本さん、もう駄目です。結界が……結界が、もう保《も》ちません！」

悲鳴のようなその声に、森は思わず小さく舌打ちした。鬼の霊力を弱め、鬼を外界から遮断してくれている結界が破られれば、もはや打つ手はない。

「万事休す……か」

そんな呟《つぶや》きが漏れる。

(天本さん……)

敏生は、胸の守護珠《しゅごじゅ》を固く握り、強く念じた。

「お願い、力を貸して……。もう一度だけ、僕に力を貸して、僕の友達……」

消えていく結界を通り抜け、意識を遠く、広く拡散していく。どこかで息を潜《ひそ》め、自分たちを見ている精霊たちひとりひとりに届くように、心を込めて、強く。

——力を貸すよ、蔦《つた》の童《わらべ》。

——今いちどだけ、あたしたちの力を、可愛《かわい》い幼子に……。

頬《ほお》を掠《かす》めるような囁《ささや》きが、いくつも敏生の耳に聞こえた。そして、たちまちのうちに、少年の守護珠を握る両手の中に、不思議な輝きを放つ光の玉が生じる。

「みんな……ありがとう……」

敏生の目が輝いた。その淡い紫色の瞳《ひとみ》には、四方八方から飛来する精霊たちの姿が、ハッキリと映っていた。

「……いくよ……」

両手の中で、ギリギリに高まった精霊たちの気……それを全身で感じつつ、敏生は両足を踏ん張った。そして、全身をバネのようにしならせ、精霊たちが集まって作り上げた光の球体を、思いきり鬼《おに》に向かって投げつけた。光球は、白銀色の眩《まばゆ》い軌跡を闇《やみ》に残し、巨大な鬼の胸部を貫く。炎の壁のようなその胴体に、大きな穴が空き、鬼は苦悶《くもん》の叫《さけ》びを上げ、身体《からだ》を捩《よじ》った。

一瞬、鬼の邪気が薄れる。その好機を、森は見逃さなかった。

「オン・キリク・シュチリ・ビキリタナダ・サルバ・シャトロ・ナシャヤ・サタンバヤ・ハンハンハン・ソワカッ！」

怨敵退散《おんてきたいさん》の真言《しんごん》が、氷の鞭《むち》のように鬼を打つ。

ウオワアアアア……！

鬼の全身が、激しく揺らめいた。悲鳴とも呻《うめ》きともとれない声とともに、鬼の姿が掻《か》き消《け》されるように見えなくなる。

「………」

森は、それを見届け、ようやく詰めていた息を吐き出した。

「天本さん！」

敏生が駆《か》け寄《よ》ってくる。龍村と、彼に支えられた元佑も、森に歩み寄った。

森は、自分にすがりつく少年の頬《ほお》に触れ、掠《かす》れた声で言った。

「助かったよ。……君の攻撃で、鬼に隙《すき》ができた」

「精霊たちが、力を貸してくれたんです。……僕じゃなく、精霊たちとこの珠《たま》のおかげです」

敏生は、大切そうに胸に手を当て、微笑した。森も頷《うなず》き、心の中で精霊たちに感謝を捧《ささ》げる。

「で、やったのか、天本？」

だが、龍村の問いに、森は暗い表情でかぶりを振った。

「いや。退けることができただけだ。……奴《やつ》はどこかに姿を隠した」

「そうか……」

龍村はがっくりと肩を落とした。元佑は、ヨロヨロと鬼のいた辺りに行き、自らの折れた刀をそっと拾い上げた。

「俺の太刀《たち》には……あの鬼めに擦《かす》り傷《きず》ひとつ負わせることができなんだ……。何たることだ」

食いしばった歯の間から、血を吐くような声が絞り出される。

重い沈黙が、四人の上に落ちる。陰鬱《いんうつ》な空気が、彼らを押《お》し潰《つぶ》しそうになったそのとき……龍村が、ボソリと言った。

「帰るか。……ここで諦《あきら》めるわけにはいかないんだろう、僕たちは」

「諦めたりなんて……!」

敏生が、キッと顔を上げる。

「無論、諦めなどせぬ。たとえこの身一つになろうとも、俺はあ奴《やつ》を追う!」

元佑も、自らに言い聞かせるように声を励《はげ》まして言う。森も頷《うなず》いた。

「戻ろう。……今は戻って、これからのことを考えるんだ」

そして、四人は傷つき、疲労した身体《からだ》を引きずるように、漆黒《しっこく》の闇《やみ》の中を宿へ向かって歩き出したのだった……。

五章　夢の真ん中を歩いて

　四人がホテルに帰り着いたのは、午前四時過ぎだった。まだ、辺りは闇《やみ》に包まれている。森《しん》は、ツインの部屋をもう一つ手配し、そこを龍村《たつむら》と元佑《もとすけ》の寝室にあてることにした。そして、部屋に戻るとすぐに、小一郎《こいちろう》が一足先に持ち帰った鬼《おに》の手を、元の引き出しにしっかりと封印した。

　そして四人は、森と敏生《としき》の部屋で、今後の対策を話し合うことにした。

とはいえ、ついさっき大きな挫折《ざせつ》を味わったばかりの彼らに、すぐ次のプランを出せるはずなどない。皆、グッタリした表情で、黙りこくるばかりだった。

　やがて口を開いたのは、ソファーに腰掛けた森だった。

「俺の呪《しゅ》では調伏《ちょうぶく》どころか、霊縛《れいばく》することもできなかった。あんな鬼は……妖《あやか》しは、龍《りゅう》泉洞《せんどう》の龍神《りゅうじん》以来だ」

　その呟《つぶや》きには、隠しようもない悔しさが滲《にじ》んでいる。組んだ脚の浮いたつま先が、彼の胸中そのままに忙《せわ》しなく上下していた。

「お前はよくやったさ、天本《あまもと》。お前がいなかったら、僕たちは皆死んでいたはずだ」

「そうですよ。天本さんがいたからこそ、あの鬼《おに》は逃げ出したんですから」

「……それも、君の助けがあってこそさ」

同じくソファーに身を沈めた龍村と敏生は慰《なぐさ》めようとしたが、それはかえって森の自尊心を傷つけたらしい。眉間《みけん》に深い縦皺《たてじわ》を刻み、森はそれきり黙り込んでしまう。

こうなってしまうと、何を言っても無駄《むだ》である。龍村と敏生は、顔を見合わせて肩を竦《すく》めた。

一方、元佑はというと、こちらも悲愴《ひそう》な顔で、絨毯《じゅうたん》の上に胡座《あぐら》をかいていた。ガックリ項垂《うなだ》れた乱れ髪が、彼の落胆と自己嫌悪《じこけんお》を如実《にょじつ》に表している。

「……元佑さんも、元気出してくださいよ」

敏生は、自分もソファーから下り、元佑の前にしゃがみ込んで、その浅黒い顔を覗《のぞ》き込《こ》んだ。

まだ折れた太刀《たち》を握り締めたままの元佑は、顔を上げもせず、呻《うめ》くように言った。

「無念だ。代々受け継いだこの太刀が、鬼に一撃すら与えず、このような無惨《むざん》な姿になってしまうとは」

「それは……当たり所が悪かったからかも……」

敏生は今度こそと声に力を込めてそう言ったが、またしても逆効果だったらしい。元佑は、力無くかぶりを振った。

「それならば、ますます俺の腕が至らなかったということだ。鬼《おに》を取り逃がしたばかりか、大事の太刀《たち》をこのような無様な姿にしてしもうては、父祖に申し訳が立たぬ」

「……元佑さんまで」

敏生はしばらく途方に暮れて眉毛《まゆげ》を八の字にしていたが、ふいに「もう！」と怒った声を上げて立ち上がった。

「何なんですか、二人とも。そんなにしょげてたって、何にもならないでしょ！」

両手を腰に当てて、敏生は森と元佑を叱《しか》りつけた。両者とも、驚いた様子で思わず少年に視線を向ける。

敏生は、心なしか顔を赤くして、真摯《しんし》な口調で言った。

「鬼は逃がしちゃったけど、今度は誰も殺されなかったんだから、少しは進歩があったじゃないですか！　ここでめげたら、今夜のことが無駄《むだ》になっちゃう」

「……敏生」

元佑は、呆然《ぼうぜん》とした顔つきで敏生を見ている。敏生は、小柄な彼には滅多にないアングルで、元佑を見下ろした。

「現に元佑さんたちはここに来る前、鬼の右手を切り落としたんでしょう？」

「……いや。言ったろう。右手を拾ったのは俺だが、切り落としたのは渡辺綱《わたなべのつな》どのだ」

低い声で訂正されて、敏生はちょっと怯《ひる》み、しかし首を傾《かし》げて呟《つぶや》いた。

「う……じゃあ、どうして綱さんには切れたんだろう。……平安《へいあん》時代とこの時代では、鬼の強さが違うのかなあ。それとも……」

腕前が違うのかな、と言いかけて、敏生は危《あや》ういところで口を噤《つぐ》んだ。そんなことを言ってしまえば、それこそ元佑を再起不能にしてしまう。

「…………」

元佑にジロリと険《けわ》しい目で睨《にら》まれ、敏生は自分の心の中を読まれたようで、肩をすぼめる。だが元佑は、そうか、と張りのある声で言った。

「無論、綱どのの剣の腕前も、俺とは比べものにならぬほど優れている。だがそれ以上に、綱どのの使っておられた太刀《たち》。あの太刀は、綱どのの主人である源《みなもとの》頼光《よりみつ》どの秘蔵の名刀なのだ」

「名刀って、よく切れるってことですか？」

素朴な質問に、元佑のやつれた顔にも苦笑が浮かぶ。

「無論、よく切れようもしようが、名刀というものは、切れ味のみをもって言うのではない。優れた刀工が命を賭《か》けて鍛《きた》えた刀には、ときに霊力ともいう不思議の力が宿るものだ」

「霊力？」

「そうだ。頼光どのは、あの刀で幾多《いくた》の鬼《おに》を斬《き》ったと聞く。名刀工安綱《やすつな》が作だ」

「じゃあ、その刀があれば、僕らにもあの鬼が？」

敏生は弾んだ声で訊《たず》ねたが、元佑は曖昧《あいまい》に首を捻《ひね》った。

「優れた刀は、使い手を選ぶという。太刀《たち》が俺に触れることを許してくれれば……あるいは」

「それは、試してみないとわかんないってことですか？」

「うむ」

「安綱、か」

それまで黙っていた森が口を開いたのは、そのときだった。

「天本、何か心当たりがあるのか？」

さっきからずっと鞄《かばん》を引っかき回し、持参の薬品を漁《あさ》っていた龍村は、森の呟《つぶや》きに顔を上げた。森はああ、と頷《うなず》いた。

「以前、小説の題材にするために、日本刀のことを少し勉強したことがある。そのとき、室町《むろまち》時代に制定された『天下五剣《てんかごけん》』というものがあると、本で読んだ記憶があるんだ。……ああ、室町時代というのは、あなたの生きている時代と俺たちの時代の間にある一時期のことですが」

最後の一言は、不思議そうな顔をした元佑のために付け足されたものだ。それでもまだ怪訝《けげん》そうにしている元佑に代わり、龍村が問いを挟む。

「何だ、その『天下五剣』ってのは。要は、名剣を五本選んでみたってことか？」

「まあ、そういうことだ。とにかくその中に、安綱作の太刀《たち》が含まれていたような気がするんだ」

「おい、そりゃ本当か？　ってことは、その何とかいう刀鍛冶《かたなかじ》の作品が、今も残ってるってことだな？」

「ああ。とにかくこれから調べてみる。今は、それしか対策が考えつけないからな」

森は毅然《きぜん》とした表情でそう言うと、立ち上がった。

「とにかく、もう休むとしよう」

「それがいいな。……とにかく、僕たちの部屋で手当てを。不潔な傷口は化膿《かのう》しやすいんです。鬼《おに》と対決する日のために、今きちんと処置しておいたほうがいい」

「……かたじけない」

龍村はそう言い、元佑の腕を摑《つか》んで立ち上がらせた。やはり太刀の残骸《ざんがい》を握り締めたままの元佑は、素直に腰を上げ、無言のまま森に一礼した。

「おやすみなさい、元佑さん。また朝に」

「……ああ。お前もよく休め」

労《いたわ》るように声をかけ《か》た敏生にかろうじてそう返し、元佑は部屋を出ていった。

未《いま》だに暗い空気の澱《よど》む室内には、森と敏生だけが残された。

「天本さんも寝たほうがいいですよ。顔色悪いし」

敏生は森の隣に腰を下ろし、おずおずと声をかけた。森はようやく微苦笑してかぶりを振った。

「相変わらずの心配性だな。大丈夫《だいじょうぶ》だよ、たいして疲れてはいない」

「でも……」

「身体《からだ》はもう治ってるんだぞ。これからさっきの刀のことを調べてみるつもりだ。朝までにわかれば、即刻行動を開始できるからな」

「これから？」

敏生は驚いて目を丸くする。森はごく当然といった調子で頷《うなず》き、テーブルの上に置いてあったノートパソコンを取り上げた。

「ああ。とりあえず、ネットで検索してみるよ。駄目《だめ》なら、朝、図書館へ行かなくてはな」

「天本さん、駄目ですよそんな無理しちゃ。さっきので疲れてるんだから」

「いいから、君は風呂《ふろ》に入って休め。二人で起きていても意味はないんだから」

森は、動こうとしない敏生を諭したが、敏生はきっぱりとそれを拒否した。

「嫌《いや》です。天本さんが起きて頑張《がんば》ってるのに、ひとりでぐうすか寝たりできませんよう。

一緒に調べます。そんな、特別扱いしないでください。もうすぐ僕、立派な大人なんですからね！」

「もうすぐ大人、ね」

森はその表現に、思わず吹き出した。途端に敏生は優しい眉《まゆ》を逆立てる。

「わ、笑うことないじゃないですかあ！　だって、もう二十歳《はたち》になるんですよ？　選挙権もできるし、お酒飲めるようになるし、煙草《たばこ》だって吸いたくないけど吸ってもいい年になるんだから」

「それはそうだが。……そうだな。いつまで引きずっていても仕方がない」

森はふと真面目《まじめ》な顔をして、敏生を見た。

「ちょうどいい機会だ。君に話したいことがある」

怒っていた敏生も、森の真剣な様子に、思わず姿勢を正して両手を膝《ひざ》の上に置く。

「な、何ですか？」

森は自分から切り出したくせに、どう話したものか躊躇《ためら》うらしかった。だがやがて、覚悟を決めてこう言った。

「君は、以前言ったことがあったな。幼い頃から、同じ年頃の子供より身体《からだ》が小さくて、歩くのもしゃべりだしたのも遅かったと」

敏生は戸惑いつつも素直に頷《うなず》く。

「ええ。僕が幼稚園や小学校に行っていた頃、何をやってもどんくさくて、クラスのほかの子たちみたいに上手《うま》くいかないってよく泣いてたんです。そんなとき、母さんが慰《なぐさ》めてくれました。あなたはスタートから遅かったから仕方ないのよって」

それがどうかしましたか、と問いかけられ、森は鈍く頷《うなず》いた。

「君のお母さんは、そのことについてほかに何か言っていなかったかい？」

「何かって……。ああ、気にしなくても、あなたは赤ちゃんのときからみんなより少しゆっくり大きくなってきたんだから、きっともう少ししたら、みんなと同じにできるようになるわよ、って。それは気休めじゃなくて、本当にそうだったみたいですけど。勉強と背丈《せたけ》以外は」

「やはりそうか」

敏生はクスリと笑ったが、森の目は笑っていなかった。敏生は心配そうに、そんな森の顔を覗《のぞ》き込《こ》む。

「天本さん？　それがどうかしたんですか？」

「……うん」

しばらく沈黙していた森は、やがて嘆息混じりに言った。

「これは、龍泉洞で君と地底湖に沈んだとき……水底で龍神に聞いた話なんだが」

「り、龍神に？　天本さん、龍神と話をしたんですか？」

「ああ。話した。……君のことを」

　敏生は、面食らったまま、じっと森の言葉を待っている。森は、一言一言、噛《か》みしめるように敏生に告げた。

「龍神は俺に言ったよ。君を自分のところへ置いて去れと。それが君のためでもあるし、俺のためでもあると。その理由がわかるかい？」

「……いいえ。何故《なぜ》です？」

　鳶色《とびいろ》の瞳《ひとみ》に真《ま》っ直《す》ぐ見つめられて、森は苦しげに顔を歪《ゆが》める。だが彼は、苦い声音で告げた。

「今、君が言った話が、真実だからさ」

「え？」

「つまり……子供の頃から成長がほかの子より遅かったのは、君のお母さんの精霊の血のせいなんだ」

「母さんの……、精霊の血？」

　森は、重々しく頷《うなず》いた。

「そうだ。精霊とて、人間と同じに虚無《きょむ》より生まれ出て、虚無へと還《かえ》っていく。だがその寿命は、人間よりずっと長い。彼らは、ゆっくりと成長し、ゆっくりと年老いていくんだ」

森の言葉の意味をようやく理解し始めたらしい敏生の頬《ほお》から、みるみる血の気が引いていく。

「それって、もしかして僕も……？」

さりげない口調で訊《たず》ねようとするその声が、どうしようもなく震えていた。

「すまない。……いろいろ考えたが、君を傷つけずに話す方法を思いつけなかった。正直に言うことしか、俺にはできないよ」

森は、敏生の肩に腕を回し、自分のほうへ引き寄せながら言った。

「君は精霊の血を半分受け継いでいる。君のお母さんほどではないだろうが、それでも普通の人間よりは成長がゆっくりしたペースなんだと思う。それがどの程度かは、誰にもわからないがね。……龍神は、俺にそのことを告げて、こう問いかけたよ。君は俺よりずっと長い時間を生きることになるだろう。俺が死んだ後、ひとりで生きていかなくてはいけない君に何がしてやれる？　と」

敏生は何も言わず、ただ両腕で森にギュッとしがみついた。腕の中のほっそりした身体《からだ》が震えているのを知りつつ、森は静かに話し続けた。

「君は大迷惑だと怒るかもしれないが……。俺は答えた。俺が死ぬときは君を連れていく。だから君をひとりになどしない、と」

「……天本さん……！」

「そう言った端から君を置いて死にかけたんだから、まったく説得力はないだろうが。だが、あれはその場しのぎの台詞《せりふ》なんかじゃなかった。俺は今でもそうするつもりだよ。……その、君が許せば」

照れ臭そうに少し早口でそう言い切った森の端正な顔を、敏生はただ呆然《ぼうぜん》として見つめていた。その薄く開いた唇《くちびる》から、微《かす》かな呟《つぶや》きが漏《も》れる。

「……じゃあ僕、年は二十歳《はたち》になっても、中身はホントは違うんだ……」

「そうだとも言えるし、そうでないとも言える」

森は、敏生を宥《なだ》めるように、小さな肩をゆっくりと撫《な》でながら言った。

「身体《からだ》の成長が遅いからと言って、心も必ずしも同じように遅いとは限らないさ。……とはいえ、正直に言えば、俺にもよくわからない。君はいつも無邪気な子供みたいに振る舞うくせに、時々俺なんかよりずっと大人びた、広くて深い心を見せることがあるから」

「何だか、複雑です。……悲しくて、悔しくて、でも嬉《うれ》しいです」

敏生はポツリとそう言って、森の肩に頭を載せた。柔らかい鳶色《とびいろ》の髪が、森の頬《ほお》を撫でる。

「僕……そのこと、今まで気づかなかったわけじゃなくて……そうかもしれない、っていつの頃からかぼんやりとは思ってたんです」

「そうなのか？」

「ええ。だけど、いつも『まさかね』ってごまかそうとしてたような気がします。だって、そうでしょう？　もし僕がうんと長生きするのなら、誰も好きになりたくなんかなくなっちゃう。どうせひとり置き去りにされるなら、最初からひとりがいいやって思っちゃう。でも、そんなのは寂《さび》しくて我慢できない」

「敏生……」

しっかりと自分を抱いていてくれる森の腕の力強さに勇気づけられて、敏生は言葉を継いだ。

「だから、天本さんに出会って、天本さんを大好きになって、今までとても幸せで……。でも時々、そのことを考えて物凄《ものすご》く不安になることがあったんです」

「……ああ」

やはりうすうす気づいていたのか、と森は内心嘆息した。

これまでも、深夜森が執筆の手を休めて居間に下りてみると、昼間は元気いっぱいだった敏生が、暖炉の前で膝《ひざ》を抱えて座り込んでいたことが幾度《いくど》かあった。

そんなとき、敏生は決まって「寝つけなくて」と笑ったが、その笑顔が酷《ひど》く心細そうだったのを、森は鮮明に覚えている。

「どうして俺に言わなかった？」

問われて、敏生は唇《くちびる》に寂《さび》しげな微笑を浮かべた。

「言葉にするのが怖かったんです。誰かに話したら、それがハッキリした事実になっちゃいそうで。……だけど今、天本さんがそのこと話してくれて……何だか先を越されたみたいで悔しいけど、でもやっぱり嬉《うれ》しい」

一生懸命 喋《しゃべ》る声が、どことなく涙で湿っている。

「僕を連れていくって言ってくれて。僕をひとりにしないって言ってくれて」

「……俺のほうこそ不安だったよ」

森は苦笑いして、敏生の柔らかい髪をクシャリと撫《な》でた。

「こんなことを宣言して、身勝手だと君に責められたらどうしようかとね」

「身勝手だなんて。……本当に、約束してくれますか？　僕を絶対ひとりにしないって。龍神にじゃなくて、僕に」

「ああ」

森は頷《うなず》き、敏生の前髪をサラリと掻《か》き上《あ》げた。少年の白い額《ひたい》に、自分の冷たい唇を押し当てる。

「病院で君の泣き顔を見たとき……心に誓ったよ。二度と、君をあんなふうに泣かせたりしないと。信じてくれるかい？」

「……はい」

敏生は頷《うなず》き、しかしやはり不安げに森に問いかけた。

「だけど僕、これからもずっと年を取るのが遅いんですよね？　だったら……」

自分の手と森の顔を見比べるその仕草に、森は少年の懸念を正しく理解した。

「あるいは、俺がヨボヨボの年寄りになっても、君は今のままかもしれないな」

「また茶化《ちゃか》すんだから。僕は真剣に悩んでるのに」

敏生は抗議の声を上げたが、森は穏やかにかぶりを振った。

「茶化してはいないよ。本当にありうることだ。……たとえば、安倍晴明《あべのせいめい》は、八十を越え、死を迎えるそのときも、まだ若々しい外見を保っていたという。彼もまた、人ならぬものの血を引いていた……」

「じゃあ、やっぱり僕も……そんなふうに？」

「それはわからない。君の中の精霊の血がどれほど強いか、誰にも……君さえもわからないんだから」

「そりゃそう……ですけど」

大きな目を潤《うる》ませる敏生の頬《ほお》を両手で挟み込んで、森は一言一言、区切るように言った。

「だが、約束しよう。この先どんなことが起こっても、俺は君を守ってみせる。ずっと、君と共にいる。最期の瞬間まで」

「天本さん……」

「気休めかもしれない。……何の助けにもならない間抜けな台詞《せりふ》かもしれない。守れる保証などどこにもない、ただの戯言《ざれごと》と言われても、返す言葉はない。それでも、これが今の俺の正直な気持ちだ」

敏生の見開いたままの目から、とうとうポロリと涙が零《こぼ》れる。温かい涙は、森の手のひらをじんわりと濡《ぬ》らした。

「一度、きちんと話しておきたかったんだ。こんな妙なタイミングで言い出すことになって、君を混乱させたり悩ませたりしていなければいいんだが」

気遣《きづか》わしげに自分の顔を覗《のぞ》き込《こ》む切れ長の瞳《ひとみ》に、敏生はいいえ、と泣き笑いの表情を浮かべた。

「いいえ。話してくれてよかったです。天本さんは、いつも僕に嬉《うれ》しい言葉をくれるから。僕が聞きたいと思ってることを言ってくれるから」

その言葉が嘘《うそ》でない証拠に、敏生の腕がゆっくりと森の首筋に回される。

「えっと……だけど、言葉だけじゃなくて……」

素直で幼い催促《さいそく》に応《こた》えて、森はそっと唇《くちびる》を重ねた。そして、自分からねだっておきながら真っ赤に染まった敏生の頬を軽く撫《な》で、照れ臭そうに笑った。

「さて、こうしていたいのはやまやまだが、仕事にかかるよ。君は寝……」

「嫌《いや》です」

敏生から手を放し、ノートパソコンを膝《ひざ》に載せた森だったが、敏生はきっぱりと就寝を拒否して、すっと手を伸ばし、パソコンの電源ボタンを押した。

「一緒に見てていいでしょう？　もうちょっとだけ。眠くなったら、ちゃんと寝ますから」

「……しようのない奴《やつ》め」

森はどうしても甘《あま》くなってしまう口調をごまかすように顰《しか》めっ面《つら》をして、パソコンの画面に見入った。携帯電話からインターネットに接続し、検索ブラウザを開く。

「安綱で検索してみるか……。確か、前もそれで引っかかってきたはずだ」

「へえ……」

パソコンはあくまでも絵を描《か》く道具で、まだメール以外、インターネットには慣れていない敏生は、興味津々《しんしん》で画面を覗《のぞ》き込《こ》んだ。

森がキーワードをいくつか打ち込むと、あっという間に該当するホームページが十ほど提示された。

「さて、この中に有力な情報があるといいんだが」

森は、関係の深そうなホームページから、順に開いて閲覧していく。敏生は森の二の腕に軽くもたれ、じっと森の手元と画面を見比べている。

ふーん、とか、へえ、とかいう感嘆とも相槌《あいづち》ともつかない敏生の声がほどなく途絶え……やがて腕にかかる重みが増す。
「…………」
森はふと視線を画面から自分の右腕に走らせた。
案の定、モヘアのセーターに柔らかな頰《ほお》を押し当て、敏生は幸せそうに寝息を立ててい
る。森は苦笑して、ひとりごちた。
「まったく。あんなにごねておいて、結局寝てしまうんじゃないか」
そっと頰に触れてみても、少年は目を覚ます気配がない。安心しきってすべてを自分に
預けている敏生が愛《いと》しくて、触れ合っている部分から、森は自分の身体《からだ》が温められていく
ように感じた。
「……仕方がない」
片手でノートパソコンを傍《かたわ》らに置き、森はそろそろと体勢を変えた。起こさないよう細
心の注意を払って、敏生の身体を抱き上げる。
片手で敏生を抱き、片手でシーツをめくり上げると、森は敏生をベッドに横たえてやっ
た。
「……ん……」
何やら不満げな声を上げ、きゅっと眉根《まゆね》を寄せて、敏生はギュッと森のセーターの袖《そで》を
摑《つか》む。温かな森の身体《からだ》から引き離されて冷たいベッドに入れられたのが、眠りながらも不

快だったのだろう。おかげで森は、自然と上体を敏生の上に屈《かが》める姿勢になってしまう。

「こら。……俺だって眠いんだ、堕落《だらく》させないでくれよ」

ベッドの端に腰掛け、袖《そで》を握り締めた敏生の指を一本一本外しながら、森は苦笑いを漏《も》らした。このまま……引っ張られるまま布団《ふとん》に潜り込んでしまえば、極上の眠りが訪れることはわかっている。しかし、ソファーの上に置き去りにされたノートパソコンが、冷却ファンの音を唸《うな》らせて森を呼んでいるのだ。

森は自制心のすべてを動員して、「安綱」の調査を続行することにした。

敏生の手を毛布の下に入れてやり、だが森はその体勢のまま、しばらく敏生の寝顔にジッと見入っていた。頰《ほお》にかかった髪を撫《な》でつけてやる。

「やれやれ、君はまだまだ子供だよ。俺が保証する」

呟《つぶや》いて、森は敏生の薄く開いた唇《くちびる》に、触れるだけのキスをした。

「ん……」

「だが、それでいいさ。……ゆっくりおいで」

微《かす》かに吐息《といき》を漏らした敏生の耳元に囁《ささや》き、森は立ち上がり、部屋の照明を落とした。そして、足音を忍ばせ、ソファーへと戻っていった……。

＊　　＊

翌朝。

暖かなベッドの中でパッチリ目覚めた敏生《としき》は、白い天井《てんじょう》を見上げて驚きの声を上げた。

「あれ？」

「あれれれれ？」

「……何を、起きて早々、妙な声を上げてる」

昨夜と同じにソファーに座ったままの森《しん》が、首を巡らせて苦笑している。敏生は反射的に跳ね起きた。

「嘘《うそ》。いつの間に僕……。さっきまで天本《あまもと》さんの隣にいたのに」

「何が『さっき』なものか。十五分も経《た》たないうちに寝てしまっていたぞ、君は。もう七時半だ。そろそろ起きないか」

森はしょぼつく目を片手で押さえながらパソコンを片づけ、テーブルの上のポットを取り上げた。インスタントコーヒーをカップ二つに作り、一つを敏生に差し出す。

まだベッドの上で呆然《ぼうぜん》と座り込んだままの敏生は、熱くて甘いコーヒーを啜《すす》って、やっと人心地ついたようにふう、と息をついた。すまなそうに、森のあからさまに徹夜明けの顔を見上げる。

「すいません。起きてるつもりだったのに……。天本さんがここまで運んでくれたんですよね？」

「ほかに誰がいる？」

立ったままコーヒーを飲んでいた森は、上目遣《うわめづか》いの敏生を皮肉っぽい眼差《まなざ》しで見返した。敏生はただでさえ狭い肩をもっと小さくすぼめて、再度頭を下げた。

「ホントにごめんなさい。僕が持ち込んだ事件なのに、僕がひとり寝ちゃって……。天本さん、徹夜しちゃったんでしょう？」

「一晩徹夜するくらい、作家には造作《ぞうさ》もないさ。それに、二人して寝不足でもメリットはない。君が妙な意地を張らずに寝てくれてよかった」

「でも」

「いいんだよ。もうルームサービスの朝食が来てる。龍村《たつむら》さんたちを呼んでしまうから、君はさっさと顔を洗え」

「あ、はい」

敏生はカップを持ったままベッドを下り、ペタペタと裸足《はだし》でカーペットを踏み、バスルームへ向かった。

敏生が愛想《あいそ》程度に身なりを整えたちょうどそのとき、ノックの音がした。敏生は走っていって扉《とびら》を開ける。

「おう、おはよう琴平《ことひら》君」

「よく眠れたか？」

異口同音に……まさしく別々の口から同じ声でそう言いながら、龍村と元佑《もとすけ》がのしのしと入ってくる。巨漢二人が来ると、広い部屋が一気に狭くなるように敏生は感じた。

「すいません、僕だけよく寝ちゃいました」

敏生が肩を竦《すく》めてそう言うと、龍村は笑いながら、ソファーにどっかと腰を下ろした。ほとんど同じタイミングで、龍村と色違いのお揃《そろ》いのシャツを着た元佑が、その向かいに腰掛ける。どうも、共に過ごすうちに、ますます動作がシンクロしてきたようだ。

森は敏生に手伝わせて、手早く食器をテーブルに並べた。一同は、揃ってコーヒーとパン、それにフルーツの朝食を摂《と》った。

すっかりコーヒーにもパン食にも慣れた元佑は、敏生がバターとジャムをつけてやったトーストを囓《かじ》りながら、眠そうにコーヒーを啜《すす》る森の様子を窺《うかが》った。

昨夜の話を、切り出したものかどうか考えているらしい。

「そういえば、天本。お前、目の下に隈《くま》作って、よっぽど熱心に調べてたんだろうな。どうだ、成果は？」

まるで元佑の気持ちを読み取ったように絶妙なタイミングで、ロールパンに大量のバターを挟みながら龍村が訊《たず》ねる。

わざわざコンビニで買ってきたインスタントコーヒーを濃く淹《い》れて啜《すす》っていた森は、シャツの胸ポケットから一枚の紙片を取り出した。

「さっき、資料をプリントアウトしてきた。伯耆安綱《ほうきやすつな》の作は、比較的多く残っているそうだが、その中でもっとも優れたものはこれらしい」

森は、その紙片をテーブルの空いた場所に広げた。一同は、頭を寄せてそれを覗《のぞ》き込《こ》む。紙片には、一振りの太刀《たち》の写真と、その解説が印刷されていた。

最初に驚きの声を上げたのは、元佑だった。

「これは……これはまさしく、源《みなもとのよりみつ》頼光どのの太刀！」

森は瞬《まばた》きで頷《うなず》く。

「そうです。名物童子切《どうじきり》……おそらくこれは後世に贈られた銘《めい》でしょう。源頼光の愛用の品で、酒呑童子《しゅてんどうじ》を斬《き》った刀と伝えられていますが、ご覧になったことは？」

「ただ一度きり。……土蜘蛛《つちぐも》を退治た名刀髭切《ひげきり》と並び、頼光どののご自慢の品でな。数多くの鬼《おに》を、この太刀で斬ったということだ。一度見れば二度と忘られぬ、まこと、清冽《せいれつ》な霊気の漲《みなぎ》る刀であった」

元佑は紙片を取り上げ、感心しきりの呟《つぶや》きを漏《も》らした。

「それにしても、この絵はよく描《か》けておるな」

それは絵ではなく写真だ……とほかの三人は一様に思ったが、ここで写真の何たるかを話し始めては、いつまで経《た》っても本筋に入れない。

龍村は、小さく咳払《せきばら》いすると、呟き込むような早口で言った。

「つ、つまりその剣は、紛れもない本物ということですな？」

「いかにも。この太刀《たち》ならば、鬼《おに》に立ち向かう力を持っていよう」

元佑は力強く頷《うなず》き、写真をテーブルに戻した。

「じゃあ、その刀を借りられれば、鬼を退治できるかもしれないんですね！」

敏生は弾んだ声を上げたが、森は眉間《みけん》に深い縦皺《たてじわ》を刻み、そんな少年の呑気《のんき》らしい顔をジロリと見た。

「簡単に言うな。これは、博物館所蔵の品なんだぞ。ちょっと借りてくる、なんてことができるはずがないだろう」

「うーん……そっか」

敏生は小さな肩を落とし、上目遣《うわめづか》いに森の顔を見上げた。元佑も、太い眉根《まゆね》を寄せ、森に問いかける。

「この太刀は……今、何処《いずこ》に？」

「上野《うえの》の、東京国立博物館です」

「国立博物館⁉」

龍村と元佑と敏生の声が、バランスの悪い三重唱になって部屋に響いた。

「上野とは、どこだ？」

元佑が、敏生に囁《ささや》く。

「えっと、東京の……」

「それではわからないだろう、敏生。……あなたのわかる言葉で言えば、東国ですよ」

二人のやりとりに口を挟んだ森は、一同を見回し、深く嘆息した。

「誰ひとりとして、事の深刻さを正確に理解できていないようだな。童子切は、国宝に指定されているんだ。国立博物館に所蔵されてはいるが、普段は金庫にしまい込まれて、陳列されていない」

「むむう。それはちと大変だな」

龍村が、太い腕を組んで唸《うな》った。元佑は、訝《いぶか》しげに森に訊《たず》ねた。

「東国とはいかにも遠い。そして、国宝、とは何でありましょうや」

「国宝とは……そうですね。あなたの時代にたとえて言えば、大内裏《だいだいり》の蔵に収められた宝物、ということになりますか」

「なんと！　主上《おかみ》の御許《みもと》に」

元佑は上擦《うわず》った声を上げ、居ずまいを正す。

「まあ、長くなるので説明はしませんが、とにかくその刀は今、国のものです。個人が手に取ることなど、とても叶《かな》う代物ではありません」

森の説明を聞いて、元佑はようやく事態が容易ならざることに気づいたらしかった。うむ、と唸《うな》り、腕組みをして唇《くちびる》をへの字に曲げる。

「それは……如何《いかん》とも仕様がありませぬな」

「ええ」

森は仏頂面《ぶっちょうづら》で頷《うなず》く。敏生は、慌《あわ》てて言った。

「だけど！　それがなきゃダメなんでしょう？　鬼《おに》に歯が立たないんでしょ？　だったら……何とかして、手に入れなくちゃ」

「何とかして、と君は簡単に言うが、敏生。いったいどうするつもりだ？」

森のいつになく尖《とが》った声に、敏生はおどおどした様子で、しかし小さな声でこう言った。

「その……ごめんなさい。すっごく他力本願だけど、蔵の中でも金庫の中でも、小一郎《こいちろう》なら入れますよね？　だから、盗む……っていうか、ちょっとの間、そう、鬼と戦うときだけ借りるっていうか……」

だが、次の瞬間。森が眉《まゆ》を吊《つ》り上《あ》げて口を開くより早く、一喝とともに、敏生の頭に拳《げん》骨《こつ》が落ちた。

「馬鹿者《ばかもの》！」

「痛っ」

敏生は思わず両手で頭のてっぺんを押さえ、拳骨《げんこつ》の主を……自分の前に仁王立《におうだ》ちになった元佑の鬼瓦のような顔を見上げた。元佑の四角い顔は、怒りで真っ赤に染まっている。

「何たる大馬鹿者だ、お前は！　俺は情けなくて涙が出そうだ」

握り締めた拳《こぶし》をブルブル震わせて、元佑は敏生を怒鳴りつけた。森も龍村も、呆気《あっけ》にとられて二人を見守るばかりである。

「だって元佑さん……」

敏生は涙目になって、恨《うら》めしげに元佑に抗議しようとした。だが、元佑はそれを許さず、部屋じゅうに響き渡る大声で敏生を叱《しか》った。

「仮にも一時は検非違使《けびいし》の従者であったお前が、盗みを企《たくら》むとは何たることか！　恥を知れ、恥を！」

「うー……」

「抗弁するな。たとえ鬼《おに》と戦うためであっても、手段として盗みをするなど、俺にはとうてい許せることではない。お二方にも、それは心に留め置いていただきたい」

「落ち着いてください。敏生の発言は確かに愚かですが、俺にしても正直言って、それ以外の方法があるとは思えないのです」

「なんと、天本どのまで」

森は親指の爪《つめ》を軽く噛《か》みながら、低い声で言った。元佑も、渋面《しぶめん》のままでドスンと腰を下ろす。

「天本どの。これが自身の不甲斐《ふがい》なさが招いた惨事《さんじ》だということは、重々自覚しており申す。だが、いかなる世界、いかなる状況に置かれても、俺は検非違使《けびいし》の矜持《きょうじ》を捨て去ることはできぬ」

「お気持ちはわかります」

太い声で……元佑と同じ色の声でそう言いながら、龍村はしょげ返る敏生の頭を、大きな手でワシワシと撫《な》でた。

「ですがこれ以外に、その鬼《おに》とやらを倒せる刀は……ないんだな、天本？」

「調べられる限り調べたが、今のところ、代案はない。安綱の太刀《たち》はほかにも何本か残存しているが、霊力を感じられる太刀は、それだけだ。後世に名を残す名工といえども、真の名剣は、一生に一度しか打てない……ということなんだろう」

「ふむ、なるほどな。となると……手段を選んではいられない。そうだな」

「だが……」

なおも渋《しぶ》る元佑の、ほとんど鏡像の如《ごと》くに自分と同じ顔を正面から見据え、龍村は強い口調で言った。

「だがもへチマもない。とっとと鬼を倒さないと、また死者や怪我人《けがにん》が出る。違いますか？」

「い……いかにも」

元佑は、大きな口を一文字に引き伸ばし、重々しく頷《うなず》く。龍村は、豊かなバリトンを凛《りん》と響かせた。

「極論を言えば、あなたの良心と人の命と、どちらが重いかということになります。もっと酷《ひど》い言い方をすれば、あなたのプライドを守るために、何の罪もない他人が死んでもいいのか、ということです。僕は、あなたが自分さえよければ他人はどうなってもいいタイプの人間だとは思いませんが……如何《いかが》ですかな」

「…………」

元佑は、両の拳《こぶし》を膝《ひざ》の上で固く握り締め、龍村を睨《にら》みつける。だが、龍村も負けずに睨み返した。

室内に、沈黙が落ちる。

やがて、腹の底から振り絞るような声を出したのは、元佑だった。

「……すまぬ。俺の失態でこの世の人々に迷惑をかけておきながら、己の勝手を振り回してしまった」

「元佑さん……」

「龍村どのの言うとおりだ。大義名分を振りかざす権利など、俺にはない。こうなったら、俺がその何とか申す場所へ赴《おもむ》き、童子切を奪ってこよう。手を汚すのは、俺ひとりでよい」

並々ならぬ決意を漲《みなぎ》らせてそう宣言した元佑だったが、森はあっさりとそれを却下した。

「あなたには無理です」

「……なっ……」

食ってかかろうとする元佑をそのきつい視線で制止し、森は淡々と告げた。

「この世界の地理がわからず、しかもその顔で出歩いて、何をするつもりですか。あのニュースは、全国ネットで放送されたんですよ。話題が話題だけに、あなたの顔を覚えている人間が東京にもいるでしょう」

「そ、それは仰《おお》せのとおりだが、天本どの……」

「冷たいようですが、あなたは余計なことをしないほうがいい。本当に、あの鬼《おに》を仕留めたいなら、なおさら。同じ理由で、龍村さんも動かないでくれよ」

「うむ。残念だが、いくら疑いが晴れたとはいえ、この顔でウロウロして、無用の騒ぎを起こしたくはないからな」

龍村が素直に頷《うなず》いたので、森は再び元佑に目を向けた。

「あなたの出番は、もう少し後です。それに……あなたの代わりに、動く人間がここにいるでしょう」

森の視線が自分に転じたのに気づき、敏生はソファーから跳び上がった。

「僕？　僕、行っていいんですか？」

「おい天本。琴平君に泥棒は……」

咎《とが》めようとする龍村をも一瞥《いちべつ》で黙らせ、森は怖い顔で腕組みした。

「自分で言い出したことだ。行くな？」

敏生は、強張《こわば》った表情で、しかしこくりと頷《うなず》く。

「だって、早く何とかしないと。方法がそれしかないのなら、僕、行きます」

「……本当は俺が行ければいいんだが、ここから離れると、鬼《おに》の手の封じが弱まる恐れがある。鬼がこのホテルに押しかけてきては面倒だからな」

森はそう言って、虚空《こくう》に向かって呼びかけた。

「小一郎」

「……おそばに」

即座に、森の前に式神《しきがみ》が畏《かしこ》まる。

まだ小一郎の出現に慣れない元佑だけが驚いて仰《の》け反《ぞ》るのを横目に見て、森は口を開いた。

「例の物は手に入れられたか？」

「……は、たった今」

小一郎は頷《うなず》き、後ろ手に持っていた何やら長い木箱を、恭《うやうや》しく森に差し出した。

敏生は不思議そうに森が受け取ったずっしりと重そうなその箱を見やる。森は黙って、床の上で箱の蓋《ふた》を開けた。

「何ですか？」

中に収められていたのは、白い布の塊だった。無造作《むぞうさ》に、そしてこれでもかというほど巻きつけた布を、森は慎重に解いていく。

出てきたのは、こともあろうに抜き身の太刀《たち》だった。一同は思わず息を呑《の》む。

「これは……あの太刀。……いや違う。よく似てはいるが、放つ気がまったく異なっておる」

元佑の声に、森は小さく頷いた。

「そのとおり。これは、後の時代の刀工が制作した写しです。よくできているそうですが、確かにこの刀からは、まったく霊気を感じない」

森は、刀身に触れないよう、細心の注意を払って刀を布でくるみ、箱に戻した。

龍村は、大きな口をへの字に曲げて唸《うな》った。

「しかし、インターネットで検索しただけじゃなかったのか、お前。こんなものをいったいどこで手に入れた？」

その問いに、森はいかにも鬱陶《うっとう》しそうに顔を顰《しか》め、前髪を掻《か》き上《あ》げて立ち上がった。

「頼んでもいないのに、プライベートを監視している厄介《やっかい》な男がいるんだ」

「あ……もしかして、また早川さん……ですね？」

敏生はプッと吹き出す。森はジロリと敏生を睨《にら》み、だが素直に頷《うなず》いた。

「ああ。君が寝てしばらくして連絡があったよ。手を貸そうかと」

「さすが早川氏だな。売れるときに可能な限り大きな恩を売っておくということか！」

「そういうことだ、龍村さん。……そういうわけで、不本意ながら奴《やつ》の助けを借りた。俺ひとりで童子切に行き着いたわけじゃない。写しの太刀《たち》を手に入れたのも、早川……というか、『組織』さ」

どうやら悔しがりながらも、素直に早川の申し出を受け入れたらしい。メンツにこだわっている場合でないことは、森も嫌《いや》になるほどわかっているのである。

そしておそらく早川にしても、自分の抱えている術者が、国宝窃盗犯として日本じゅう追いかけ回されるような事態にはなってほしくないに違いない。だからこそ、適切なタイミングで、助けの手を差し伸べたのだ。……無論、森たちなら、ここまで手を貸せば後は上手《うま》くやるだろうというポイントを見極めて。

「凄《すご》い……よく切れそうな刀でしたね」

床に四《よ》つん這《ば》いになって、まだ箱の中を覗《のぞ》きながら敏生が感心しきりの口調で言った。

「ああ。君が持っていくものだ。くれぐれも気をつけろよ」

「……え？」

森にそう言われて、敏生はギョッとした顔で振り返る。森は呆《あき》れたように首を横に振った。

「おいおい、まさかこの刀を君に持たせる意味が、理解できないわけじゃなかろうな？」

敏生は箱と森の顔を見比べ、おずおずと言った。

「えと……もしかして、この刀を……」

「そうだ」

森は頷《うなず》き、敏生の顔を見下ろして真剣な顔でこう言った。

「早川の話では、幸いなことに国立博物館では、先週から童子切が展示されている。これから、小一郎と一緒にここを発《た》って、上野の国立博物館へ行け。童子切を、この写しの太刀《たち》と入れ替えてくるんだ」

「い……入れ替えてって、天本さん……」

「簡単じゃないことはわかっているさ」

少年の抗議の声を遮《さえぎ》り、森は苛立《いらだ》った口調で言った。おそらく、敏生と小一郎が上手《うま》くやれるかどうか、最も心配しているのは彼自身なのだ。

「だが、動けるのは君と小一郎だけで、今考えられる最良の鬼《おに》対策は、その童子切を入手することだ。無論、写しの太刀《たち》では長くは専門家の目をごまかせないだろうが、しばらくは何とかなる……少なくとも、太刀が完全に展示ケースから消えるよりはマシだ」

「それは……そうです」

「これから君は小一郎と東京に戻るんだ。二人で国立博物館を日中しっかり下見してこい。……そして」

敏生は、ゆっくり立ち上がった。

「そして、夜になったら、博物館に忍び込むんですね？　で、刀をすり替える。だけどどうや……」

どうやって、と訊《たず》ねようとした敏生の言葉は、それまで跪《ひざまず》いて主《あるじ》の言葉に聞き入っていた小一郎にすげなく遮《さえぎ》られた。

「お前は何も考えずともよいわ。俺がすべて上手《うま》くやる。お前はただ俺についてくればよいのだ」

高飛車にそう言われて、敏生はプウッと頬《ほお》を膨《ふく》らませる。

「何だよ小一郎ってば。僕ひとりだっててちゃんと……！」

「ほほう。やれるとでも言うのか？　ひとりで建物に忍び込み、硝子《ガラス》の器を割って、太刀を首尾よく盗み出せるとでも言うつもりか、この大うつけめ」

「……うううう」

容赦なく罵倒《ばとう》されて……しかもそれがいちいち図星で、敏生は悔しげに唸《うな》りつつも反論できずにいる。

「こらこら。仲良くやれよ、二人とも。今からそんなじゃ、天本は心配しすぎて胃に穴をあけるぞ」

「ええっ、そんなの困ります」

敏生は龍村のからかい半分、小言半分の台詞《せりふ》に、真面目《まじめ》な顔で狼狽《うろた》える。

「お前が困ることは何もないと言うておろうが！」

そこに小一郎が嚙《か》みついて、もうわけがわからない。

「……いい加減にしないか。とにかくそういうことだ。ここから先は、二人だけで考えて行動しろ。それから、いざというとき以外、妖《あやか》しの道は使うな」

森に窘《たしな》められて、小一郎はハッと畏《かしこ》まる。敏生は不思議そうに小首を傾《かし》げた。

「どうしてですか？　そのほうが、きっと便利で早いのに」

「鬼《おに》がこの世界に来たせいで、どうもこの世界に口を開いた妖しの道の気も乱れておるのだ。いつもより妖しの道を行き来する妖魔《ようま》の数が多いし、皆気が立っている。俺だけなら何でもないが、お前を途中で落としでもしたら、捜し出した頃には骨だけになっているだろうからな」

「……ひー」

森の代わりに答えた小一郎の言葉に、敏生は冷《ひ》や汗《あせ》をかいた。いつも「目を閉じていろ」と森から固く念を押されるため、妖《あやか》しの道がどのような「道」なのか、敏生には知りようもない。

ただ、いつも小一郎に襟首《えりくび》を摑《つか》まれてそこを通るとき、耐えがたいような圧迫感というか、至近距離から無数の目に見られているような気がする。

おまけに、あの剛胆な元佑が、妖しの道をその目で見てしまったときは、恐怖のあまり放心していた……。敏生はゾッと身を震わせ、早口に言った。

「し、新幹線で行こうね小一郎！　今から出れば、昼過ぎには東京に戻れるし」

「お前の好きにすればよかろう。とにかく早く準備をせぬか」

小一郎にせかされ、敏生は大急ぎで身支度《みじたく》を整えた。そして、心配そうな森と元佑、それに妙に羨《うらや》ましそうな面持ちの龍村に見送られ、小一郎とともにホテルを後にしたのだった……。

六章　これが我慢できる唯一の傷

敏生《とし き》と小一郎《こいちろう》が東京に戻ってきたのは、昼過ぎのことだった。

ＪＲ東京駅で、新幹線から山手線《やまのてせん》に乗り継ぎ、約十分。それから、上野《うえの》公園の中を十数分歩けば、大きな噴水の向こうに、東京国立博物館の正門が見えてきた。

何やら特別展が開催されているらしく、上野駅で降りた乗客の大部分が、国立博物館に向かう様子だ。

敏生は、そこいらじゅうを歩き回っている鳩《はと》を見やりながら、傍《かたわ》らを歩く小一郎に話しかけた。

「ねえ、小一郎」

「何だ」

無愛想《ぶあいそう》ないらえが返る。

「それ、重くない？」

敏生が指したのは、小一郎が小脇《こわき》に抱えた細長い木箱である。例のレプリカの太刀《たち》が、その中に入っているのだ。

小一郎はそれを森《しん》から受け取って以来、それが新幹線の中であろうと道であろうと町中であろうと、しっかりと抱え込んで、片時も手放さずにいるのである。

「何を言っておる。このようなもの、蚊《か》ほどの重さもないわ」

「そっか」

「余計なことは気にせず、お前はせいぜい転ばぬように歩け」

「あー、またそんなこと言う！」

三年坂《さんねんざか》でのことを蒸し返されて、敏生はプウッと頬《ほお》を膨《ふく》らませた。だが、あのとき小一郎に危機を救われたのは事実なので、言い返せずにそのまま早足に歩き出す。

敏生を言い負かした小一郎は、やけに嬉《うれ》しげにニヤリとしながら、少年の後を追った。


「ええと。特別展……はどうでもいいから、通常展示のチケットでいいんだよね」

国立博物館の入り口には、両側にチケット販売のブースがあった。向かって右側は特別展示のチケットを売っており、長い列ができている。だが敏生は、左側の閑散《かんさん》とした通常展示のチケット売り場で、チケットを二枚買った。

小一郎と連れだって門をくぐった敏生は、思わず「わあ」と声を上げた。

目の前に広がる博物館の敷地は、少年が驚くのも無理もないほど広かった。正面には、まるで中国の宮殿のような横に広い大きな建物があり、その両脇《りょうわき》にも、それよりは少し小さいとはいえ、それぞれ趣《おもむき》の違う建物が配置されている。大きな建物の奥にも、いやに四角い建物が見えているから、それも博物館の敷地内にある施設なのだろう。

「おい。どこへ入ればよいのだ」

小一郎は足を止め、辺りを見回した。敏生は、うーんと唸《うな》り、入場券をしげしげと眺《なが》める。

「んー、たぶんいちばん大きな建物が本館だよ。うん、きっとそう。あそこから行こう!」

そう言うなり、敏生は正面の大きな建物へと歩き出した。

「いい加減な……。おい、待たぬかうつけ!」

「大丈夫《だいじょうぶ》だって。早くおいでよ小一郎」

敏生は自信たっぷりに、瓦《かわら》屋根の大きな東洋風建築へ向かう。豊かに水を湛《たた》えた前庭の池を回り込むと、車寄せのある立派な玄関に至る。敏生と小一郎は、ほかの客たちに交じり、石段を上って、広い玄関から館内に入った。

「うわあ……凄《すご》い。凄いね、小一郎」

玄関ホールで、敏生は思わず本来の目的を忘れ、歓声を上げた。

まさしく本館の名にふさわしく、そこは威風堂々をそのまま体現したような、壮麗《そうれい》な空間だった。

天井《てんじょう》はあくまで高く、正面には幅の広い、二階へ続く階段が真《ま》っ直《す》ぐ延び、途中で左右に分かれている。手摺《てす》りは立派な石造りで、ポイントごとにシンプルだが洒脱《しゃだつ》なデザインの照明が取り付けられていた。

ホールは昼間だというのに薄暗く、空気はヒンヤリしている。しかし目が慣れると、それがかえって建物の重厚な雰囲気に馴染《なじ》んでいるような気がした。

階下からはハッキリとは見えないが、左右の踊り場の窓には、ステンドグラスがはめ込まれているようだ。美術品が大好きな敏生は、遠目にも淡い黄色を使った美しいそのステンドグラスを見に行きたい衝動にかられた。だが、ぐっと堪《こら》えて、正面右の受付に向かった。

「ほら、小一郎。館内の見取り図があったよ」

小一郎の元に戻ってきた敏生が持っていたのは、白い紙片だった。そこには、フロアごとの部屋の配置図と、そこにある展示物の大まかな分類を書き込んである。

二人は、頭をつき合わせて、紙片に見入った。

広い館内は、敏生の予想を裏切り、いわゆる「ウナギの寝床方式」になっていた。つまり、建物の中央部分はすべて階段ホールとして吹き抜けになっており、展示室はそれを取り巻くように、外壁に沿って一周、細長く作られていた。左手の部屋から鑑賞を始めると、ぐるりと各展示室を巡り、最後にホール右手の展示室へやってくるという仕組みになっている。

なるほど、こうして一方通行にしておけば、逆行する客に苛々《いらいら》せずにすむ。

「刀剣だから……奥の右側の展示室だね。行こう」

「よし」

地図を見ながら、敏生と小一郎は、向かって左手の金工展示室から、刀剣のある第五展示室を目指すことにした。

さすが国立博物館というべきか、硝子《ガラス》ケースに収められた品々は、どれも素晴らしいものだった。

陶器の中には、今店頭に並んでいる多くの「写し」の食器のオリジナルとおぼしき品々がたくさんあったし、銅鐸《どうたく》や土器など、敏生が日本史の教科書でしか見たことがないような、有名なものも見えた。

「おい。行くぞうつけ。何をよそ見しておるのだ！」

「だって……ああ、今度もう一度、何でもないときに来ようね、ここ。見たいものが山ほど並んでる！」

「馬鹿者《ばかもの》。俺たちが見るべきものはひとつだけだ」

小一郎の言うとおり、美術品を鑑賞している場合ではない。敏生は、半ば小一郎に引きずられるようにして、陶磁器《とうじき》の展示室を出た。

そうして、次に大小様々、材質もいろいろの仏像を展示した大きな部屋を抜け、アイヌの民族衣装を何点も飾った部屋を通り過ぎ、甲冑《かっちゅう》の部屋を素通りし……。

刀剣展示室は、奥の壁沿い向かって右側の、まさしく「ウナギ」な、殺風景な部屋にあった。考えてみれば、刀剣というのは、やたらに細長いものだ。それらをまとめて展示するには、前後方向ではなく、左右に広い部屋のほうが好都合であるのだろう。

だが、ほかの展示室に比べれば空間が少なく、心持ち暗いせいか、どこか閉塞感《へいそくかん》がある。

展示室の進行方向に向かって右側は懐剣《かいけん》や鍔《つば》といった小物が並び、左側に、数々の太刀《たち》が展示されている。

敏生は展示室の入り口に立ち、天井《てんじょう》を見上げた。

「そっか。……各展示室の境目に、この大きな木の扉《とびら》があるから……。閉館のときにはきっとこの扉を一枚一枚、全部閉じて鍵《かぎ》をかけるんだね」

「うむ。そのようだな。すると、人間どもは、この部屋に直接入ることができぬ仕組みになっておるわけか」

「そうみたい。玄関ホールの右か左かの展示室からスタートして、一枚ずつ扉をこじ開けて、隣の部屋へ進むか。それとも、甲冑と刀剣の展示室の境にある休憩スペースに外部から侵入して、この厚い木の扉を一枚開けて展示室に入るか……どちらかになるわけだね」

小一郎も腕組みして扉《とびら》の上から下までしげしげと検分する。

幸い、二人の近くには学芸員がいなかったが、もしいたとしたら、展示物を見もせず、壁や天井《てんじょう》や床ばかりジロジロ見ている若い男の二人連れは、さぞ怪しげに映ったことだろう。

扉の上端には、何やら電子機器らしきものが取り付けられていて、敏生はそれを見ようと背伸びして目を眇《すが》めた。

「ねえ小一郎、あれってセンサーかなあ。扉が開け閉めされたら、警報が鳴るみたい」

「ふん、そうか？」

小一郎はまったく興味なさそうに、展示室の天井を舐《な》めるように見回した。

「だが、例のうるさい機械はないようだぞ」

「うるさい機械？」

「ああ。あの、人の姿を映すとかいう……」

「わかった、監視カメラのことだね」

敏生も、クリーム色に塗られた、柱の上端にさりげない装飾の入った天井や壁をぐるりと見た。

「そういえば、カメラはないみたい。けっこう、この博物館って警備もレトロなのかなあ」

「そうかもしれぬな。だが、普通の人間どもなら、この堅固で重い扉《とびら》を何枚も破らねば目的の部屋に辿《たど》り着《つ》けぬと知れば、嫌気《いやけ》がさすであろうよ」

「なるほどねえ」

敏生は感心したように、何度も頷《うなず》いた。

確かに、この本館全体が、まるでひとつの金庫のように堅牢《けんろう》で、それでいてあらゆるところに繊細《せんさい》な、そして控えめな装飾が施されている。人の心にも経済にもゆとりがあった昔であればこその、意匠を凝《こ》らした建造物と言えるだろう。

さらに、敏生と小一郎の左手に並ぶ刀剣用の展示ケースもまた、非常にシンプルかつ頑《がん》丈《じょう》そうであった。

高さは、三メートル近くあるだろうか。上下は白く塗られたスチールだが、前面と両《りょう》脇《わき》に、ちょうど人の目の高さに合わせて、百二十センチほど分厚い硝子《ガラス》をはめ込んである。正確には無論わからないが、斜めから見た感じでは、硝子は相当に厚いようだ。おそらく、普通の硝子切りなどでは歯が立たないだろう。

「ええと……僕たちの捜してるのはどれだろうね」

敏生と小一郎は、白い布を敷いた台に横たえられた形で展示されている刀を、一つ一つ銘《めい》を見ながら歩いていった。

「銘《めい》　長曽祢興直《ちようそやおきなお》、銘　国広《くにひろ》、銘　康光《やすみつ》、銘　長光《おさみつ》……何だか刀にもいろいろあるんだねえ。小一郎、違いわかる？」

「わからぬが……何やら先刻より、実に不愉快な気を感じるな……」

小一郎は、忌々《いまいま》しげに口角を下げ、どこか落ち着かない様子で、周囲を窺《うかが》った。敏生は、不思議そうに首を傾《かし》げる。

「そう？　僕は何も感じないけど」

敏生は、硝子《ガラス》ケースに鼻先がくっつくくらい近づけて、一生懸命に刀を見ている。やがて、二人は刀剣コーナー最後の硝子ケースに辿《たど》り着《つ》いた。

「ここになきゃ困っちゃうね。あ、あったあ！　銘《めい》　安綱《やすつな》（名物　童子切安綱《どうじきり》）！　これだよね。あ、ホントに国宝って書いてある。凄《すご》いや。ねえ小一郎。……あれ？」

太刀《たち》が見つかった喜びに、弾んだ声で敏生は小一郎に呼びかけたが、すぐ横にいるはずの式神《しきがみ》は、ずっと後ろ、丈《たけ》の低い鍔《つば》用のショーケースに張り付くような姿で立っていた。その浅黒い精悍《せいかん》な顔に、あからさまな嫌悪《けんお》の情が見てとれる。

敏生はキョトンとして、小一郎を差し招いた。

「どうしたのさ、小一郎。今のうちにしっかり見とかないと、夜失敗しちゃうよ？」

「…………」

小一郎は、無言でふるふるとかぶりを振った。文字どおり、今すぐにこの場から立ち去りたい雰囲気の小一郎に、敏生は心配そうに訊《たず》ねた。

「どうかしたの、小一郎？　具合でも悪いの？」

「お前は……何ともないのか……？」

「何が？」

「やはり……主殿《あるじどの》が、お前をここについてこさせたのは、正しかったのだな。さすが主殿だ」

小一郎は、硝子《ガラス》ケースを蟹《かに》のように横這《よこば》いで行き過ぎ、壁にぺたりと背中をつける。その動作が、式神《しきがみ》が本気で何かを恐れていることを、敏生に知らしめた。

（えと……僕が小一郎についてきたんじゃなくて、小一郎が僕についてきたんだと思うんだけどなあ、一応……）

そんなツッコミの一つも入れてみたいところだが、小一郎にはそれを受ける余裕などとてもなさそうである。敏生は仕方なく、せっかく巡り会えた童子切の前を離れ、小一郎の傍《そば》まで行った。

「ホントにどうしたの？　確かにあの剣、何か凄《すご》くパワーある感じはするけど、そんなに怖がらなくても……」

「これが恐れずにいられるか」

小一郎は、はや肩で息をしながら咳《せき》込《こ》むように言った。

「あれはまさに破邪《はじゃ》の太刀《たち》だ。……主殿も破邪の懐剣《かいけん》をお持ちだが、その力は比べようもない。あの太刀は……あの刃《やいば》に触れようものなら、俺などひとたまりもなく塵《ちり》と化してしまうだろう」

「ええっ……小一郎が調伏《ちょうぶく》されちゃうの？　鬼《おに》だけじゃなくて？」

目を丸くした敏生の頭を、小一郎はパシッとはたいた。

「大うつけめ！　鬼だろうが式《しき》だろうが、妖魔《ようま》に違いはないわ。……口惜《くちお》しい、精霊には何の力も持たぬのか、あの太刀は……」

「そうみたいだね。僕は何ともない。……何ていうか、刀の迫力に圧倒されるって感じはあるけど」

「と……とにかく、俺は外で待つ。お前はよく見てこい」

小一郎は、見るからに消耗《しょうもう》した様子で、ヨレヨレと展示室を出ていってしまった。

「変なの……。そんなに小一郎にはきついのかなあ」

敏生はひとりごちながら、再び硝子《ガラス》ケースに近づいてみた。

敏生は刀剣愛好家ではないから、童子切を目の前にしても、太刀の良し悪しはよくわからない。ここへ来る前に、森から刀剣関係のホームページをいくつか見せてもらい、童子切安綱に関する説明文を読んだが、やはりさっぱりだった。

目の前にあるのは、刃を下にして台に載せられた太刀。長さは八十センチくらいあるだろうか。同じ展示室に飾られたほかの太刀《たち》と比べて、少し長いような気がする。

茎《なかご》にわざと下手に書いたような字体で、「安綱」と銘《めい》が刻み込まれていた。

（えぇーと……何だか金筋《きんすじ》がどうとか刃文《はもん》がどうとか、地沸《じにえ》がどうとか……いろいろ書いてあったけど、やっぱりわかんないな。綺麗《きれい》だとは思うけど）

だが、美術品としての童子切の価値はわからなくても、この太刀が持つ強い力は、分厚い硝子《ガラス》越しにもハッキリと感じられた。

薄暗い展示室の中で、白々と輝く刀身から、清冽《せいれつ》な、見る者の精神から余計なものをどんどん削《そ》ぎ落《お》とし、生まれたときの姿に……頼りなく、しかし限りなく純粋な赤ん坊の心に戻してしまうような、不思議な光が放射されているのだ。

（そっか……。落ち着いて見てみると、確かに凄《すご》いやこの刀。これが、破邪《はじゃ》の力か）

敏生はしばらく硝子に両手で触れ、刀から発せられる心地よい波動を感じていた。しかし、ふとハッとして顔を上げる。

「あ、こんなことしてる場合じゃないや。泥棒の下見下見！」

物騒な独り言を言いながら、ガラスケースの下端の鍵《かぎ》のついた引き出し部分をチェックしたり、ケースの裏の壁との狭い隙間《すきま》に入ってみたりする敏生の姿は、あまりにも不審であった。幸い、その場に居合わせた客はほんの数人であったので、時折不思議そうな視線を受けただけですんだのだが。

安綱の硝子《ガラス》ケースと室内をもう一度ぐるりと見てから、敏生は展示室を出た。

小一郎は、休憩スペースの硝子窓にもたれ、いささかグッタリした面持ちで立っていた。以前京都に来たとき、敏生が買ってやったボア付きの革《かわ》ジャンを、小一郎は気に入っていつも着ている。今日はそれに、ダークブルーのタートルネックシャツとピッタリしたブラックジーンズを合わせた式神《しきがみ》は、どこから見ても鍛えあげた身体《からだ》を持つ、野性的な容《よう》貌《ぼう》の青年に見えた。

「小一郎、お待たせ。大丈夫《だいじょう》夫？」

「……やけに熱心に見ておったのだな」

レプリカの太刀《たち》が入った木箱を両手で抱いた小一郎は、敏生の姿を認めても、いつものように怒鳴りつけはしなかった。やはり、童子切の破邪《はじゃ》の気にあてられて、やや調子が悪いのだろう。

「一応、あちこち見てみたけど……。ねえ小一郎、正直に言うけど、普通の方法で泥棒に入るの、ちょっと無理そうだと思わない？」

真面目《まじめ》くさってそんなことを言う敏生に、小一郎は苛立《いらだ》ったように鼻を鳴らした。

「この大うつけ。誰もお前にそのようなことを期待してはおらぬわ。真夜中になれば、俺がお前をここに送り込んでやる」

並んで歩き出しながら、小一郎はきっぱりと言った。敏生の顔に、明らかな不安の色が浮かぶ。

「だけど、妖《あやか》しの道は不安定で危ないって……小一郎、そう言ったじゃないか」

「ごく短い距離ならば、支障なかろう。俺はこれでも、見るべきものはすべて見ておる。お前は心配せずともよい」

「う～ん……。だってそれじゃあ、ホントに僕が小一郎のお手伝いについてきたみたいじゃないか」

　敏生は不服そうに言ったが、小一郎は、小馬鹿《こばか》にしたように敏生の顔を斜めに見やり、肩を竦《すく》めた。

「それ以外の何《なん》だと言うのだ。相変わらず頭のねじの抜けた馬鹿め」

「う～～～～～。絶対逆だと思ってたんだけどなあ……」

　抗議の言葉が弱々しい。どうも展示室に入る手段を小一郎に頼らざるを得ないとわかったときから、敏生の立場はやけに弱いものになってしまったようだ。

　敏生がろくに言い返せないので、小一郎は気をよくした様子で言った。

「まあ、お前は俺の代わりにあの太刀《たち》を摑《つか》めばそれでよいのだ。……さて、これで、ここにあの太刀があることが知れた。もう夜まですることはなかろう。帰るぞ」

「そんなのもったいないよ！」

　途端に元気を取り戻し、叫《さけ》んだのは敏生である。小一郎は、不機嫌《ふきげん》そうに唇の口角を下げて訊《たず》ねた。

「いったい、何がもったいないというのだお前は？」

「だって、せっかく国立博物館、特別展示以外は丸ごと見られるチケット買ったんだよ？　夜まで時間があるんだったら、全部見よう。……あ、全部は無理っぽいから、せめてこの本館だけでも。ね、いいでしょう？」

敏生は小一郎の腕を両手で摑《つか》むと、ぐいぐいと次の展示室へと連れていこうとする。式《しき》神《がみ》は、思わず両足を棒のように突っ張ってストップをかけた。

「たわけ！　このようなときに、遊ぶことなぞ考える奴《やつ》がおるか！　帰るぞ」

「だって、帰ったって寝るだけじゃないかあ。ちゃんと夕方には帰って、出かける前までに睡眠とるからさ。ね？」

宥《なだ》めるように敏生は言ったが、小一郎は断固として拒否の構えである。

「俺は帰る！　お前ひとりで遊びほうけておればよかろうが」

「ひとりじゃ寂しいから、一緒に見て回ろうよ。見終わったら、ほら、博物館の出口んとこにあった露店で、焼《や》き芋《いも》買ってあげるから。そのあと、アメ横《よこ》行って、何か美味《おい》しいものの食べて帰ろう」

「む……」

最近、ファッションと同じく人間の食べ物にも興味津々《しんしん》の式神は、その言葉に少々よろめいた。ここぞとばかりに、敏生は言葉に力を込める。

「今日は天本《あまもと》さんいないから、どれだけ食べてもいいよ？　こないだ食べたがってたハンバーガーも買ってあげるから、帰って食べよう。ね？」

「む……そういうことなら、少しの間だけつき合ってやってもよい。よく考えれば、俺がしっかり監視せねば。お前に何かあれば、主殿《あるじどの》に申し訳がたたぬ」

「そうそう。じゃあ行こう。ここ二階もあるんだよ。きっと面白いって」

ようやく歩き出してくれた小一郎の気が変わらぬうちにと、少年は式神《しきがみ》の背中を両手で押して、隣の部屋へと入っていった……。

＊　　　＊

そして午前零時の天本《あまもと》家である。

「んー」

約束どおり夕方に帰宅し、数時間の仮眠をとった敏生《としき》は、今、自分の服を床いっぱいに広げ、その真ん中に胡座《あぐら》をかいて唸《うな》っていた。

「困ったなあ……」

シャツの一枚を手に取り、しげしげと眺《なが》めながら、溜《た》め息《いき》をつく。しばらく考え込んでいた敏生は、それを投げ捨て、すっくと立ち上がった。

「こうなったら、天本さんのを借りよう」

しかし、廊下に出て、森《しん》の部屋の前に立ったところで、敏生は躊躇《ちゅうちょ》した。

プライバシーには格別神経質な森である。いかに敏生であっても、勝手に自室に入られて、喜ぶとはとても思えない。

しかし……。

「そんなこと言ってられないよね。非常時だもん。あとで謝ろう。うん、そうしよう」

少年は自分に気合いを入れるべくそう呟《つぶや》いて、うんうんと頷《うなず》いた。

「何をしておるのだ」

「うわあっ!」

ようやく決心してドアノブに手をかけた瞬間、不意に背後から声をかけられて、文字どおり敏生は跳び上がった。

ドキドキする胸を押さえ、敏生はクルリと振り向いた。腕組みして自分を睨《にら》みつけている式神《しきがみ》に、抗議の声を上げる。

「もう、小一郎《こいちろう》ってば。音も立てずにそんなとこに立つのやめてよ! 吃驚《びっくり》するじゃないか」

「驚くのは、お前が何やらろくでもないことを企《たくら》んでおったからであろうが。主殿《あるじどの》の部屋に忍び込んで、いったい何をするつもりだ」

　小一郎は、仏頂面《ぶっちょうづら》で敏生を見下ろしている。敏生は、ちょっと躊躇《ためら》ったが、開き直ったように扉《とびら》を開け、森の部屋にズカズカと入っていった。壁のスイッチで灯《あかり》をつけ、真《ま》っ直《す》ぐに洋服簞笥《だんす》に向かう。

「お、おいうつけ！　何をするつもりかと訊《き》いておるだろうが！」

「着替えだよ。何？　僕の着替えるとこ見たいの、小一郎？」

　敏生は、洋服簞笥の引き出しを片っ端から開け、中の服を一枚一枚チェックしている。小一郎は、そんな敏生の後ろに突っ立ち、ブチブチと苦虫を嚙《か》み潰《つぶ》しつつ答えた。

「そんなものを見たくなぞないわ。だが、お前が悪事を働かぬように見張るのが俺の務めよ。……で、何を探しておるのだ」

「服。僕さ、黒い服なんて一着も持ってないから。天本さんならたくさん持ってるでしょう。だから、ちょっと借りようと思って。あ、これこれ。これがいいや」

「あ、おい！」

　咎《とが》める小一郎を相手にもせず、敏生はズルズルと黒のタートルネックセーターを引きずり出した。そして別の引き出しも同じように探り、森のブラックジーンズを見つけ出した。

「主殿《あるじどの》の服で何をするつもりだ」

「何って、着るんだってば。泥棒に入るんだったら、黒い服着なくちゃ。よくドラマで見るでしょう。暗がりに紛れて忍び込むんだからさ」

「そ……そうなのか？」

「そうだよ！」

胸を張って断言すると、敏生はさっさと服を脱ぎ、着替え始めた。小一郎は制止することも忘れ、呆気《あつけ》にとられてそれを見ているばかりである。

「小一郎はいいよねー、黒っぽい服ばっかり持ってるし。どれ着てもオッケーな感じ」

セーターをズボッと被《かぶ》りながら、敏生はそんなことを言う。小一郎は、しげしげと自分の身なりを眺《なが》めた。

先々月、敏生と一緒に京都《きょうと》へ行ったとき、敏生に初めて「わけのわからぬ服を押しつけられた」小一郎である。それまでの装束《しょうぞく》に何の不満があるわけでもなかったのだが、敏生が似合うと絶賛したし、何より森が「そのほうがいい」と肯定的なコメントを口にしたことが、小一郎には嬉《うれ》しかった。

そういうわけで、最近の小一郎は、にわかにファッションというものに興味を持ち始めたのである。

森のお下がりを何枚か貰《もら》ったし、敏生も出かけるたびに、シャツやちょっとしたアクセサリーをプレゼントしてくれる。そういうわけで、いつも黒衣で通してきた式神は、この二か月でちょっとした衣装持ちになっていた。

　今着ているのは、昼間と同じダークブルーのタートルネックシャツと、ブラックジーンズである。どうやら小一郎は、身体《からだ》にぴたりとした服のほうが好きらしい。

「黒い服を纏《まと》えば、盗みが上手《うま》くいくのか？」

「そういうわけじゃないけど、何かこう、お約束ってやつ？」

　敏生の曖昧《あいまい》な返答に、小一郎はきつい目を吊《つ》り上《あ》げて嚙《か》みつく。

「何だそれは。いったい誰と誰が、いつ何を約束したというのだ！」

「あー……お約束ってのはそういう意味じゃないよう」

　敏生は森のジーンズに足を通しながら、困り切った顔で小一郎を見た。

「お約束っていうのは、そういうことになってる、ってことで……。ええと。泥棒は昔から、黒い服を着るってことになってるの」

「なんと！」

　つっかかりはするが根は素直な式神《しきがみ》は、敏生の言葉に色めきたった。

「そのようなことが周知の事実であれば、黒い衣服を纏うて現地に赴《おもむ》けば、自分は盗人だとふれて回っているようなものではないか！」

「あー……ええと……もしかしたらそうかも……いやそんなことは……」

　思わぬポイントを衝《つ》かれて、敏生は狼狽《うろた》える。小一郎は、例によって例の如《ごと》く、プリプりと怒って言った。

「まったくこの大うつけめ。わざわざ盗人らしき服装に改めて現地に赴《おもむ》くとは、何と愚鈍な奴《やつ》だ」

「うー……それでも、黒い服着ていきたいんだからいいの！　だけど……ちょっと大きすぎるなあ、やっぱり」

敏生は、自分の姿をしげしげと見て、はああ、と溜《た》め息《いき》をついた。セーターなら大丈《だいじょう》夫《ぶ》だろうと思って森のものを着てみたのだが、肩がズルリと落ちて、袖《そで》が手のひら一つ分ほども余ってしまう。ジーンズも然《しか》りで、二回ほど大きく折り返さなくては、どこをどう見ても「松の廊下」状態だ。

そういえば、敏生がこの家に来て最初に風呂《ふろ》を使ったとき、自分の服が一着もなくて、森の服を借りた。そのときは今よりもっと痩《や》せこけていて、森の服は本当に大きく感じられたことを敏生は思い出し、クスリとひとり笑いをしてしまう。

だぶつく服ではかえって動きにくいのだが、敏生はそのまま森の服を着て博物館へ行くことに決めた。

(だって、天本さんの服を着てたら、何か勇気が出るような気がするもの)

温かく身体《からだ》を包んでくれる上質なカシミアのセーターは、まるで自分をギュッと抱きしめてくれる森の腕のように、敏生には感じられたのである。

「ひとりでニヤニヤして、不気味な奴《やつ》だ」

本当に薄気味悪そうに小一郎は言ったが、敏生がそれでも嬉《うれ》しげに笑っているので、今度はむかっ腹が立ったらしい。

「たわけ。支度《したく》ができたのなら、行くぞ！」

そう言い捨て、敏生の頭を一つ平手で張り飛ばすと、そのままのしのしと大股《おおまた》で階段を下りていってしまったのだった。


同じ時刻。

森は、ホテルの部屋で、ソファーに座り、元佑《もとすけ》に対していた。

龍村《たつむら》は、昼過ぎにどうしても抜き差しならぬ仕事が入ったと言って、急遽神戸《きゅうきょこうべ》に帰ってしまった。それきり、森は元佑と二人きりで、部屋の中にいたのである。

食事をルームサービスですませ、二人はそれぞれまったく別のことをしていた。

森はずっと持参したノートパソコンで原稿を書いており、元佑は昨日からすっかりテレビに夢中で、今日も彼言うところの「不思議の箱」にずっと張り付き、様々な番組を見て楽しんだ。

しかし、元佑は、ついに意を決したようにソファーの上で胡座《あぐら》をかき、森に話しかけた。

「その……」

一日じゅう、あまり喋《しゃべ》らずに過ごしてきた。沈黙は不快なものではなかった。むしろ、心和《なご》むものであったとさえ言える。だが、元佑は敢《あ》えてそれを破った。ひとえに、先日の龍村との約束があったからである。

森は、不思議そうに視線を上げた。

「何でしょうか」

「いやその……先日、龍村どのと話しました」

「何をです？」

「つまり……その、天本どのと敏生のことを」

森は片眉《かたまゆ》だけを吊《つ》り上《あ》げ、あからさまに嫌《いや》そうな顔で口を引き結んだ。プライバシーに干渉《かんしょう》されることを極端に嫌《きら》う森である。相手が元佑であっても、容赦するつもりはないようだった。

「龍村さんも、余計なことばかり喋るので困ります」

声に、突き刺さるような刺々《とげとげ》しさがある。

「も、申し訳ござらぬ。何も意見しようというのではないのです」

元佑は、慌《あわ》てて片手を上げて森の言葉を遮《さえぎ》ると、太い眉をちょっと困ったように八の字にして、こう言った。

「此度《こたび》は思わぬ事態で、天本どのにも龍村どのにも敏生にも、多大なご迷惑をかけたことは、詫《わ》びてすむことではござらぬ。……だが正直申せば、再会の喜びがないとは言えぬのです」

「それは……敏生も同じでしょう。そして俺も、あなたに借りを返す機会ができたことを、嬉《うれ》しく思っていますよ。それが鬼《おに》退治というのは、まったく予想外でしたが」

まだ訝《いぶか》しげな口調は変わらないが、森は薄い唇《くちびる》の端に笑みをよぎらせる。それを見て、元佑はようやく肩の力を抜いた。

「それが敏生のことなら、借りなどと申されますな。俺も紅葉《もみじ》も、敏生が来てくれたことで、どれほど楽しい日々を送ったことか。あ奴《やつ》には、感謝してもしきれませぬ」

森は、それには答えず、ただ微笑しただけだった。実際のところ、「そうでしょう」と身内である敏生を褒《ほ》めるのも面はゆいし、かといって「それはどうも」と森が感謝するのも、客観的には筋違いな気がする。どうにも返答に窮してしまうところなのだ。

森のそんな複雑な胸中など知る由《よし》もない元佑は、自分もニッと大きな口で笑い、こう続けた。

「敏生が去ってからも、俺と紅葉は、片時も敏生のことを忘れたことはありませぬ。それ故《ゆえ》、ここであ奴と再び相まみえ、息災であることを知っただけでも、俺は嬉しく思っているのです」

そこで言葉を切り、元佑は森の顔をじっと見つめた。森も、切れ長の目で元佑を見返す。

「そして、敏生が貴殿《きでん》の元で幸せそうに笑うておるのを見られたことが、何より俺には喜ばしい」

「それは……」

「敏生がどれほど貴殿を恋うておったか、俺が貴殿に教えて差し上げたいほどです。あれほどにひたむきな目を持つ人間を、俺は二人しか知りませぬ。ひとりは敏生、そしてもうひとりは我が妻……」

「紅葉さんと仰《おつしや》いましたか。敏生がよく話してくれました。明朗で美しく、優しい女性だと」

森の言葉に、元佑は心なしか顔を赤くして、せっかく綺麗《きれい》に整えた髪を、掻《か》いて乱してしまった。

「いや、己の妻を褒《ほ》めるは阿呆《あほう》とお思いになるかもしれませぬが。いかにもそのとおりで、俺には過ぎた女です」

「正直な方だ。俺はさっき、敏生を褒めるのを躊躇《ためら》ってしまいましたよ。……修行が足りませんね」

森は笑いながら、ノートパソコンを脇《わき》に置き、元佑の湯呑《ゆの》みに茶を注《つ》ぎ足《た》してやった。

その口調に皮肉の欠片もないことを知り、元佑も照れ臭そうな笑みを森に返す。

「人の縁とは不思議なものです。妻の紅葉は俺の乳母《めのと》の娘でした。俺に兄弟姉妹がないことから、幼き頃より、俺は紅葉を妹のように思うておりました。それが、乳母が死に、紅葉が代わりにやってきて、その……」

急に口ごもる元佑を、森は黙って見つめている。元佑は一つ大きな息を吐き、火照《ほて》る顔を気力で冷やそうとしつつ、一気にしゃべった。

「その、いつまでも幼い妹とばかり思うておった紅葉が、いつしか美しゅう成長していたことに驚かされ、そしてまたその美しさに胸騒がせる己の心を、淫《みだ》らだと疎《うと》んじたこともあり申した。血は繋《つな》がっておらぬとはいえ、一度は妹と思うた女に、肉の欲を抱くとは何事かと……己の浅ましさを思い知らされるようで、紅葉の顔を見ていることすら耐えられぬ心持ちになることもありました。……されど、あるとき気づいたのです」

息が続く限りまくしたてて、元佑はほうっと深い呼吸をした。そして、迷いのない仁王《におう》の眼を見開き、森を真《ま》っ直《す》ぐに見た。

「この世のすべてのものが、時の流れの中で移ろうてゆきます。それなのに、己の心だけを依怙地《いこじ》に一つところに止《とど》めようとすることこそ、過《あやま》ちなのではないかと。紅葉を妹として慈《いつく》しむ心が、いつしか女として愛《いと》しく思う心に変わり……されどつまるところ、俺の中で比ぶ者なき大事の人ということに、何の変わりもござらぬ。心の……その、気恥ずかしゅうござるが、その、愛、とか申すものの姿は変われど、その本質は何も変わっておらぬのではないかと。それに気づいたとき、紅葉を妻に迎えようと、腹を括《くく》ることができ申した。そして……それを俺に教えてくれたは、ほかでもない敏生です」

「敏生が？」

森は僅《わず》かに目を見張る。元佑は、大きな山を乗り越えたかのように、その広い肩を数回上下させ、照れ臭そうに笑った。

「さよう。敏生の、貴殿《きでん》を思う真《ま》っ直《す》ぐな心……男も女もない、人の心が心を呼ぶような、真摯《しんし》かつ純粋な信頼や慕情といったものに、俺は深く心を打たれたのです。……敏生は、言葉ではなくその行動で、俺に教えたのです。己の心の最も深いところを自ら照らす方法を」

「…………」

森は黙って、再びノートパソコンを膝《ひざ》に戻した。そして、表情の読めない微妙な顔つきで、元佑を見た。

「あなたが俺に唐突にそんなことを話したのは、結局龍村さんの差し金なんですね？」

元佑は、いささか決まり悪げに太い眉根《まゆね》を寄せる。

「ま……まあ、それもあり申す。俺の話が天本どのの役に立つやもしれぬと、龍村どのが」

「なるほど」

「だが、俺は嫌々貴殿《いやいやきでん》にこの話をしたのではござらぬ。……俺が貴殿と話してみとうて、勝手にまくしたてたまで。ご不興を買《こ》うたならば、それは龍村どのではなく俺の咎《とが》、ひらにご容赦願いたい」

そう言って頭を下げようとした元佑を、森は素早く手ぶりで制止した。そして、穏やかな口調でこう言った。

「龍村さんには、俺と敏生のことで、何かと面倒をかけていましてね。心配してお節介を焼きたくなる気持ちもわかります。……だが、俺の心はもう決まっているんです」

「どのように、とお訊《き》きしてもよいだろうか」

森は瞬《まばた》きで頷《うなず》き、言葉を継いだ。

「確かに俺と敏生の関係は、人が見れば滑稽《こっけい》な親子ごっこ、あるいは恋人ごっこに見えるかもしれません。ですが、他人がどう言おうと思おうと、俺は今の生活を幸福だと感じています。つまり……」

森は口ごもり、しかし正しい言葉を見つけたのか、再び口を開いた。

「俺は敏生を必要以上に子供扱いするつもりはありませんし、その逆に、慌《あわ》てて大人になることを強制する気もありません。敏生が、俺の傍《そば》で暮らし、彼にとって正しいだけの時間をかけて、ゆっくり成長してくれればいい。それを見守りながら、俺自身も正しく年を重ねていきたい。今は心からそう思います」

「……ならば、俺の話など無駄《むだ》だったということですかな」

元佑の少々がっかりした口調に、森は笑ってかぶりを振った。

「いいえ。あなたの話で、自分の今の考えに、確信を持つことができました」

「ほう？」

元佑は興味深げに、身を乗り出した。

「あなたの仰《おつしや》るとおりだ。この世のすべてのものが、時の流れの中で移ろっていく。まったく変わらないものなど、あるはずもないのです。……ですから、先のことをあれこれ思い悩むのはやめました。俺が将来どうなるか、敏生が将来どうなるか。考えても仕方のないことです」

森は、敏生が精霊の血を引いていることを、敢《あ》えて元佑には告げなかった。元佑が敏生と暮らした短い間に何かを悟っていれば話は通じるだろうし、もしわからなければ、自分が何を言っているのかまったく理解できないだろう。どちらでも構《かま》わない、と森は思っていた。

「今の俺は、全身全霊で敏生を愛してやれる。敏生も俺を必要としてくれている。しかし、これから先、いろいろなことが俺たちに起こるでしょう。それによって、俺たち自身も環境も、様々に変化するでしょう。互いの関係も、決して今のままで永遠に留《とど》まることはありえない。それでも、どんなふうに俺たち二人が変わったとしても、お互いを大切に思う気持ちがあれば、結局、俺たちの魂は、しっかりと結び合わされたままなのだと……人としていちばん大切なものは、傷つかず、失われることもない。……そう信じられます」

森の言葉は、もはや元佑に向けたものではなかった。それは、彼自身に、そして今ここにはいない敏生に向けた、真摯《しんし》な誓いであったのだ。

元佑は、何も言わなかった。ただホロリと笑って、一つ大きく頷《うなず》いただけだった。

「……互いに、よい夜であった。よき話を交わした」

やがてそう言って、元佑はソファーから腰を浮かせた。

「敏生のことは気にかかるが、俺の為《な》すべきことは、あ奴《やつ》が童子切《どうじきり》を首尾よく手に入れてきたとき、それを使いこなすこと……そうですな？」

「そのとおりです」

森は結局使わずじまいのノートパソコンの蓋《ふた》を閉め、テーブルに置いた。

「しからば、俺は部屋に戻り、無理やりにでも眠るとしよう」

元佑は、昨夜の失態を確認し、反省の念を新たにするかのように、自分の右頬《みぎほお》を撫《な》でた。そこには、鬼《おに》との戦いで負った擦《す》り傷《きず》が、大きな瘡蓋《かさぶた》になって盛り上がっている。服の下にも、龍村に手当てしてもらったとはいえ、数え切れないほどの傷があるはずだ。

身体《からだ》の節々が痛むだろうに、彼は一言の弱音も吐かなかった。

「それがいいでしょう。龍村さんも朝までには戻ると言っていましたから」

森も、元佑を送り出すため立ち上がった。

「では、明朝また。天本どのも、よく休まれよ」

「そうします」

元佑は部屋を出ていきかけ、しかしつんのめるように足を止めた。見送り最終段階に入っていた森も、つられて居心地の悪い停止姿勢をとることになる。

「ど、どうしました？」

森に問われた元佑の顔に、かーっと血の気が上った。意味もなく至近距離で、龍村と同じ顔の男に赤面されて気持ちがいいわけがない。森は思わず一歩下がりながら、再度訊《たず》ねた。

「どうか……しましたか？」

「いや、まことにかたじけないのだが……」

元佑はジャージのポケットを探り、薄い紙片を取り出した。元佑と龍村の部屋の、カードキーである。それを顔の前に掲げ、元佑は穴があったら入りたそうに巨体を縮こめて言った。

「俺はよほどこの紙切れと相性が悪いのか……。何度やっても如何《いかん》ともしがたく……つまりその」

「部屋の鍵《かぎ》が開けられないわけですね。わかりました、一緒に行きましょう」

森は笑って、元佑とともに部屋を出た。同じフロアにある元佑の部屋に行き、何の苦もなく鍵を開けてやる。

「鬼《おに》の調伏《ちょうぶく》どころか、部屋の鍵も開けられぬとは、汗顔《かんがん》の至り……」

しゃちほこばって恥じ入る元佑の背中を軽く叩《たた》いて、森は笑った。

「そう落ち込まないでください。この手のことには、向き不向きがあります。敏生もよく失敗して立ち往生していますよ」

敏生と比較されても嬉《うれ》しくはなかろうと思いつつも、そんな慰《なぐさ》めを口にして、森は元佑に再度おやすみの挨拶《あいさつ》をした。そして、二人はそのまま別れ、それぞれの部屋で夜を過ごし……たのだが。

実はその後自室に戻ろうとした森は、うっかり自分の部屋のキーを持って出るのを忘れ、部屋着にスリッパという間抜けな姿でフロントへ行く羽目になる。

そのことをほかの三人プラス式神《しきがみ》ひとりに知られなかったことを、何よりの幸いと思う森なのであった……。

＊　　＊

同日、午前一時十七分……。

敏生《としき》と小一郎《こいちろう》は、東京国立博物館の本館前に立っていた。

もちろん、閉館時間はとうに過ぎており、周囲には誰もいない。

塀《へい》を越えて敷地内に侵入したとき、ちょうど巡回中の守衛が通りかかり、敏生の心臓は止まりそうになった。だが幸い小一郎が光の速さで敏生の口を塞《ふさ》ぎ、同時に頭頂部をぎゅうっと茂《しげ》みに押し込んだため、発見を免《まぬが》れた。

「あー……ジャンパー汚しちゃった。天本《あまもと》さん怒るかなあ……」

セーターとジーンズを借りただけでは飽きたらず、敏生は森《しん》の黒い革《かわ》ジャンまで借りて着こんでいたのである。それが、さっき塀を乗り越えたとき、ザラザラした塀の塗装面に擦《こす》れて、高そうな革ジャンの表面に、筋状の傷がたくさんついてしまった。

敏生はしょんぼりして、革ジャンの表面を撫《な》でてならそうとする。しかし、一度ついてしまった傷は、そんなことでは取れるはずもない。

「あとで主殿《あるじどの》から大目玉を食らうがよいわ。……さて、向こうに回るか」

こちらは何だか言いながらも敏生の意見を入れて、結局黒ずくめになった小一郎である。いつまでもジャンパーを見ていそうな敏生に、移動を促《うなが》した。

「あ、そうだね。できるだけ展示室に近づいたほうがいいんだもんね」

守衛が戻ってこないか警戒しながら、二人は綺麗《きれい》に刈り込まれたツツジの植え込みに隠れるように身体《からだ》を低くして、本館の裏手へ移動した。

「ここからは妖《あやか》しの道を通るぞ」

ちょうど刀剣展示室の外まで来ると、小一郎は立ち上がり、敏生の襟首《えりくび》を摑《つか》んで同じように立たせた。いつもはそのままで「飛んで」しまう小一郎だが、今はよほど妖しの道の気が乱れているのだろう。背後からしっかりと敏生の華奢《きゃしゃ》な身体を抱き込んだ。耳元で、式神《しきがみ》の寂《さ》びた声が囁《ささや》く。

「くどいようだが、今こそけして目を開けてはならぬ。よいな？」

敏生は頷《うなず》き、ギュッと痛いくらい目をつぶる。

「行くぞ」

そんな声とともに、敏生の足元の地面が瞬間的に消えた。背後からウエストに回された小一郎の腕に力がこもる。

そして、あっという間に地面が戻る。……ただし、感触が明らかに土ではなかった。小一郎の身体が離れたのを合図に、敏生はそっと目を開けた。そこは、館外より暗い空間だった。足元の非常灯だけが、室内をごく淡く照らしている。

「刀剣展示室だ……」

「当然だろう。俺が間違うものか」

小一郎はそう言いながらも、さりげなく童子切《どうじきり》から距離を置いて、紐《ひも》で背中に縛《しば》り付《つ》けていた細長い箱を床に置いた。

式神《しきがみ》の目には明暗など関係ない。彼の動作はあくまでスムーズだった。しかし敏生はそうはいかない。ポケットから懐中電灯を出して、小一郎の手元を照らした。

「これと童子切をすり替えるのだ」

そう言って、小一郎は、箱の蓋《ふた》を開け、レプリカの太刀《たち》を取り出した。太刀を包む白い布を、注意深く剝《は》がしていく。

その間に、敏生はポケットから取り出した軍手を両手に嵌《は》めた。現場に指紋を残さないように、そして鋭い太刀の刃《やいば》で手を傷つけないようにと、森に持たされたものである。小一郎の分は、と思わず訊《き》いた敏生に、森は苦笑いして言ったものだ。

――おいおい、妖魔《ようま》に指紋はないよ。

(そういえばそうだよね。僕、何だか小一郎のこと、人間みたく思ってるからなあ)

そのときの森の顔を思い出して、敏生は思わず暗がりで笑ってしまう。そんな敏生を気味悪そうに見やって、小一郎は不機嫌《ふきげん》な声音で言った。

「何を笑っておるのだ。ここからはお前の仕事なのだぞ」

「あ、そうだね。小一郎、あの刀触《さわ》れないんだっけ」

敏生は慌《あわ》てて腰を浮かせかけ、しかしまたすぐしゃがみ込んで、懐中電灯でぼんやりと照らされた小一郎の浅黒い顔を見た。

「だけど小一郎。どうやってあの硝子《ガラス》ケースから童子切を取り出せばいいの？　硝子ケース壊したらバレちゃうし……でも、外せそうになんかないよ。凄《すご》くしっかりした造りだし、分厚い硝子だから、外したら持てないし……」

「造作《ぞうさ》もない。俺が、あの硝子のある空間を歪《ゆが》めてやる」

小一郎は、キッとした顔つきで言い切った。よくわからない表現だが、つまりは硝子部分の時空を妖《あやか》し特有の力でほんの少し歪ませ、そこを敏生の手が通過可能な状態にする、と言っているのだ。

だけど……と、敏生は心配そうに少女めいた優しい顔を曇《くも》らせた。

「だけど小一郎、昼間硝子ケースに近づいただけで具合悪くなってたじゃないか。大丈夫《だいじょうぶ》？　それに、僕が童子切を硝子ケースから出しちゃったら、小一郎、まさか調伏《ちょうぶく》されちゃったりしない？　そうでなくても、童子切を抱えた僕を小一郎が抱えて……なんて無理じゃん！　どうするのさ！」

ここまで来てそんなことに思い当たる呑気《のんき》さが、いかにも敏生らしい。しかし本人は必死の形相である。

小一郎は、はあ、とまるで森のように溜《た》め息《いき》をつき、レプリカの太刀《たち》が入っていた木箱の蓋《ふた》を裏返してみせた。

「見ろ」

「え？　あ、お札だ！」

箱の蓋《ふた》には、森が書いたらしき縦長の護符《ごふ》がしっかりと貼《は》り付《つ》けてあった。子細に見れば、箱の内部にも、四面と底面に、それぞれ同じ護符が貼られている。

「主殿《あるじどの》は、太刀に強い霊力があることとくらいお見通しでおられたわ。それゆえ、その箱に入れさえすれば霊力を減じられるよう、手だてを講じてくだされたのだ」

何故《なぜ》か、自分の手柄のように小一郎は胸を張った。

「さすが天本さん。……そっか……じゃ、僕頑張《がんば》って早くやるから。頼むね小一郎」

「うむ。お前は慌《あわ》てず、確実に事を運べ。よいな」

何やら兄めいたことを言い、小一郎はすっくと立ち上がった。敏生も、手を切らないように注意しながら、レプリカの太刀を持って童子切の硝子《ガラス》ケースに近づく。

敏生は、そっと小一郎の様子を窺《うかが》った。昼間の小一郎の童子切に対する反応があっただけに、どうにも心配だったのだ。

だが小一郎は、強い意志で硝子ケースに接近すると、童子切の真ん前の硝子に両の手のひらをべったりと押しつけた。

「うう……………む、くくぅ…………………！」

ブーツの両足を踏ん張り、小一郎はギリギリと歯を食いしばりながら、両手に力を集中させた。敏生は、レプリカの太刀を硝子《ガラス》ケースのすぐ脇《わき》に準備し、そんな小一郎をじっと見守る。

（頑張《がんば》って、小一郎……！）

思わず握り合わせた敏生の手には、指が震えるほどの力がこもっていた……。

やがて小一郎の手のひらの間の硝子が、赤く溶《と》けたように輝き始めた。赤とオレンジと黄色の、複雑に混ざり合った渦巻きが、さっきまで硝子であった箇所に生じる。まるでそこだけ硝子がドロドロに溶けたようだ。

「……今だ、うつけ」

口を開けば、苦悶《くもん》の声が漏《も》れそうなのだろう。小一郎は、低く掠《かす》れた声で言った。敏生を見る式神《しきがみ》の目は、金色に光っていた。縦に長い猫のような虹彩《こうさい》が見える。唇《くちびる》を噛《か》みしめるのは、長い獣《けもの》の牙《きば》であった。小一郎は、人の姿を保てないほどの力を使い、場を歪《ゆが》めているのだ。

「わかった……！」

敏生は意を決して、その激しく波打って見える渦巻きの中にえいっと両手を突っ込んだ。もし、見た目と同じ溶けた硝子だとすれば、一瞬で敏生の手は焼《や》け焦《こ》げてしまうだろう。

　だが、恐ろしいほど呆気《あっけ》なく、敏生の両手は硝子《ガラス》ケースの中に入り込んでいた。

「よ……よーし……。童子切を外に出すよ。大丈夫《だいじょうぶ》？」

「俺にかまわず……早くせぬか……っ！」

　強がっていても、小一郎の声は酷《ひど》く切迫している。敏生は一瞬躊躇《ちゅうちょ》したが、童子切の茎《なかご》を片手で握り、もう一方の手で刀身を注意深く持って、落とさぬよう細心の注意を払い、太刀《たち》を硝子の外へ引き出した。

「……ぐっ……！」

　その瞬間、刀身から白銀の光が四方八方に放たれ、その一筋が小一郎の腕を掠《かす》める。さすがの式神《しきがみ》も、破邪《はじゃ》の光に貫かれ、耐えかねて悲鳴を上げた。それでも、ガクガクと震える両手で、場の歪《ゆが》みをキープし続ける。

「待って……待ってよ小一郎。すぐに……」

　敏生は小一郎を庇《かば》うように、自分の身体《からだ》で童子切を覆《おお》い、その刀身に白い晒《さら》しを巻き付けた。そして素早く箱に納め、しっかりと蓋《ふた》を閉めた。

　少年はすぐに踵《きびす》を返し、小一郎が死に物狂いで保っている場の乱れに、今度はレプリカの太刀を差し入れた。童子切と同じように、茎が左、刃《やいば》が下になるように、バランスよく配置する。

早くしなくてはと気は急《せ》くのだが、ここで不格好な置き方をすれば、太刀《たち》をすり替えたことがすぐに露見《ろけん》してしまうだろう。

(落ち着け……落ち着かないと駄目《だめ》だ)

自分で自分を諌《いさ》めながら、敏生は何度も角度を変え、太刀の置き方をチェックした。

「ま……まだ……か……」

小一郎の声が、奇妙な甲高《かんだか》さを帯びてきた。どうやら、人の声を保つことすら困難になってきているらしい。限界だ。

「わかった。抜くよ、小一郎」

敏生は、勢いよく両手を光の渦から抜き出した。あまりに勢いをつけすぎて、尻餅《しりもち》どころか背中まで床につけてひっくり返る。

「……ふっ……」

脱力したような大きな息を吐き、小一郎も敏生の隣に身を投げた。さすがの式神《しきがみ》も、俯《うつぶ》伏せに倒れたなり、荒い息を吐き、起き上がれない様子である。

ついさっきまでとろけたようになっていた硝子《ガラス》は、たちまち元の硬さと透明度を取り戻した。硝子の滑らかな表面には、ヒビどころか傷の一つもついていない。

「小一郎!」

敏生は慌《あわ》てて起き直り、小一郎にまろび寄った。

「小一郎……大丈夫《だいじょうぶ》？　さっき童子切に……」

「何でもない。……少し……休めば動けるようになる。人が来る、大声を……出すな」

小一郎は掠《かす》れた声でそう言って、敏生から顔を背ける。おそらく、苦しげな表情を見られたくないのだ。

敏生は黙って、小一郎の左腕に両手で触れた。二の腕から手首のほうへ、そっと撫《な》で下《お》ろしていく。

「……あ……！」

前腕部の中央あたりに、異常に冷たい箇所があった。もともと体温のない妖魔《ようま》の仮の肉体だが、それにしても、触っただけで指先がヒリヒリと凍りつくような冷気だ。

それが童子切の破邪《はじゃ》の力を受け、小一郎が負った「傷」なのだと、敏生はすぐに察した。

「お……おい、うつけ……」

腕を上げ、振り払おうとする小一郎を無視して、敏生はしっかりとその部分を両手で包み込んだ。

「大丈夫《だいじょうぶ》……。すぐに、治してあげられる。僕を信じて、小一郎」

敏生の囁《ささや》きは、何故《なぜ》かいつもよりずっと大人び、ふわりと自分を包んでくれるような心地よい温《ぬく》もりに満ちていた。小一郎は、「よけいなことを」と怒るのも忘れ、ただ素直に少年のなすがままに任せる。

「大丈夫だよ……ほら、あったかくなってきたでしょう」

敏生は、自分の癒《いや》しの力を、両の手のひらから小一郎の身体《からだ》に注ぎ込んだ。童子切の霊気で凍《い》てついていた小一郎の腕が、徐々に柔らかくほぐれていく。敏生は、自分から流れる気を、小一郎の傷つき疲労した身体《からだ》の隅々《すみずみ》まで送ってやった。

「……もう……よい」

十分ほど、そうしていただろうか。小一郎は片手を床につき、ゆっくりと身を起こした。敏生に向けられた式神《しきがみ》の顔は、いつもの人間の面《おもて》に戻っていた。

「十分だ。お前が倒れては本末転倒であろうが」

いつになく穏やかな口調と優しい仕草で、小一郎は敏生の両手を自分の腕から外した。そして、自分の復活を行動で示すように、勢いよく立ち上がった。

「行くぞ。いつまでもこうしておって誰かに見つかっては、俺の苦労が水《みず》の泡《あわ》だ」

「……だね」

敏生も安堵《あんど》した様子で立ち上がり、服の埃《ほこり》を払った。それから、童子切が入った大切な木箱をしっかりと抱きかかえる。

硝子《ガラス》ケースの中では、精巧に作られたレプリカが、何事もなかったかのように静かに横たわっている。これが贋物《にせもの》とばれるかどうかは……神のみぞ知る、というところだ。

そう言って背後に立とうとした小一郎を、敏生は気遣《きづか》わしげに見た。

「もう、童子切は箱に入ってるから大丈夫《だいじょうぶ》？　つらくない？」

「阿呆《あほう》。主殿《あるじどの》のなさることに間違いがあるものか。その箱に入っておれば、何の問題もない。……だが、しっかり持っておれよ。妖《あやか》しの道で蓋《ふた》が開こうものなら、大騒ぎなどという言葉ではすまぬぞ」

「う……うん」

ついさっき、童子切が放った凄《すさ》まじい破邪《はじゃ》の光。それが、妖しでいっぱいの空間で放たれたら……。

想像するのも怖くて、敏生は言われぬ先から目を閉じた。

背中に小一郎の胸が当たり、後ろから力強い腕がしっかりと敏生の細い身体《からだ》を抱く。

「ここを出たら、天本さんに電話しなくちゃね」

敏生は目をつぶったまま、小一郎に話しかけた。

「もう主殿はおやすみであろう。朝になってからでよい」

渋《しぶ》い顔が容易に想像できるような声で、小一郎が答える。しかし敏生は、微笑して「うん」と言った。

「きっとベッドの中で、天本さん起きて僕からの電話待ってるよ。僕、わかるんだ。天本さんの心配してる顔が、目に浮かぶ」

「……そうやもしれぬな」

ふと、敏生の耳元に式神《しきがみ》の吐いた息がかかった。それとともに鼓膜《こまく》を微《かす》かに震わせた、笑い声のような音。

(小一郎……もしかして今、ふふって、笑った? 初めて、声上げて?)

敏生がそれを確かめる前に、小一郎は、少年をしっかりと抱きかかえ、妖《あやか》しの道へと飛んでいた……。

七章　いずれ消える時を知り

敏生《としき》と小一郎《こいちろう》が、名剣童子切安綱《どうじきりやすつな》の入った箱とともに京都《きょうと》へ戻ってきたのは、翌日の昼過ぎだった。

それが正しい作法だと教えられたとおり、敏生は扉《とびら》を四回ノックした。すぐにスリッパの足音が近づいてきて、扉を開けてくれたのは、もちろん森《しん》である。

「お帰り」

短いが心のこもった挨拶《あいさつ》の言葉を口にして、森は穏やかに笑った。

「ただいま帰りました。……あのう、遅くなっちゃってごめんなさい」

敏生は、森の笑顔を上目遣《うわめづか》いに見て、恥ずかしそうに顔を赤らめた。

「始発に乗れるように起きるつもりだったのに、僕と小一郎と、二人とも寝過ごしちゃって」

「小一郎も寝過ごすとは、重症だな」

森のからかうような口調に、敏生のジーンズのウエストからぶら下がった羊人形が、モゾモゾと敏生のパーカの中へと頭を突っ込む。どうやら、それが式神《しきがみ》の反省のポーズらしい。

敏生は、それまで両手で大切に抱きしめていた太刀《たち》の木箱をテーブルの中央に慎重に置き、片手で羊人形の頭をそっと撫《な》でた。

「小一郎、昨日はホントに大変だったんですよ。だから、寝過ごしちゃったのは小一郎のせいじゃなくて、僕が起きられなかったからなんです」

「わかってる。二人ともよく頑張《がんば》ったな。……今のところ、国立博物館がらみのニュースは入ってこないから、どうやらすり替えは首尾よくいったようだよ」

森は、敏生の冷えた栗色《くりいろ》の髪の上にポンと手のひらを載せ、そのままクシャクシャと掻《か》き回《まわ》してやった。

「ホントですか？　よかった」

敏生は嬉しい知らせにパッと顔を輝かせる。そして、広い室内を見回した。

「龍村《たつむら》先生と元佑《もとすけ》さんは？」

「ああ、さっきまではいたんだが……」

森は苦笑いして、窓の外へ顎《あご》をしゃくった。

「龍村さんの仕事が長引いたらしくて、結局家で寝て、さっき戻ってきたんだ。一緒にルームサービスで昼飯を食って、あとは君を待つばかり……と思っていたら、二人してジョギングに出かけてしまったよ。そういえば、君、昼飯は？」

「ええっ⁉」

思いもよらない言葉に、敏生は驚いて窓に駆《か》け寄《よ》った。もちろん、二人の姿が見えるはずもないのだが。

「ぼ、僕は小一郎と新幹線の中でお弁当食べましたけど。それより、そんなことして大《だい》丈夫《じょうぶ》なんですか？」

「一応止めたんだがな。二人してあの迫力ありすぎる顔と声で、じっとしてばかりいたら身体《からだ》が鈍《なま》ると主張するんだ。しかも同じアクションで。止める気も失《う》せる。まあ、昨夜は鬼《おに》も現れなかったし……出現に備えて気を張っていたから、力が有り余っているんだろうさ」

森の眉間《みけん》の縦皺《たてじわ》から、そのときの光景がありありと想像できて、敏生は思わず吹き出した。しかし、すぐに真顔に戻り、でも……と眉《まゆ》を曇《くも》らせた。

「もし誰かに呼び止められたりしたら……」

森は両手をジーンズのポケットに突っ込み、肩を竦《すく》めて言った。

「大丈夫だよ。まさか、『謎《なぞ》の男』が二人いて、しかも京都のど真ん中を白昼堂々ジョギングをしているとは、誰も思わないさ。かえって怪しまれないかもしれない」

「そっか……。それもそうかもしれませんね。でも、どこへ？」

「御所《ごしょ》まで走ってくると言っていた。お揃《そろ》いの色違いジャージを着て、二人ともサングラスをかけて意気揚々と出かけていったから、きっと物凄《ものすご》い勢いで一回りして戻ってくるさ」

「無茶するなあ」

敏生は呆《あき》れた口調でそう言って、改めて森の顔をつくづくと見た。

「天本《あまもと》さんも、あれからぐっすり寝たみたいですね。今日は顔色いいですよ」

「……君は、俺が怪我《けが》してから心配性すぎるぞ。もうどこも悪くないと言ってるだろう」

森は困ったように、そして明らかに照れて、視線を逸《そ》らす。

「だって天本さんてば、ホントに起きてるんだもの、あんな時間まで」

敏生はクスクス笑いながら、真夜中のことを思い出していた。

童子切を納めた木箱を抱え、敏生と小一郎がタクシーで天本家に帰り着いたのは、午前三時過ぎであった。

「おい。本当に主殿《あるじどの》にその、連絡するのか」

「するよ。だって電話しないと、天本さん寝てくれないもん」

「何を自信たっぷりに言《ゆ》うておるのだ。いくら主殿がお前に関しては甘すぎると言うても、この時間だぞ。とうにおやすみであろう」

「どうかなあ……」

小一郎は再度咎《とが》めたが、敏生はかまわず居間の電話の受話器を取り、森の携帯電話のナンバーを押した。

（きっと起きてるよ……。すぐ傍《そば》にケータイ置いて）

はたして敏生の予想どおり、きっちりコール二回で森の声が聞こえた。

『もしもし？』

常と変わらぬ冷たく冴《さ》えた声は、森が眠ってはいなかったことを敏生に教えた。少年の顔に、ゆっくりと笑みが広がる。森の声を聞いた途端に、身体《からだ》のどこかに残っていた緊張が、拭《ぬぐ》ったように消え去った。

「天本さん？　敏生です」

『ああ……。無事かい？　君も小一郎も』

森の口調も、心なしか柔らかくなる。やはり、何か用事があって起きていたのではなく、敏生のことが気になって眠れずにいたのだろう。

「はい！　小一郎がとっても頑張《がんば》ってくれて、童子切安綱、ちゃんと手に入れましたよ！　天本さんが護符《ごふ》を貼《は》った箱に入れてます」

『そうか。……詳しくは会って聞くとして、どうだ？　何か感じるか？』

「はい。何か、物凄《ものすご》い刀です。僕、刀の良し悪《あ》しは全然わかりませんけど、大きなパワーは感じます。……それに」

敏生はちらと背後を見る。小一郎が、怖い顔をして敏生を睨《にら》んでいた。どうやら、妖魔《ようま》の耳には二人の会話は筒抜けで、敏生が先刻の自分の失態を森に話しはしないかと、ハラハラしているらしい。つま先が、忙《せわ》しなく絨《じゅう》毯《たん》を蹴《け》りつけている。

『それに？　何かあったのか？』

突然口ごもる敏生に、受話器の向こうの森の声が心配そうに問いかける。敏生は慌てて受話器を持ったまま首を横に振った。

「あ、いえ。何でもないです。ただ、あんまり凄《すご》い力だったから、僕も小一郎も驚いちゃっただけで」

ほんの少し「小一郎」にアクセントを置いたことに、森は気づいたらしい。笑いを含んだ声で、森は言った。

『なるほど。驚いた……か。とにかく、二人で力を合わせて上手《うま》くやってくれて、助かったよ。小一郎にも、俺がよくやったと言っていたと伝えてくれ』

「わかりました」

敏生は小一郎にちらと笑いかけると、再び口を開いた。

「じゃあ、朝いちばんの新幹線で、そっちへ持《も》って《あんど》いきますね」

電話口で弾む敏生の声に、森の声音にも安堵《あんど》の色が滲《にじ》む。

『それはよかった。気をつけて帰れ。だが、そんなに大慌てする必要はないよ。どうせ動くのは夜だ。これからは家でゆっくり休むんだな。疲れただろう』

「ええ、ちょっと。……でも、早く天本さんの顔見たいから、やっぱり朝いちばんの便で帰ります。天本さんも、もう寝てくださいね」

床に入っていないことを見抜かれた森の頬《ほお》に、苦笑いが浮かんだ。

『わかってる。……君の声を聞いたら安心したよ。もう寝ることにする。おやすみ。また明日』

「おやすみなさい」

受話器を置いた敏生は、クルリと振り向いて、

「ね？　天本さん、やっぱり起きてたでしょう。小一郎に『よくやった』って言ってたよ。聞こえてただろうけど」

と、ちょっと得意そうに笑った。居間のマントルピースにもたれて立っていた小一郎は、フンと鼻を鳴らしてそっぽを向く。

「偶然だ。……それより、明日は夜明け前にたたき起こせばよいのだな？」

「うん。たぶん起きられると思うんだけど、もし寝過ごしてたらよろしくね。時計の短い針が4を指したら起こして」

「心得た。俺も少し休む。さすがに疲れた」

おそらく言葉以上に疲労しているのだろう。小一郎の動きには、いつものキレのよさがみられなかった。

「うん。羊人形、そこに置いてあるからね。じゃ、僕もお風呂《ふろ》入って寝るよ」

「あ、おいこら、待て。待たぬかうつけ！」

部屋を出ていきかけた敏生を、小一郎は慌《あわ》てて呼び止めた。

「何？」

小一郎は、いかにも嫌《いや》そうに、ローテーブルに置かれた童子切の入った木箱を指さす。

「それはお前の部屋に持ってゆけ」

どうやら、森の護符《ごふ》をもってしても、太刀《たち》の霊力を完璧《かんぺき》に抑え込むことはできないらしい。それともさっきの衝撃がまだ身体《からだ》に残っているのか、小一郎は箱に触るどころか、近づくことすら厭《いと》うようだった。

「あ、そうか。わかった。二階に置いとけば、小一郎大丈夫《だいじょうぶ》だよね？」

「うむ」

「じゃ、おやすみ、小一郎」

お返しの挨拶《あいさつ》など口にする式神《しきがみ》でないことはわかっているので、敏生は、太刀が入っているせいでずっしりと重い木箱を抱いて、居間を出た。

階段を上り、少年が行った先は、自室ではなく森の部屋だった。

何となく、太刀《たち》を置くのは、雑然とした自分の部屋でなく、すべてのものが整然と配置された森の部屋のほうがいいような気がしたのである。

「ここでいいかな。……と、そうだ。服、返さないと」

敏生は森の書き物机の上に木箱を置くと、クローゼットに向かった。そして、数時間前、自分が脱ぎ捨てた服を拾い上げ、モソモソと着替え始めた……。


「……あ！」

そこまで思い出して、敏生は唐突に直立不動になり、森にピョコンと頭を下げた。

「あの、ごめんなさいっ」

敏生がそういう行為に出たときは、大概ろくでもないことをしでかしたに決まっている。これまでの経験で学習ずみの森は、怖い顔で腕組みした。

「何をした？」

まるで悪戯《いたずら》をした小学生を叱《しか》る担任教師のような姿勢で、森は眉《まゆ》を顰《ひそ》める。

「あの……」

敏生は両手の指を組んだり解《ほぐ》したりしてモジモジしていたが、やがて意を決したように、しかし蚊《か》の鳴くような声で言った。

「あのう……天本さんの服って、どれも高いんですよね？」

「何だって？　それはものによるが……いったい君、何をやらかしたんだ」

「だから……その」

敏生は、昨夜自分が森の服を借りたこと、そして塀《へい》を乗り越えたときに革《かわ》ジャンに傷をつけてしまったこと、茂《しげ》みを通り抜けたときに引っかけて、セーターをボロボロにしてしまったことをボソボソと打ち明けた。

「すいません。革ジャンに傷つけちゃったのはわかってたんですけど、セーターのほうは、脱ぐときまで気がつかなくて」

「つまり、勝手に俺の部屋に入って、勝手に俺の服を漁《あさ》った挙げ句、着ていった服を二着も駄目《だめ》にしたと、そういうことかい？」

どちらもけっこうお気に入りの服だったらしく、森の眉間《みけん》に浅い縦皺《たてじわ》が刻まれた。声がいつもより二トーンほど低い。

「そ、そうです。……ごめんなさい」

敏生は森の雷《かみなり》を予想して、ギュッと目をつぶって待った。しかし、頭の上から降ってきたのは、大きな溜《た》め息《いき》だった。

「いったい、何だって俺の服を着ていったりしたんだ、君」

怒鳴りつけられたりこそしなかったが、声にはまだ、咎《とが》めるような響きがある。敏生は、小さな身体《からだ》をより小さくして、蚊《か》の鳴くような声で答えた。

「だって、泥棒は黒い服を着るものかなあ、とか思って」

「…………」

あまりにも単純な理由に、森は二の句が継げず、絶句した。それを森がものも言えないほど怒ってしまったのだと勘違いした敏生は、ほとんど半泣きで詫《わ》びた。

「すいません。あの、どっかで買えるものだったら、帰ってから僕……」

「弁償なんて、考えなくていいよ」

森は苦笑いしてそう言った。日頃、安い服しか着ない敏生には、駄目《だめ》にしてしまった二着がいったいいくらするかなどということは、考えもしなかったに違いない。

実際、革《かわ》ジャンはラムレザー、セーターはカシミアで、革ジャンだけで十万は下らないだろう。黒い服はほかにもたくさんあったはずだ。どうしてよりにもよって、最も高価なものを選ぶのだ……と溜《た》め息《いき》でもつきたくなる。

（……まあ、たくさんの服の中から、いいものを選び出す目はあったということか）

せめて、敏生に確かな審美眼があることを慰《なぐさ》めに、森は今回のことは大目に見ることにした。

「泥棒は黒い服、か。まったく、面白いことを思いつくものだ」

「……すいません」

「だが、俺の服ではずいぶん大きかっただろう」

「ええ、いっぱい折り返して、それでもまだ大きかったです」

だぶだぶの服を着こんだ敏生の姿が目に浮かぶようで、森は腹を立てることも忘れ、笑ってしまった。ただ、まったくお咎《とが》めなしで許すのも癪《しゃく》に障《さわ》る。そこで彼は、ニヤリとしてこう言った。

「それはそれは。さぞや、ルパン三世も顔負けの、スマートな盗賊に見えただろうな、君。是非ともその勇姿を見たかったよ」

「う……あ、天本さんってば意地悪なんだから……」

森が許してくれたのは嬉《うれ》しいが、身長のことでからかわれると、やはり悔しい。敏生は顔を赤くして、恨《うら》めしげに森の顔を見上げたのだった。


「帰ったぞ。……ああ、琴平《ことひら》君も戻ってたのか」

それから一時間後、ジョギングから龍村と元佑が戻ってきた。

なるほど、森の説明どおり、龍村はブルー、元佑はグリーンの、同じデザインのジャージ姿で、二人ともホテルのタオルを首からかけている。

さすがにサングラスまでは揃《そろ》いがなかったらしく、龍村はセルロイドの太いフレームのものを、元佑はジョン・レノンのような小さな丸眼鏡をかけている。

「すぐ帰ってくると言ったわりに、ずいぶんごゆっくりだったな。敏生がひどく心配して待っていたぞ」

森は渋《しぶ》い顔をして、龍村に小言を言った。心配して待っていたのは、どちらかといえば森のほうだったのだが。

「どこかのプロレスラーと途中で間違えられたが、そのほかは何もなかったぜ。御所《ごしょ》の中を一周してきたんだ。御所と言えば昔の天皇のお屋敷だろ？　兄上にもそう教えたら、えらく恐縮しながら走ってた。……琴平君、おかえり」

龍村は豪快に笑ってサングラスを額《ひたい》に押し上げ、鼻の頭に浮いた汗《あせ》を、タオルでゴシゴシと拭《ぬぐ》った。

「その顔つきだと、万事上手《うま》くいったようだな」

「はい」

敏生も笑って頷《うなず》く。

「おお、敏生。無事であったか」

頬《ほお》の傷と相まって、ほとんど「怪しいヤクザ」状態だった元佑は、敏生の姿を認めると、サングラスをむしり取って歩み寄った。

「はい。ちゃんと童子切、持って帰ってきましたよ。見ますか？」

敏生は嬉《うれ》しそうに、テーブルに置いた木箱を指さしたが、元佑は即座にかぶりを振った。

「いや、このような汗みずくの身で、源《みなもとの》頼光《よりみつ》どの秘蔵の名剣に触れるわけにはゆかぬ。潔斎《けっさい》をしてからにしよう」

「決済？　誰に何の支払いです？」

意味のわからない龍村は、目を見張る。森は、渋面《しぶめん》のままで訂正した。

「その決済じゃない。潔斎、つまり身を清めることだよ。あんたも、シャワーを浴びてこい、龍村さん。汗《あせ》くさいままでソファーに座られてはたまらない」

「ああ、風呂《ふろ》か。そうだな。軽く汗を流さんと、清潔云々《うんぬん》より風邪を引きそうだ。では行きましょうか、兄上」

「うむ」

二人はまた連れ立って部屋を出ていき、交替でシャワーを浴びて、数十分で戻ってきた。ソファーでお茶を飲みながら待っていた森と敏生は、二人の出《い》で立《た》ちに目を丸くする。

龍村はライムグリーンのワイシャツにダークグリーンのズボンという相変わらずのカラフルな装《よそお》いだが、元佑は、ジャージのズボンの上に白のワイシャツという、何とも異様な服装をしていた。会社勤めのサラリーマンが、朝の着替え中に回覧板を受け取りに出てきたような格好、と言えばいちばんわかりやすいだろうか。

森は怪訝《けげん》そうにそんな元佑の格好を見たが、敏生にはわかっていた。

元佑は、「浄衣《じょうえ》」を着ているつもりなのだ。

本当は、純白の狩衣《かりぎぬ》を着たいところなのだろうが、それが叶《かな》わないので、龍村に白い服を貸してくれと頼んだのだろう。下がジャージなのは、ずっと胡座《あぐら》をかいているのに、普通のズボンだときつくてたまらないからだ。

森や龍村の目には何とも間抜けな服装に見えることだろうが、敏生には、元佑の童子切に対する畏敬《いけい》の念が、ヒシヒシと感じられた。

（元佑さんってば、大真面目《おおまじめ》なんだけどどっかおかしいんだよねえ）

元佑は、いつも追捕《ついぶ》に行くときのような引き締まった顔つきで、森と敏生と……そして卓上に置かれていた木箱を見た。

「さて、待たせたが、準備はできたぞ」

「では、童子切を出してみましょうか」

森の言葉で、四人はソファーに座った。森の隣に敏生、そして向かいに龍村と元佑という配置である。

敏生はチラと腰の羊人形に視線を落とした。人形はダラリと四本の足を下げ、微動だにしない。おそらく小一郎は、童子切の破邪《はじゃ》の霊力を嫌《きら》い、どこかへ行ってしまったのだろう。

「君が開けるかい？　持ってきた者の特権だ」

森はそう言って、木箱を敏生のほうへ押しやった。

「あ、はい。じゃあ……」

敏生は木箱の蓋《ふた》に手をかけた。三人の視線が、いっせいに敏生の手元に集中する。森はもちろん、さすがの龍村も真面目《まじめ》な顔をしていたが、中でも元佑の顔は、恐ろしいくらい強張《こわば》っている。

無理もない。何しろ、以前一度だけ、それも源頼光という言うなれば雲の上の人の前で、作法を間違えないかと冷《ひ》や汗《あせ》をかきながら拝見した名刀が、今、目の前にあるのである。

そして、それを鬼《おに》に対してふるうべく、まず太刀《たち》と対峙《たいじ》しなくてはならない今、元佑の興奮と期待と不安は、最高潮に達しているらしかった。

「開けますよ?」

元佑の緊張が移ったらしい。敏生は心臓がドキドキするのを感じながら、木箱の蓋をそっと開けた。

中には、童子切安綱が横たわっていた。昨夜、敏生が大急ぎで晒《さら》しに包んだそのままの姿なので、ガラクタでも適当に詰めたように見える。

「す、すいません。包み直そうかと思ったんだけど、小一郎が苦手みたいだから、蓋開けないほうがいいかなって」

敏生は顔を赤らめて言い訳しながら、晒《さら》しを解こうとした。慌《あわ》てて森が敏生の手首を摑《つか》んで制止する。

「こら。手袋をしろ。手を切ったらどうする。……それに、国宝だぞ」

注意の順番が明らかに間違っているのだが、言った本人も言われた敏生も気づいていない。ただ龍村だけが、ニヤリと笑いかけて、片手で口を塞《ふさ》ぐ。

敏生は、箱の中に一緒に入れておいた軍手を嵌《は》めて、そっと包みを持ち上げた。端から、くるくると晒《さら》しを解いていく。

やがて、刀身が露《あらわ》になった。ほう、と一同の吐息《といき》が重なる。

テーブルに落ちた晒しを、森はシート代わりにテーブルに敷いた。敏生が、その上にそっと太刀《たち》を置く。

「これが、童子切安綱です」

敏生は、小さな声でそう言って、皆の顔をぐるりと見回した。

「ほおう。やたら長い刀だなあ」

そんな呑気《のんき》なコメントを口にしたのは龍村だが、答える者はなかった。龍村は肩を竦《すく》め、成り行きをおとなしく見守ることにする。

「これが……源頼光が酒呑童子《しゅてんどうじ》を斬《き》ったという伝説を持つ名刀、童子切安綱か……」

森は呟《つぶや》き、呆然《ぼうぜん》とした顔で太刀を見つめた。博物館の人工的な光ではなく、太陽光に煌《きら》めく太刀《たち》の刃《やいば》からは、驚くべき霊力が迸《ほとばし》っている。

「破邪《はじゃ》の太刀……これが」

「天本さんも感じますか？　何だか……何もかもを透《す》き通《とお》らせるような光を……力を感じます。昨夜は、博物館の懐中電灯の光で見たけど、それでも何だか、圧倒されるみたいな気がしました。あのね、何ていうか、刀にじっと見られてるみたいな感じって言えばいいのかな」

敏生が、刀をジッと見つめてそう言った。森も頷《うなず》く。

「ああ。闇《やみ》より来たりしものを切り裂く、清浄な氷の刃《やいば》だ。……邪《よこしま》なものを許さない、絶対的な正の力だ」

森は顔を上げ、ただ巨体を凍りつかせたまま微動だにしない元佑に話しかけた。

「あなたも感じますか、この太刀の力を」

「……ああ。これは本当に、俺の見たあの刀か？　いや……このほかに類《るい》を見ぬ見事な太刀を、見間違えることはない。だが……」

掠《かす》れた声で、かろうじて元佑は答えた。その額《ひたい》には、じっとりと汗《あせ》が浮いている。

「以前見たときよりも、この太刀の持つ力が増している。……確かに感じる」

「そう、心悪《あ》しきものを断つために、千年の時を超えてきた太刀です。あなたが以前に見た太刀と、外見は同じでしょう。ですが、その本質はまったく変わってしまっています」

「……と申されると？」

「優れた器物は、いつしか魂を得ます。この太刀《たち》にも、今は魂が宿っているのです。……それだけに、誰でも触れていいというものではない」

森はそう言って、敏生を優しい目で見た。

「俺が、この太刀を敏生に取りに行かせたわけは……。確かに俺はここで鬼《おに》の手の封印をキープする必要があった。だが、本当の理由は……これが破邪《はじゃ》の太刀《たち》なら、俺には触れる資格がないからです」

「天本さん？」

敏生がその言葉にハッとして顔を上げる。森は、僅《わず》かに顔を歪《ゆが》め、しかし淡々と言った。

「俺はかつて、愛した人をこの手で殺《あや》めるに等しき行為を働いた男です。……俺の穢《けが》れた手が触れることを、この太刀は許しはしないでしょう」

「天本さん、それは……」

敏生は顔色を変えて森の腕に触れたが、森は静かに微笑した。

「過去の罪にがんじがらめに縛《しば》られていた俺を、君が助けてくれた、敏生。……だが、罪は罪だよ。一生背負っていく、消えない傷跡のようなものさ」

森は心配そうな敏生の前髪をさらりと掻《か》き上《あ》げてやると、元佑に向き直った。

「この太刀《たち》に触れていいのは、心正しき者だけです。さもなくば、太刀は氷の刃《やいば》でその人物の胸を刺し貫くでしょう。浄化の光で、塵《ちり》一つ残さずその存在を消し去るでしょう」

ごくりと、元佑は生唾《なまつば》を飲んだ。喉仏《のどぼとけ》が、大きく上下する。

「純粋な心を持つ敏生に、この太刀は自分をあの硝子《ガラス》ケースから連れ出すことを許しました。今度は、あなたが試される番です」

元佑は、口をギュッと引き結び、仁王《におう》の目で森を見た。森の、切れ長の怜悧《れいり》な瞳《ひとみ》が、元佑の強い視線を真《ま》っ直《す》ぐに受け止める。

「これほどの力を持つ太刀なら、あの鬼《おに》にも十分に太刀打ちできるでしょう。あなたは、時代を超えた宿願を果たすことができる……もし、この刀が、あなたを受け入れれば」

「この太刀が……俺を受け入れれば……」

暑くもない部屋の中で、元佑は身体《からだ》じゅうにじっとりと汗《あせ》をかいていた。持ち上げた両手は、無様なほどに震えている。

「脅すわけではありませんが……鬼に対峙《たいじ》する前に、あなたはその命をかけて、太刀の試練に立ち向かわなくてはなりません。もしあなたの心に一片たりとも曇《くも》りがあれば、あなたはこの場で命を絶たれ……魂まで消滅することになるでしょう」

森の言葉は、それ自体が刃物のように鋭かった。だが、決して大袈裟《おおげさ》に言っているのではないことは、森のシャープな顔が、硬く張りつめているのを見ればわかる。

龍村と敏生は、思わず顔を見合わせた。だが、互いに言葉は発しない。大丈夫《だいじょうぶ》なのかい、と見開いた目で問う龍村に、敏生はこっくりと頷《うなず》いた。

(大丈夫《だいじょうぶ》。元佑さんは、本当に真《ま》っ直《す》ぐな人だもの。きっと、童子切もわかってくれる。……きっと、力を貸してくれる)

短い間ではあったが、元佑と生活を共にした敏生である。彼の頑固《がんこ》なまでに誠実な人柄は、よくわかっている。

「ほかに、あの鬼《おに》に勝てる手だてはない。……そうですな」

元佑は、押し殺した声で森に問うた。森は静かに答える。

「ええ。……そしてあなたは鬼を倒さなくてはならない。あなたはそう言ったはずだ」

「そうだ。この時代で、罪もない人を死なせてしもうた。俺は、己の命を賭《と》して、その罪を贖《あがな》わねばならぬ」

元佑の声に、力が戻ってきた。彼は、両手をテーブルにつき、太刀《たち》に向かって深々と頭を下げた。そして、太刀に向かい、まるで生きている人に対するように語りかけた。

「頼む。俺にその力を貸してくれ。……俺はお前に再び触れるだけの人物ではないかもしれぬ。だが、鬼を討ちたいというこの思いだけは、けして揺るがぬ」

キラリ……と、陽光を受けて太刀の刃《やいば》が煌《きら》めく。元佑は、朴訥《ぼくとつ》な、そして真剣そのものの口調で言葉を継いだ。

「もし俺がお前に触れるだけの値打ちがないなら、俺を殺すがよい。だが、それは鬼を討ってからだ。……俺に、鬼《おに》を討たせてくれ。俺の命と引き換えでかまわぬ。お前の力を、俺のこの手でふるわせてくれ！」

沈黙が落ちた。元佑はゆっくりと上体を起こすと、何度か深呼吸した。そして、まだ震えの止まらない両手を、ゆっくりと太刀《たち》に伸ばした。

敏生は思わず両手でソファーを掴《つか》む。森と龍村も、瞬《まばた》きすら忘れ、じっと元佑を見守った。

（……頼む！）

元佑の、震える指先が、太刀の刃《やいば》に触れた、その瞬間……！

「うおおおおおっ！」

元佑は瞠目《どうもく》し、驚愕《きょうがく》の声を上げた。太刀から白銀の光が迸《ほとばし》り、触れた両手から、元佑の全身が眩《まばゆ》いほどの光に包まれたのである。

（お……俺は……死ぬのか……？）

太刀の怒りに触れたのかと、元佑は死を覚悟した。だが、光は、いつになっても元佑を切り裂きはしなかった。それどころか、体内に、確かな力が満ちてくる。

元佑は、ゆっくりと太刀を両手で捧《ささ》げ持《も》った。

太刀からは、まるで山からしみ出す谷川のように、冷たく清らかな力が流れ込み、元佑

の全身を駆《か》けめぐる。

太刀《たち》は、最後にひときわ眩《まばゆ》く光を発し、そして沈黙した。

「こ……これは……」

呆然《ぼうぜん》とする元佑に、森は淡い笑みを向けた。

「太刀が、あなたを受け入れたのですよ。自分の力を行使する手として」

「……おお……！」

元佑の顔に、ようやく喜色が浮かんだ。龍村と敏生も、ホッと胸を撫《な》で下《お》ろす。

いくら元佑は大丈夫《だいじょうぶ》だと信じていても、敏生とて心配でたまらなかったのだ。太刀が元佑を受け入れたことで、少年はようやく、小一郎と自分の昨夜の奮闘が、報われた気がした。

（そういえば……泥棒もよくないことだと思うんだけど、この太刀、怒らずに許してくれたなあ）

ふとそんなことを思って、敏生は首を傾《かし》げた。

（もしかして、この刀も外に出たいって思ってたのかな。せっかく魂があるのに、あんなケースの中に閉じこめられてたら、嫌《いや》になっちゃうよね）

思わず笑いかけて、少年は慌《あわ》てて咳払《せきばら》いでごまかす。そんな不埒《ふらち》なことを考えて、太刀に機嫌《きげん》を損ねられては困ると思ったのだ。

そんな敏生の百面相には気づかず、森は言った。

「これで、鬼《おに》と対決するための、最大の難関は突破しました。あとは……今夜、鬼を呼び出すだけです」

「鬼を呼び出す……。またあれを使うのか、天本」

龍村は、クローゼットのほうを見やった。森は不敵に笑って頷《うなず》く。

「ああ。封印を解いてやれば、鬼は自分の手の気を辿《たど》って、必ずおびき出されてくる。それは、一昨日《おととい》実証ずみだ」

「そこを、この太刀《たち》で一刀両断にしてくれるわ！」

元佑が勢い込んで声を大きくした。童子切は、そんな元佑の手の中で、鋭い光を放っている。

「その前に、こちらも準備が要ります」

森は苦笑を浮かべ、しかしようやく少しリラックスしたらしく、ソファーに背中を預けた。

「まず場所です。鬼は巨体だ。ある程度、広さがあったほうが、戦いやすい」

「ふむ。学校のグラウンドとか？」

龍村は大真面目《おおまじめ》な顔でそう言ったが、森は笑ってかぶりを振った。

「広さだけを取るなら、それこそ甲子園《こうしえん》に呼び出せばいい。だが、もう一つ、結界を張りやすいという条件がつくんだ」

「むむう。それは僕にはわからんな」

「結界……。それって、今回も僕の仕事ですよね？」

敏生が期待の眼差《まなざ》しで森に訊《たず》ねた。

「ああ。君に頼む。今回は、童子切を使うから、あまり小一郎に無理はさせられないんだ。鬼《おに》が現れたら、小一郎は安全なところまで下げるつもりだ」

「ええ。この太刀《たち》があれば、精霊たちもこの間より安心して力を貸してくれるような気がします。僕、小一郎の分まで頑張《がんば》りますから」

敏生も張り切った口調で言った。

「でも、どこで？」

森は右眉《みぎまゆ》を吊《つ》り上《あ》げ、少し先生めいた口調で訊ねた。

「心当たりはないかい？　広い場所で、しかも結界が張りやすい。……ここにいる全員が、行ったことのある場所だよ」

「え？　ホントですか？　ええと……」

敏生は首を傾《かし》げ、考え込む。龍村と元佑も、それぞれ同じ角度で同時に首を捻《ひね》った。

数十秒の沈黙の後、敏生は、あっと大声を上げて手を叩《たた》いた。

「それってもしかして、あそこですか？　清水寺《きよみずでら》の舞台！」

「ご明察。あそこなら、寺という一種の結界の中に、もう一重結界を重ねてやるわけだ。入り込んだ鬼《おに》を取り逃がすことはないし、一般人に巻き添えを食わせることもないだろう」

「なるほど。それは確かに名案だ」

元佑も満足げに頷《うなず》いた。ただ、物足りない表情をしているのは龍村である。

「おい、天本。僕は確かに一般人だが、何かできることはないのか？　見ているだけではどうも、心苦しい」

「あんたは、もう十分手伝ってくれたよ、龍村さん。これ以上、あんたを危険に晒《さら》すことはできない。仕事だって、無理をして時間を空けてるんだろう？」

森は眉《まゆ》を顰《ひそ》めてそう言ったが、龍村はおいおい、と少し声を尖《とが》らせた。

「まさか、今夜の現場に行かずにもう帰れと言うんじゃなかろうな。僕は最後までつき合うぜ。たとえできることが何もなくても、僕だってもう当事者のひとりだ。結末を見届ける権利と義務がある」

「龍村さん……」

「そうだな。僕の役目は、全員を励《はげ》ます。それでどうだ？」

龍村はニッと笑って、両手を広げてみせる。敏生は笑って頷いた。

「龍村先生が一緒にいてくださるなら、僕、安心です」

「……わかった。せいぜい、怪我《けが》をしないところで励ましてくれ」

森は苦笑して、再び元佑に向き直った。

「鬼《おに》をおびき出したら、敏生結界を張り、鬼の退路を断ちます。そして、俺がもう一度霊《れい》縛《ばく》を試みます」

元佑は、それを聞いて怪訝《けげん》そうに問いかけた。

「だが天本どの。それは前回……」

森は苦い声で、しかしきっぱりと言った。

「ええ。前回は見事に破られました。今回も、完全に霊縛し、調伏《ちょうぶく》することは俺にはできないでしょう。だが、ごく短時間なら、鬼の動きを制限することができる。……その時こそ、あなたの……いや、あなたと童子切の出番です」

「なるほど。よくわかり申した」

元佑は力強く言って、頷《うなず》いた。しかし、すぐにううむ、と困った声を出す。

「どうしたんですか？」

敏生が問いかけると、元佑は、手の中でおとなしくしている童子切を見下ろし、呟《つぶや》いた。

「この太刀《たち》は茎《なかご》が剝《む》き出《だ》しだ。このままでは握れぬ。……よもや、柄《つか》はなかろうな？」

「あ、そっか。……でも、柄なんて博物館にはなかったですよ？　それ直接握っちゃ駄目《だめ》なんですか？」

　敏生は立ち上がり、太刀《たち》の茎を指さして訊《たず》ねた。元佑は、呆《あき》れたように答える。

「茎《なかご》を握って鬼《おに》を斬《き》れというのか？　いくら何でもそれはできぬ。……柄《つか》がないなら、己で拵《こしら》えるよりほかはないな」

「自分で？」

「うむ。何かを巻き付けるしかあるまい。天本どの、鬼をおびき寄せるは何時《なんどき》になろうか？」

「そうですね」

　森は時計を見てから答えた。

「日付が変わる頃に、ここを出ましょう。それまでは、各人準備をするなり、休養を取って体調を整えるなり、好きに過ごせばいい」

「よし。では僕は、部屋で仕事をする。……兄上はどうなさいますかな？」

　龍村は立ち上がり、大きく伸びをしながら言った。元佑は、敏生を見てから答える。

「敏生に手伝《てつど》うてもらい、この童子切に柄を拵えることにする。それから、部屋に戻ることにする。貴殿《きでん》の邪魔をしてもいかぬしな」

「邪魔ではありませんが……わかりました。では、僕はいったん失礼します。……何かあったら呼べよ、天本」

いるらしい。

龍村はそう言い残し、扉《とびら》へと向かった。どうやら、相当に仕事を休んだしわ寄せが来て
本人が最後までつき合うと言い張る以上、何も言うまいと思ったらしく、森は無言で片手を上げただけで、龍村を送り出した。

扉《とびら》を閉めて振り返ると、敏生はもうさっきまで龍村の座っていたところに落ち着き、元佑とどのように柄《つか》代わりの加工をするか相談している。

声をかけるのも躊躇《ためら》われるほど熱心に話し合っている二人の邪魔をしないように、森は黙ってソファーの前を通り過ぎ、ベッドにゴロリと横たわった。

(……俺自身の気を整えておかなくてはな)

昨夜は敏生からの連絡を待っていたせいで、実はかなり睡眠不足の森である。あの強大な力を持つ鬼に再び霊縛《れいばく》を試みるには、気力体力ともに充実した状態にもっていく必要があるのだ。

「少し眠るか」

森は服のままベッドに潜り込んだ。暖かい毛布に包まれると、穏やかな睡魔が訪れる。

親子のように仲良く話し込んでいる元佑と敏生の声をBGMに、森は不思議なほど安らかな眠りへと誘い込まれていった……。

＊　　＊

午前一時、清水寺《きよみずでら》……。

「おお。さすが京都《きょうと》だ。夜になるとめっきり冷え込むなあ！」

だだっ広い舞台の上で、トレンチコート姿の龍村《たつむら》は、ブルリと身を震わせた。首に、グルグルとストライプのマフラーを巻き付けているのだが、それでも早春とは思えない夜の冷気は、容赦なく隙間《すきま》という隙間から身体《からだ》を突き刺してくるようだった。

森《しん》は腕時計を見て、龍村が抱えている紙箱を指して言った。

「そろそろ頃合いだ。龍村さん、頼む」

「よしきた」

龍村は、その箱を持って、舞台の真ん中に立った。月明かりがスポット代わりに、龍村の姿を淡く照らしている。

「開けていいんだな？」

「ああ。気をつけろよ」

森はそう言って、元佑《もとすけ》と敏生《としき》に手振りで合図をした。三人は、龍村を残して舞台の端、手摺《てす》りのギリギリのところまで後退する。

龍村は、紙箱の蓋《ふた》の四辺に森が貼《は》り付《つ》けた護符《ごふ》を、気前よくペリペリと破いた。大きな手で、無造作《むぞうさ》に箱を開ける。

中に入っていたのは、美しい絹布に包まれた、何かゴツゴツと硬いものだった。龍村は、平気な顔で包みを解く。

中から出てきたのは……そう、「鬼《おに》の手」である。森は、霊感が乏しいばかりに、かえって鬼の邪気の影響を受けにくい龍村に、その運搬と設置を任せたのだった。

「むむ。……これは興味深い。要らなくなったら貰《もら》って帰りたいもんだな」

龍村はひとりごちつつ、赤黒い大きな鬼の手を、舞台の冷たい床の上に置いた。そして、しげしげと眺《なが》めた。

切断面は乾いているのに、手自体は少しも乾燥したり腐敗したりしていない。体温はないようだが、触れれば生きた筋肉の弾力を感じる。龍村にとっては、喉《のど》から手が出るほど「あれこれ弄《いじ》ってみたい」代物であった。

「龍村さん。置いたらさっさとこっちへ……」

森が尖《とが》った声でそう言うので、龍村は諦《あきら》めて立ち上がった。

「あれでよかったのか？」

手摺《てす》りに背中をもたせかけて龍村が訊《たず》ねると、森は鬼の手から目を離さずに頷《うなず》いた。

「ああ。見ろよ」

「ん？　おお！　動いているぞ天本《あまもと》！」

今回が鬼の手を見るのが初めての龍村は、鬼の指が動くのを見て仰天《ぎょうてん》した。鬼の手は、まるでその持ち主を捜すように、五本の指で床をガタガタ叩《たた》きつつ、周囲を這《は》い回《まわ》る。

「まるでタランチュラだな。それより、あれはいったいどうやって代謝を保ってるんだ。指を動かすということは、細胞呼吸ができてるってことだろう。ううむ、切断されて長時間経《た》っているのに、いったいどうなっとるんだろうな、天本」

あくまで法医学者としての目で鬼《おに》の手を見ている龍村に、森は苦笑いして言った。

「俺は医学的なことはわからないが……鬼の代謝システムが人間と同じとは限らんだろう」

「なるほど、そうか！　ううむ、ますます調べてみたいなあ。あれ、要《い》らんと言ってくれんかな、鬼は」

「……くれないだろう」

「だろうな。ううむ、残念だ！」

あくまでお気楽な龍村の軽口に、張りつめていた森の神経がほどよくほぐれてくる。知らないうちに力の入っていた肩を、森は微苦笑して上下させてみた……。

一方、元佑は悲愴《ひそう》な顔で木箱を抱え込んでいた。その中に入っているのは、当然童子切《どうじきり》安綱《やすつな》である。鬼が現れるまで、隠しておいたほうがいいという森の意見に従い、元佑は童子切を再び木箱に納め、護符《ごふ》で封をした状態でここまで持ってきたのである。

「元佑さん。大丈夫《だいじょうぶ》ですよ。鬼はきっと来るし、元佑さんはきっと鬼を倒せます」

敏生は、ガチガチに強張《こわば》った元佑の背中を、そっと撫《な》でてやった。そんな言葉が耳に入っているのかいないのか、元佑からは何の返事もない。それでも敏生は、何とか元佑をリラックスさせようと、自分も緊張しているのを押し隠し、明るく言葉をかけてやった。

「童子切だって、二人で一生懸命柄《つか》を作ったし。……僕もできる限りサポートします。だから、みんなで頑張《がんば》りましょう」

それでも元佑は毛一筋も動かしはしなかった。目をカッと見開き、大きな蜘蛛《くも》のように這《は》い回《まわ》る鬼《おに》の手を、キッと睨《にら》み据《す》えている。全身から気合いが噴《ふ》き上《あ》がっているのが、敏生には感じられた。

それでも、あまり最初から根《こん》を詰めては……と敏生が言いかけたとき、サアッと一陣の風とともに、見張り役だった式神《しきがみ》の寂《さ》びた声が聞こえた。

——鬼が来る。結界の用意をしろ、うつけ。

「……わかった！　鬼が、来ます」

敏生は後の三人に囁《ささや》くと、龍村の袖《そで》を引き、舞台の隅《すみ》まで移動した。森と元佑から、十分な距離を置く。

「ここなら、鬼から直接の攻撃を受けることはないと思います。龍村先生は、ここから動かないでください」

「琴平君《ことひら》、だが僕は……」

　敏生の意図を察した龍村は、異を唱えようと口を開いた。だが、敏生は澄《す》んだ鳶色《とびいろ》の目で龍村をジッと見て、落ち着いた声で言った。

「結界の外で、見ていてください。仲間はずれにしたいわけじゃなくて、龍村さんが鬼《おに》のせいで怪我《けが》なんかしたら、僕も天本さんも悲しいし、それに元佑さんがいちばんつらいから」

「琴平君……」

「わかってください。どうか、結界の外にいて」

「わかった。励《はげ》ますどころか、邪魔をしては本末転倒だ。僕のことは気にするな。……しっかりやってくれ」

　龍村はどこか寂《さび》しげに、しかしニッと笑って、敏生の両肩を強く叩《たた》いた。敏生も緊張して少しぎこちない笑顔を返す。

　龍村が一歩下がると、敏生は小さな笑みを残し、クルリと背を向けた。胸の守護珠《しゅごじゅ》をそっと握り締め、念じる。

（母さん。……力を貸してね）

　――うつけ。来たぞ。

甲高《かんだか》い鳴き声を上げて、一羽の鳶《とび》が頭上を舞う。小一郎が変化《へんげ》した姿だ。

それを掠《かす》めるように、夜空から、巨大な火の球が落ちてきた。それは舞台の中央に轟音《ごうおん》を立てて落ちると、みるみるうちに人型の火柱と化した。凄《すさ》まじい熱風が、森と元佑を襲う。

「おおっ！」

「……来たか。敏生！」

元佑は驚きの声を上げ、森は鋭く敏生に合図する。

小一郎が姿を変えた鳶《とび》は、舞台の上空を縫《ぬ》うように幾度《いくど》も飛び回り、森や元佑に警告するように鳴き声を上げる。

——俺はここまでだ。……後は頼むぞ、うつけ。

頭に直接響く小一郎の声に、敏生も声を出さずに答えた。

(うん。精霊たちが助けてくれるよ。……頑張《がんば》るから、小一郎は早く遠くへ逃げて)

鳶はひときわ高く鳴くと、そのままどこへともなく飛び去っていった。敏生は目を閉じ、守護珠《しゅごじゅ》を左手で握り締めたまま、右手を空高く差し上げた。

ゆっくりと開いた瞳《ひとみ》は、菫色《すみれいろ》の淡い微光を放っている。その薄く開いた唇《くちびる》から、人ならぬ不思議な言葉……いや、歌が零《こぼ》れた。

人間の作る曲とは違う、まるで鳥のさえずりのような、梢《こずえ》のざわめきのような澄《す》んだ旋律は、夜風に乗り、遠く、広く流れていく。

その「歌」に呼応して、方々から小さな光が、どんどん敏生に向かって飛び込んでくる。まるで、ホタルが甘露《かんろ》に集《つど》うように。

敏生は夢見るような表情で、手のひらにその光を……精霊たちを集め、そして夜空に向かってその手を差し上げた。光の粒は、夜空で輝く糸となり、複雑に絡《から》み合《あ》って、舞台を包むドーム状の結界を作り上げた。

あまりその手のことには敏感でない龍村にも、自分と敏生の間に、キラキラと輝く砂金のヴェールのようなものが形成され、二人を隔《へだ》てていくのがわかった。

(これが……結界か)

龍村はその美しさに胸を打たれ、ただ立ち尽くしていた……。

敏生が結界を張っている間にも、元佑と森は、すでに鬼《おに》との戦闘を開始していた。

鬼は紅蓮《ぐれん》の炎を身体《からだ》全体から噴《ふ》き出《だ》しながら、自分の失った右手を左手でがっしりと掴《つか》んだ。そして、手首のない右腕に、それを押し当てる。

まるで、何事もなかったかのように、右手は鬼の身体《からだ》に戻り、長い爪《つめ》の生えた五本の指が、ガッと開いた。

鬼の口から、歓喜の咆哮《ほうこう》が放たれる。夜気がビリビリと震え、床が激しく軋《きし》んだ。釘《くぎ》を一本も使わない舞台が、この激しい戦闘に耐えられるのか……。森の脳裏に一瞬不安が走ったが、しかしそれについて長々と考える暇はなかった。

森と元佑の姿を認めた鬼は、三メートル以上あろうかという巨体を信じられないスピードで動かし、長い腕で二人をなぎ倒そうとする。鬼の足が床を踏むたびに、眩暈《めまい》を誘うような振動が二人を襲った。

「太刀《たち》を……出してください。俺が今から、霊縛《れいばく》をかけます！」

森は、横跳びで鬼の手をよけながら、反対方向に跳んだ元佑に向かって声を張り上げた。漆黒《しっこく》の艶《つや》やかな髪が、吹きつけられる炎でチリチリと焦《こ》げ、嫌《いや》な臭《にお》いを発する。

「相わかった！」

元佑は叫《さけ》び返《かえ》し、片手で箱を抱いたまま、もう片方の手で、護符《ごふ》をむしり取った。蓋《ふた》を開け、中から名剣、童子切安綱を取り出す。

昼間、敏生と二人で作った「柄《つか》」は、布を幾重《いくえ》にも巻き付け、テープでグルグル巻きにしただけの単純なもので、お世辞《せじ》にも持ち心地がいいとは言えない。しかし元佑は、両手でしっかりと太刀を握り締めた。

(約束は守る。……鬼《おに》を倒せた暁には、俺の命も取ってかまわぬ。それゆえ……あの鬼を討つ力を、俺に与えてくれ！)

元佑のそんな祈りに応《こた》えるように、千年の時を超えた太刀は、それ自体が意思を持つように、元佑の手の中でブルリと大きく震えた。

森は、五芒星《ごぼうせい》の縫《ぬ》い取《と》りのある手袋を嵌《は》めた手で、早九字《はやくじ》を切った。その手ですぐさま内縛印《ないばくいん》を結び、前回と同じに霊縛を試みる。

「ノウマクサンマンダ・バサラダンセン・ダマカロシャダソワタヤ・ウンタラタカンマン！」

裂帛《れっぱく》の気合いが、森の口から迸《ほとばし》った。元佑や、離れて見ている敏生には、森の身体《からだ》から金色に輝く「気」が放たれ、鬼《おに》の全身にみるみる巻き付き、縛《しば》り付《つ》けていくのが見えた。

元佑は、じり……と鬼との間合いを詰める。だが、ちらりと元佑を見た森は、目の動きで「まだだ」と告げた。

「オン・キリキリ……オン・キリキリ」

刀印《とういん》から転法輪印《てんぽうりんいん》を結び、さらに霊縛《れいばく》を強める真言《しんごん》を唱える。

「ノウマクサンマンダ・バサラダンセン・ダマカロシャダソワタヤ・ウンタラタカンマン！」

鬼の口から、怒りと苦悶《くもん》の叫《さけ》びが上がった。巨大な火柱が金色の糸に縛られ、激しく悶《もだ》え、捩《よじ》れる。

かなりの気を使い果たしたのだろう。急激に血の気の失《う》せた顔で、森は元佑に呼びかけた。

「今です！　……これも長くは保《も》ちません。一撃で、かたをつけてください」

「……心得た！」

わずかによろめきながら手摺《てす》りまで後退した森に代わり、元佑は一歩鬼に向かって踏み出した。

手の中で、童子切が激しく震える。それは、千年の眠りから覚め、再び戦うべき相手にまみえた太刀《たち》の武者震いのように、元佑には感じられた。

「行くぞ」

元佑は、短く太刀に呼びかけた。太刀の刃《やいば》が、昼間と同じに白銀の光を帯び始める。それは、両手から元佑の全身を包んだ。元佑の体内を、清冽《せいれつ》な気が満たしていく。未《いま》だかつてない高揚感を覚える一方で、心が不思議に落ち着き、澄《す》み渡《わた》っていくのを感じた。

鬼《おに》は、激しく悶《もだ》え、あっという間に両腕の自由を取り戻した。森は思わず小さく舌打ちする。

半ば自由を取り戻した鬼は、両手を振り回した。元佑をうち倒し、摑《つか》んでむさぼり食おうと暴れ回る。

だが、元佑は少しも動じなかった。童子切に導かれるまま、ゆっくりと身体《からだ》を動かす。

「……これで……決める」

深く息を吸い込み、元佑はクッと息を止めた。

「行くぞッ！」

全身に漲《みなぎ》る力で、床を蹴《け》る。童子切から放たれる白銀の光が、元佑の背中に眩《まばゆ》く白い二枚の翼を与えた。翼は力強く羽ばたき、元佑の巨体を宙に舞わせる。

いきなり自らの身体が空を飛んだことを、驚く余裕は元佑にはなかった。すべての意識を鬼《おに》に集中し、裂けんばかりにカッと目を見開く。

元佑の両手は、自分のものではないように自然に動いた。元佑を摑《つか》もうと追いかけてきた鬼の手を、すくい上げるように斬《き》りつける。以前、自分の太刀《たち》で鬼に対峙《たいじ》したときとは違い、童子切の刃《やいば》は、包丁で豆腐《とうふ》でも切る如《ごと》く楽々と、鬼の鋼のように硬い腕に吸い込まれた。

——ギャアアアアァアァァァアァアア‼

ジュッという音がしたかと思うと、鬼の絶叫が響き渡った。童子切が触れた鬼の両手首から先が、跡形なく消え去っている。

(これが……破邪《はじゃ》の太刀の力か……！)

元佑は、大きな驚きとともに、新たな力が腹の底からわき上がるのを感じた。

(やれる。やれるぞ！)

童子切が、元佑を導くように、輝きを増す。今や太刀は、氷と光で作り上げた神剣のように見えた。

——元佑さん、頑張《がんば》って！

敏生の声が、頭に響く。ジッと自分を見守っている森と龍村の視線を感じる。それらを力に変えて、元佑は童子切を大きく振りかぶった。

「うおおおおおおッ！」

全身をバネのようにしならせ、元佑は鬼《おに》の頭から胸にかけて、渾身《こんしん》の力を込めて童子切を叩《たた》きつけた。

――グアアオォォ……オオオオォオオォオォン！

鬼の絶叫が、結界内の空気を激しく震わせる。その衝撃に立っていられず、森も敏生も、床に叩《たた》きつけられた。結界を作り上げた精霊たちが悲鳴を上げ、ちりぢりに散っていくのが敏生には感じられた。

（あ……結界が……壊れる！）

だが、鬼の抵抗も、それまでだった。元佑の太刀《たち》は、鬼の頭から股《また》まで、真《ま》っ直《す》ぐに鬼の身体《からだ》を切り裂いたのである。

鬼の火焔《かえん》に覆《おお》われた身体が、真っ二つに割れる。そして、鬼の全身は、みるみるうちに童子切から放たれる白銀の光に包まれた。

元佑の両足がフワリと着地すると、背中の翼が音もなく消える。次の瞬間、鬼の巨体も、光芒《こうぼう》が弾《はじ》けると同時に消滅した。

「……元佑さん！」

敏生は眩暈《めまい》を堪《こら》え、起き上がると、元佑の元に駆《か》け寄《よ》った。

「元佑さん！　やった……やりましたよ！」

「……ああ……」

元佑は放心したように、その手に太刀《たち》を提《さ》げたまま立ち尽くしている。火傷《やけど》はあちこちにあるようだが、目立った怪我《けが》がないことを確かめ、敏生はホッと胸を撫《な》で下《お》ろした。

「おい、お前は大丈夫《だいじょうぶ》か？」

龍村は、手摺《てす》りにすがってようやく立ち上がりかけていた森に手を貸し、訊《たず》ねた。森は、青ざめた顔に薄い笑みを浮かべ、頷《うなず》いた。

「ああ。……前よりは少しましな霊縛《れいばく》ができたよ」

そんな台詞《せりふ》に、龍村の頰《ほお》に気障《きざ》な笑みが浮かぶ。

「この負けず嫌《ぎら》いめ。だが、上手《うま》くいったな」

「ああ。……何とかやれたな。彼の鬼《おに》を倒したいという強い意志に、破邪《はじゃ》の太刀が最大限の力を発揮してくれたんだ」

森は、鬼のいた辺りを見つめたまま立ち尽くす元佑と、その元佑を労《ねぎら》う敏生の姿に微笑した。

「やれやれ。だが、鬼の問題はこれで解決だが、あと二つ、やるべきことが残っているよ、龍村さん」

「うむ？　一つは兄上を元の世界に戻すことだろう。例の六道珍皇寺《ろくどうちんのうじ》の井戸へ行くのか？」

「そうだ。ただ、鬼のせいで乱れた井戸の底の『気』が整うまで、何日か待ったほうがいい」

「なるほど。……で？　もう一つってのは何だ？」

龍村は、まだ何か化け物でもいたかな、と呟《つぶや》いて角張った顎《あご》に手を当てる。

森は、元佑の手から提《さ》がっている太刀《たち》、童子切安綱を指さし、どこかシニカルな口調で言った。

「忘れたのか？　俺たちは国宝窃盗犯なんだぞ。……あれをレプリカとすり替え、博物館に返すという大仕事が残ってる」

「おお！　それはまさしく大仕事だ。また子供たちに活躍してもらわにゃならんな！」

「まったくだ」

森は手摺《てす》りにもたれ、今は静けさを取り戻した夜空を見上げた。

ピイイーッ……

鳶《とび》に姿を変えた小一郎が、主《あるじ》の無事を喜ぶように、彼らの頭上をゆったりと旋回した……。

八章　いつもと違う場所で

それから三日後の午前三時、六道珍皇寺《ろくどうちんのうじ》……。

森《しん》と敏生《としき》、それに龍村《たつむら》と元佑《もとすけ》は、境内《けいだい》裏庭の井戸の前にいた。

六道の井戸。元佑の時代よりさらに遡《さかのぼ》った古い世に、参議《さんぎ》小野 篁《おののたかむら》が地獄へ出仕するために用いたという古い時空トンネル。その前に、彼らは今、立っているのである。

「お三方には、いろいろ世話になり申した。まことに、お礼の言い様もござらぬ」

元佑はごく簡潔に礼を述べ、深く頭を下げた。そして、顔を上げるとき、三人の後ろにうっそり控えた式神《しきがみ》に気づくと、彼にも声をかけた。

「おぬしにも何くれと助けてもろうた。礼を言うぞ」

「……俺は主殿《あるじどの》の命に従っただけだ。礼なぞ要らぬ」

小一郎《こいちろう》は無愛想《ぶあいそう》に言い、そっぽを向いてしまう。

「お会いできて本当によかったですよ、兄上。時々は、僕のことを思い出してください」

龍村は、ニッと大きな口で笑い、元佑の二の腕を軽く叩《たた》いた。元佑は、力強く頷《うなず》く。

「無論だ。貴殿《きでん》のことは、生涯忘れぬ。……たとえ、真に血が繋《つな》がっていようといまいと、我が弟、いや、我が半身のように思うておるのだ。忘れることなどできはせぬ」

「お元気で」

「貴殿もな」

元佑は真摯《しんし》な口調で龍村に言うと、次に森と向かい合った。

「貴殿には、計り知れぬご恩を受けた、天本《あまもと》どの。まこと……」

「最初に言ったはずですよ。我々は、受けた借りを返すだけだと。……そして、あなたを無事にここまでお連れすることができて、俺自身、とても嬉《うれ》しく思っています」

森は、シャープな頬《ほお》に小さな笑みを浮かべると、ほんの少し声を低くして言った。

「……本当は、ここであなたのこの世界に関する記憶をすべて消すつもりでした」

森は淡々と告げた。元佑は、さすがにギョッとした顔つきをする。だが森は、微笑してかぶりを振った。

「ご心配なく。それはやめにしました。……記憶を消さずにいても、あなたは誰にもこの世界でのことを喋《しゃべ》らない。そう信じるに足りる人だと思うからです」

「信じていただいてかまわぬ。……というより、このような荒唐無稽《こうとうむけい》な話、誰に話しても愚かなことと笑われるだけであろうよ。無事に戻れた暁には、皆にはただ、神隠しにでも遭《お》うたと言うことにしよう。不思議の国におったとのみ。……それで皆納得する」

元佑は、左頬《ひだりほお》だけで笑った。右頬には、鬼《おに》との戦いで負った擦《す》り傷《きず》が未《いま》だ大きな瘡蓋《かさぶた》になっており、皮膚《ひふ》を動かすと引きつれて痛むのだろう。

「元佑さん……」

そして元佑は最後に、今にも泣きそうな微妙な表情をしている敏生の、栗色《くりいろ》の髪をクシャリと撫《な》でた。

「この世界に俺が来てしまったことで、多くの人々に要らぬ迷惑をかけた。それは重々自覚しておるが、それでもお前と再びもみえることができて、俺は心底嬉《うれ》しかったぞ」

「僕だってです。……僕だってです、元佑さん。もう会えないと思ってたから……凄《すご》く嬉しかったです。元の世界に戻ったら、心の中でいいから、僕からの挨拶《あいさつ》を、紅葉《もみじ》さんと源《げん》太《た》に伝えてくださいね」

「わかった。紅葉と源太には、お前に会《お》うたことだけは伝えよう。お前が息災であることも」

元佑は、前の別れのときもそうしたように、大きな手のひらで、敏生の頬を軽く撫でた。

「今度こそ、今生《こんじょう》の別れとなるだろう。達者《たっしゃ》でな」

「元佑さんも……」

「前に別れたときも言《ゆ》うたが、男がすぐにめそめそ泣くでないぞ」

「……はい」

敏生は大きな瞳《ひとみ》を涙で潤《うる》ませて、しかし一生懸命に笑みを浮かべてみせる。

「ではな」

名残惜しさを振り捨てるように、元佑は敏生から離れ、井戸の低い縁《へり》に片足をかけた。それほど大きな井戸ではない。元佑の巨体では、うっかりすると途中でつかえてしまいそうだ。

「………」

（底はどこだ……）

元佑は穴の底を覗《のぞ》き込《こ》み、じっと目を凝《こ》らした。……もっとも、寺内の誰かに気づかれぬよう、懐中電灯すら使えぬ彼らである。いくら闇《やみ》に馴染《なじ》んだ検非違使《けびいし》の目といえども、僅《わず》かな星明かりだけでは、井戸の底どころか、水面《みなも》すら確認することはできなかった。

「……む……」

ここに来たときは、アクシデントで井戸に転げ落ちた元佑である。今、自らの意思で飛び込むことになると、急に恐ろしくなった。身体《からだ》が竦《すく》んで動かなくなる。

（これが……まこと、俺の元いた場所へ続いているというのか？　どう見ても、ただの井戸ではないか。……飛び込んで下が水なら……俺はかようなところで死ぬるのだぞ）

あるいは、井戸の中に蟠《わだかま》るのは、無限の闇かもしれない。心に浮かんだ思いに、元佑は戦慄《せんりつ》した。

井戸の中から、ひときわ濃度の高い闇《やみ》がせり上がってきて、自分の全身を絡《から》め取《と》り、闇の中へ……永劫《えいごう》の混沌《こんとん》の中へ引き込んでしまうのではないか。そんな妄想が頭に浮かんだ。

(馬鹿《ばか》な。この期《ご》に及んで、俺はいったい何に怯《おび》えているのだ……)

膝《ひざ》が、ガクガクと震えた。額《ひたい》や背筋に、じっとりと冷《ひ》や汗《あせ》が浮くのがわかる。

(恐れてはならぬ。闇がどれほどのものぞ!)

元佑は必死で自分を奮い立たせようとした。だが、この不安と恐怖の発作は、とても抑えられそうになかった。

その時……。

「疑ってはいけません」

森は、静かに言った。

「闇を恐れるのは、人間の本能です。それを恥じることはありません。……ですが、闇の果てには光があることを疑ってはいけない」

「天本どの……」

森は元佑の傍《かたわ》らに立ち、井戸の底を真《ま》っ直《す》ぐに指さした。

「闇の向こうに……光の中に立って、あなたを待っている人を強く想《おも》うのです。あなたを待っている、あなたを魂ごと抱きしめてくれるであろう人のことを」

「…………」

「時空を超えて、その人と心を結ぶのです。そうすれば、必ず戻れます」

「……心を……結ぶ……か」

元佑は、井戸に飛び込みかけた姿勢のままで、そっと目を閉じた。

(俺を……待っていてくれる人のことを……)

網膜に、紅葉の笑顔が浮かんだ。いつも自分を優しく見上げる、いきいきと輝くアーモンド型の目、ごく控えめに紅《べに》をさした唇《くちびる》、艶《つや》やかな、長い黒髪……。

——旦那様《だんなさま》？

小首を傾《かし》げて自分を呼ぶときの、涼《すず》やかな、そして近頃はほんの少し甘い、その声。愛《いと》しさと懐《なつ》かしさが、胸に込み上げた。ほんの数日会わずにいただけなのに、ずいぶん長い間、離れているような気がする。

(ここしばらく、鬼《おに》のことばかり考えて、お前の話を少しも聞いてやれなんだな、紅葉……)

元佑は、心の中で妻に呼びかけた。

(その挙げ句、俺が霞《かすみ》のように消え失《う》せてしもうて、お前はいかほど胸を痛めていようか。……すまぬ。今、戻るぞ。お前の元へ……)

――旦那様。……お手を。

底知れぬ闇《やみ》の中から、たおやかな白い手が、自分に向かって差し伸べられるのを、元佑はハッキリと感じた。

「……見えた」

低く呟《つぶや》いて、元佑はゆっくりと目を開けた。再度、井戸の中を覗《のぞ》き込《こ》む。やはり闇は深く静かに澱《よど》んでいるが、さっきあれほど感じた恐怖は、すっかりどこかへ消《き》え失《う》せていた。

「かたじけない、天本どの。……もはや、迷うことはありませぬ」

「幸運を祈ります。あなたが、無事に大切な人のところへ帰れるよう」

森の言葉に、元佑は頷《うなず》き、首をねじ曲げるようにして、龍村と敏生に目を向けた。

龍村は不敵な笑みを浮かべ、片手を上げた。敏生は、潤《うる》んだ鳶色《とびいろ》の目で、元佑に微笑《ほほえ》みかける。

「忘れはせぬ。生涯、決して貴殿《きでん》らのことは忘れぬ」

元佑は、両足で井戸の縁《へり》に立った。そして、今一度、三人の顔を順番に見つめた。

「……さらばだ！」

二度と会うことはないであろう人々の顔をその目に焼きつけ、元佑はひと思いに井戸に飛び込んだ。

凄《すさ》まじい勢いで、想像を遥《はる》かに超える深みへと落下していく己の身体《からだ》。目を開けているのか閉じているのか、それすらわからなくなるほどの濃厚《のうこう》な闇《やみ》が、全身をねっとりと包み込む。

やがて薄れていく意識の中で、元佑はただ一心に、妻の名を呼び続けていた……。

＊　　＊

「ねえ、天本《あまもと》さん！　早く早く！」

敏生《としき》にせき立てられ、森《しん》は苦笑いしつつ足を速めた。夕風が、ひやりと頬《ほお》を掠《かす》める。本堂からは、香《こう》の匂《にお》いが僅《わず》かに漂《ただよ》ってくるようだった。

元佑《もとすけ》が六道《ろくどう》の井戸から彼《か》の世界へと消えた後、龍村《たつむら》もまた、やけに寂《さび》しげな様子で神戸《こうべ》へ帰ると言った。

「始発電車をつかまえて、仕事に行くよ。……やけに心細い気がするのは何故《なぜ》なんだろうな。いやはや、日常に戻るのに、今度ばかりは少し時間がかかりそうだ」

龍村は、そんな言葉とともに、元佑と同じ、しかしこちらは傷一つない四角い顔を歪《ゆが》めるようにして、苦笑いしたものだ。

確かに、あれほどまでに外見だけでなく言動や思考回路までが似通った人物に出会ってしまえば、別離がかえって不自然に感じられるのかもしれない。

八坂神社《やさかじんじゃ》の前でタクシーを止め、龍村はひとりで乗り込んだ。

「じゃあ、ここでお別れだ。二人とも、気をつけて帰れよ」

そんな台詞《せりふ》と、いつもよりほんの少し元気のない笑顔を残し、龍村は去っていった……。


一方、森もすぐにでも自宅へ帰ろうとしたのだが、敏生が何故《なぜ》か、頑強《がんきょう》にもう一日、京都《きょうと》に留《とど》まることを主張した。

「だって天本さん。僕たち、今年になって二度も京都に来たのに、ろくに観光してないでしょう？　それってもったいないですよ」

「それは……そうだが」

森は曖昧《あいまい》な返事をして、少年の表情を窺《うかが》った。

(今回のごたごたで、忘れているのかもしれないな……今日が何日か)

そう、今日は三月十一日。敏生の誕生日である。

クリスマスも正月も、負傷中だったせいで、いつものようにご馳走《ちそう》を作ってやることができなかった。せめて敏生の誕生日くらいは……と森は思っていたのである。

「観光と言っても、君、どこか行きたいところがあるのかい？」

「ありますよ！」

敏生は即座に答えた。

「ええと、まず嵐山《あらしやま》！　こないだ河合《かわい》さんが教えてくれたんですけど、嵐山からちょっと離れたところに、物凄《ものすご》く美味《おい》しい草餅《くさもち》屋さんがあるんですって！　それから、南禅寺《なんぜんじ》で湯豆腐《ゆどうふ》も食べてみたいし……」

少年は、指を折りながら一生懸命に喋《しゃべ》っている。

「錦市場《にしきいちば》ってのも、一度は行ってみたいなあ。美味しいものがいっぱいありそう。それから……」

「やれやれ、君の言う『観光』は、ほとんど食べ歩きだな」

森は思わず笑いだしてしまう。敏生は恥ずかしそうに、しかし素直に頷《うなず》いた。

「だって……ひとりでそんなことしてもつまんないけど、天本さんと一緒ならきっと凄く楽しいから。……駄目《だめ》ですか？　疲れちゃって、すぐ帰りたい？」

「いや……そういうわけじゃないんだが」

「だったら」

いいでしょう、と上目遣《うわめづか》いの鳶色《とびいろ》の瞳《ひとみ》が、先刻の別離の涙の名残を留《とど》めたままで、じっと自分を見つめている。

（……まあ、本人の希望なんだから、よしとするか）

言い出したらきかない敏生に、そんな敏生の我儘《わがまま》を、つい可愛《かわい》いと思ってしまう森である。

「わかった。だったら、今日一日君の好きなように観光して、明日の朝、家に帰ろう。それでいいかい？」

「やったあ！」

敏生は躍《おど》り上《あ》がって喜ぶ。鬼《おに》を調伏するという大仕事を為しとげてからまだ三日しか経たないというのに、まったく元気なものだ。森はまだ疲労困憊《こんぱい》している自分に「年」を感じて、必要以上にグッタリしてしまった。

「ただし、俺は眠いんだ。これからホテルに帰って、十時までは黙って寝かせてくれよ」

そんな森のささやかなリクエストが、少年の耳に届いていたかどうか……。

そして、今……。

快晴に恵まれ、森と敏生は敏生の希望どおり京都観光……それは本当に食べ歩き道中だったのだが……を楽しみ、夕刻になって清水寺《きよみずでら》に辿《たど》り着《つ》いた。

「確かに観光目的ではなかったが、今回の旅で、もう二度も行った場所じゃないか。この間は、河合さんとも来たんだろう？　べつに無理してこんな時間から行かなくても……」

歩き疲れたのか、はたまた清水寺への長い上り坂が嫌《いや》なのか、森は難色を示した。だが敏生は、どうしてもこの時間に行かなくてはならないのだと主張し、森を引きずるようにして連れてきたのだ。

前回来たときには観光客でごった返していた寺内も、今は人影もまばらで、何やら物寂《ものさび》しい感じがする。

実際、日が落ちるとまだまだ寒く、来月まで待てば花見の季節を迎える微妙なシーズンの今、わざわざここに来る物好きは数少ないのかもしれない。

「よかった、間に合った！」

敏生は、広い舞台を小走りに横切り、手摺《てす》りから身を乗り出した。

「おいおい。勢い余って落ちるなよ」

森も苦笑しつつその傍《かたわ》らに立ち、遠くに広がる京の町を見渡した。

「だって……。この前ここに河合さんと来たときは昼間だったんですけど、僕、思ったんです」

夕暮れ時の冷たい風に頬《ほお》を赤くして、敏生は喋《しゃべ》っている。その幼さを残した顔を見て、森は優しく訊《たず》ねた。

「何を？」

敏生は手摺りに両手を載せ、視界の遥《はる》か先で今まさに沈もうとしている大きな夕日を見つめて言った。

「次は、天本さんと一緒に来ようって。それで、絶対日が沈む頃に来よう、きっと綺麗《きれい》だからって」

「ああ。本当に綺麗だな。空気が澄《す》んでいるからか、夕焼けの色が鮮《あざ》やかだ」

「ええ。だから、どうしても今朝帰っちゃうの、嫌《いや》だったんです」

「君が京都にもう少しいたいと言い張ったのは、そのせいだったのか？　俺に……この夕焼けを見せるために？」

「はい！」

敏生は、大きく頷《うなず》く。丸みを帯びた頰《ほお》は、夕焼けに照らされ、オレンジ色に映えている。

「それに今日は、僕の誕生日だから。……特別な日に、うんと綺麗な景色を、天本さんと一緒に見たいなって、そう思ったんです」

「……そうか」

(覚えてはいたんだな、今日が自分の誕生日だと)

森は、穏やかに微笑したまま、視線を敏生の顔から町のほうへ巡らせた。敏生も、同じほうを見てほう、と感嘆の息を漏《も》らす。

彼方《かなた》の空は、日没寸前の上空が墨色、地面に近くなるほど茜色《あかねいろ》の美しいグラデーションを描いている。

厳しい規制が敷かれており、また昔ながらの町並みがよく保たれているために、町には、ほかの都市に比べると低い建物ばかりが並ぶ。そのために、京都タワーと京都駅ビル、そして東寺《とうじ》の五重塔《ごじゅうのとう》のシルエットが、ひときわ目立って見えた。

「間に合ってよかった。今日がいい天気でよかった」

敏生は、溜《た》め息《いき》混じりにそう言って森にもたれかかった。周囲を窺《うかが》う気配の後、森の手がそっと敏生の肩を抱く。

敏生は、森の肌触《はだざわ》りのいいコートに鼻面《はなづら》を押しつけ、幸せそうに呟《つぶや》いた。

「ここに、天本さんとこうして一緒にいられてよかった。これって、奇跡ですよね。だって僕の二十歳《はたち》の誕生日のこの一瞬は、僕の人生の中で、今しかないんだもの。そんなときに、いちばん大事な人と、こんな綺麗《きれい》な風景を見ていられるのって……言葉にできないくらい嬉《うれ》しい」

訪れる薄闇《うすやみ》が、優しいカーテンのように二人を包む。森は、低い声で囁《ささや》いた。

「俺も嬉しいよ。君が、一生に一度の大切な一日を共にする相手に、俺を選んでくれたことが」

「僕ね、天本さん」

敏生はクスッと笑って言った。

「京都に来たとき、最初は元佑さんが心配で心配で仕方なくて、ほかのこと考えられなかったけど……」

「うん?」

「途中から、ちょっとだけ僕の誕生日のこと、考えちゃってたんです。もちろん元佑さんにまた会えて嬉《うれ》しかったし、龍村先生と一緒にいるのは楽しいし、小一郎《こいちろう》のことも大好きだけど」

「……けど?」

「できたら、誕生日は一日天本さんと二人きりで過ごしたいなあってずっと心のどこかで思ってました。……こんなこと、元佑さんには絶対白状できなかったけど。早く鬼《おに》を倒せたらいいなあ、誕生日までに元佑さんが帰れたらいいなあ、って」

思いもよらない敏生の告白に、森は切れ長の目を見張った。

「君がそんなことを考えていたとは知らなかった。あの男のために必死になっているとばかり思っていたよ。まさか、さっさと追い返そうとしていたとはな」

からかうような口調に、敏生は顔をますます赤くして両手を振る。

「あのっ、そういうわけじゃなくて……えと、ただ……ああ、どう言えばいいんだろ。僕、そんなつもりじゃなくて、ただ天本さんと……」

「嘘《うそ》だよ。からかって悪かった。ちゃんとわかってるさ」

敏生の必死の形相に、森はついにプッと吹き出した。

「天本さんってば意地悪だ！　僕は真面目《まじめ》に話してたのに」

「だから、悪かったよ」

森は暴れる敏生を片腕で易々《やすやす》と抱き寄せ、動きを封じると、笑いながら言った。

「さて、そろそろ山を下りて、食事にしないか？　君の腹の虫が、誕生祝いの膳《ぜん》を要求し始める頃合いだと思うんだが」

「……うっ」

図星《ずぼし》を指されて、敏生はたじろぐ。実は、清水寺に来る前から、敏生の活動活発な胃袋は、きゅうきゅうと切なげな音を立てていたのだ。何しろ、長い参道の両側には、美味《おい》しそうな菓子や軽食を売る店が並んでいるのに、夕焼けを見たいばかりにそれらを素通りしてきたのだから。

「うー。ずるいや天本さん。すぐに食べ物で僕を懐柔するんだから」

「それがいちばん効果的だからさ」

森は笑って、敏生の身体《からだ》を抱いたまま、灯《あかり》の点《とも》り始《はじ》めた町に背を向けた。二人の前には、本堂が黒々とそびえ立っている。

音も立てずに歩く作務衣《さむえ》姿の老人が、本堂の中に、ポツリポツリとろうそくの炎を点していく。もうすぐ、夕方のお勤めが始まるのかもしれない。

「何が食べたい？　何でも、君の好きなものを」

森に問われて、敏生は真剣な顔で考え始めた。

「ええと……。やっぱり京都だから、お豆腐《とうふ》とか。あ、でもそれじゃお腹膨《なかふく》れないから、やっぱりお肉かなあ……。でもでも、四条河原町《しじょうかわらまち》の洋食屋さんも美味《おい》しそうでしたよねえ。あ、生麩《なまふ》まだ食べてない！」

「……何でもいいが、大通りに戻る前に決めてくれよ」

「わかってますよう。でも、京都って美味しそうなものが多すぎるんです。ああもうホントにどうしようかなあ」

ブツブツと悩み続ける敏生を促《うなが》し、歩き出しながら、森は笑いを嚙《か》み殺《ころ》すのだった……。

結局、さんざん迷った末に敏生が選んだのは、JR京都駅前のデパート内にある、有名料亭の支店だった。若手料理人に腕をふるうチャンスを与えるための店らしく、本店に比べれば雰囲気もカジュアルだし、値段も手頃だ。

それでも一品ずつ時間をかけて味わう懐石《かいせき》料理を、敏生が自ら希望したのは初めてのことだった。

「君には量的に不満かもしれないぞ？」

店に入る前に足を止め、警告した森に、敏生はちょっとむくれて言い返した。

「いいんです。きちんとしたマナーを覚えたいから。……もし僕が変なことしてたら、天本さん、教えてくれるでしょう？」

「いいよ。そうだな、敷居の高い店でも、緊張せずに行儀よく飯が食えることは大事なことだ」

そんな敏生の微笑《ほほえ》ましい背伸びを、森は笑って受け入れた。

二人はカウンター席を選んだ。店に入るまではテーブル席にしようと思っていた森だったのだが、カウンターの向こうには京都市街の見事な夜景が広がっており、その美しさが二人ともすっかり気に入ってしまったのだ。

「さっき、清水の舞台から見た景色を、今度は逆方向から見るんですね」

敏生は嬉《うれ》しそうに笑って、森にそう囁《ささや》いた。

食事はすべてコースになっていたので、敏生がアラカルトの選択に頭を悩ませる必要はなかった。森は敏生のために、いちばん高い……つまり、一番品数の多いコースを注文してやった。

最初に出てきたのは、青竹の筒に入れた清酒を、涼《すず》しげに氷で冷やしたものだった。それを、同じく青竹で作った杯で飲むのである。

森は敏生に杯を手渡し、酒をなみなみと注《つ》いでやった。そして、自分の杯には手酌《てじゃく》で酒を満たし、それを軽く掲《かか》げて言った。

「では、めでたく成人、おめでとう」

「……ありがとうございます」

嬉《うれ》しそうに顔を赤らめ、敏生はぺこりと頭を下げた。そして、まるで三三九度のように両手で杯を持ち上げ、怖々《こわごわ》口をつける。

辛口《からくち》で、敏生の口には到底合わないが、酒に移った竹の香《かお》りが爽《さわ》やかである。

「美味《おい》しく……はないけど、いい匂《にお》い」

クンクンとかいでニッコリした敏生は、しかしすぐに不安そうに、森に囁《ささや》いた。

「あの、こういうのって行儀悪いですか？」

森は笑ってかぶりを振った。

「杯に鼻を突っ込むのはどうかと思うが、匂いを楽しむのは悪いことじゃないよ。カウンターに座ったときは、それほど硬くならなくていい。せっかく、店の人が向かいにいるんだ、素直に感想を言ってあげたほうがいいんだよ」

その言葉に、料理を運んできた給仕の若者が、白い歯を見せて笑い、会釈《えしゃく》した。

敏生ははにかみ、笑い返す。さっきまで可哀相《かわいそう》なほど緊張していたその小さな肩から、やっと力が抜けたようだった。

凝《こ》った器で一品ずつ運ばれる料理は、すべて春の香りに満ちていた。筍《たけのこ》や鯛《たい》、桜色に染めた百合根《ゆりね》、紅白に染め分けられた白玉《しらたま》などが、細かい心配りが行き届いた美しい盛りつけで供される。

敏生は心底楽しそうに見つめていて、なかなか箸《はし》をつけようとしなかった。もし許されるなら、スケッチでも始めそうなくらい、真剣な目をしていた。

途中、鮎《あゆ》の骨が上手に抜けなくて森の手を借りる一件はあったが、敏生は本人が心配するよりずっと上手に……本人言うところの「行儀よく」食事をした。

そして実際、敏生と一緒にものを食べるのは楽しいと森はしみじみと思う。

自分の手料理で誕生日を祝ってやれなかったことは心残りだが、それはまた、何かの機会に埋め合わせをしてやればすむことだ。かえって今日の場合は、台所と食堂の間を行き来することなく、人の作った料理を共に楽しむことができて、森自身とてもリラックスした気分になることができた。

それに、美味《おい》しいものを食べたときの敏生の笑顔は、相手をも幸せにする力を持っている。給仕の若者も、皿を運ぶたびに素直な賛辞を贈られ、嬉《うれ》しそうにしていた。

「美味しかった！」

どうやら、マナーを気にするだけでなく、しっかり味わうこともできたらしい。デザートの桜餅《さくらもち》を食べ終え、敏生は満足げに溜《た》め息《いき》をついた。

森は腕時計にチラリと目をやった。まだ、ホテルに戻るには早い時間だ。

「これからどうする？　少し、散歩でもして帰るか？　幸い、今夜はそれほど寒くもないし」

「そうですね。……あ、僕、鴨川《かもがわ》の河原《かわら》を歩きたいな」

形ばかり口をつけただけの酒で頬《ほお》をほんのり染め、敏生はそう提案した。

「いいよ。君の誕生日だ、何でも君のお望みのままに。では、行こうか」

「はいっ！」

レジに向かって歩き出した森の後を、敏生は元気よく追いかけた……。


それから三十分後。二人は、鴨川の河原を、ホテルに向かってゆっくりと歩いていた。

例年より暖かいといっても、夜はかなり冷え込む。盆地特有の、足元から冷気が沁《し》み入《い》るような寒さだ。

じっとしていては身体《からだ》が冷えるだろうに、河原には、例によって等間隔にカップルが並んでいる。いや、寒いからこそ、寄り添って互いの体温を感じることが心地いいのかもしれない。

たった一つ、カップルが去ったばかりなのだろう、空いたスペースに差しかかった森は、不意に足を止めた。

「天本さん？」

「……少し、座っていくか？」

「え……い、いいんですか？」

自分も同じ場所を見ていただけに、敏生は吃驚《びっくり》して目を見張る。ちょっと座ってみたいと思ってはみたものの、極度に恥ずかしがりやの森が、いくら誕生日だといってもそんな提案を受け入れてくれはしないだろうと、口に出しもしなかったのだ。

自分の発言が自分でも驚きだったらしく、森も何とも言えない複雑な表情で、顎《あご》をしゃくった。

「風邪を引くほど居座るのは御免だが、夜の川面《かわも》を見るのも悪くない。……だが君が嫌《いや》なら、このままホテルに帰……」

「座りますっ！　座りましょう！」

森の気の変わらないうちにと、敏生は森の手を引っ張って、空いた場所に連れていった。

「おい……」

「いいから、座ってください！」

コートの両肩に両手で飛びつくようにして、冷たいコンクリートの上に無理やり森を座らせ、敏生は自分も隣にくっついて座った。

「ちょっと恥ずかしいけど、暗いから大丈夫《だいじょうぶ》……ですよね」

額《ひたい》を寄せるように顔を近づけ、敏生は悪戯《いたずら》っぽく笑った。吐く息が、白く立ち上る。

「……どうかな」

森は苦笑いしつつも、寄りかかってきた敏生の背中に腕を回した。

しばらく、森の肩に頬《ほお》を押し当てて黙っていた敏生は、街灯に煌《きら》めく水面《みなも》を見ながらこう言った。

「元佑さん、無事に帰れたかなあ。紅葉《もみじ》さんや源太《げんた》に会えたかな」

「心配ないよ。ちゃんと元の世界に戻っているさ」

「二人とも、元佑さんが無事に戻って、喜んでるでしょうね。……そうだ。今頃元佑さんも、千年前の鴨川の水を見てるかも」

「ああ、そうだな」

頷《うなず》いた森に、敏生は微笑《ほほえ》みかけた。

「何だか不思議。僕は京都育ちでも何でもないのに、この川の岸にいると、とても落ち着くんです。元佑さんと出会ったのもここ、晴明《せいめい》さんだった天本さんに会えたのもここ、源太とよくお喋《しゃべ》りしたのも、河合《かわい》さんの杖《つえ》を拾ったのもここ……。それから千年経《た》って、今、天本さんとこうして並んで座ってるのって、何だか凄《すご》く不思議で、凄く嬉《うれ》しい」

「……そうだな」

「天本さんってば、『そうだな』ばっかり。もしかして僕の話、つまんないですか？　それとも寒い？　疲れちゃったんですか？」

心配そうに矢継ぎ早の質問を食らって、森は穏やかにかぶりを振った。

「そうじゃない。君があれこれ考えたように、俺もちょっと考え事をしていたのさ」

「何をです？」

「もしも……『もしもの話』をするのはあまり好きじゃないが、もしも、俺が君に会っていなかったら、今頃はどれほど孤独だっただろうと」

「天本さん……」

「君を拾ったときは、正直言って、君がこれほど俺の中で大きな存在になるなんて思いもしなかった。元気になって、落ち着き先を見つけたら出ていくんだろうと……。そんなふうに思っていただけだった」

森は、まるで遠い昔話をするような口調で呟《つぶや》いた。

「それがどうだ。今では、君がこうして傍《そば》にいてくれるだけで、凪《な》いだ海のように穏やかな気持ちになれる。もう二度と人を愛することなどないだろう、そう思っていた俺が……気がつけば、君の姿ばかりを目で追ってしまう」

「…………」

あまりに率直な森の告白に、敏生は言葉を発することができなかった。ただ、森の白磁《はくじ》の頰《ほお》に触れてみたくて、おずおずと手を伸ばした。

「俺にとって君の手は……」

森は、差し伸べられた敏生の右手を取り、そっと自分の両手で包み込んだ。いつもは氷のように冷たい森の手のひらが、今は不思議に温かい。

「昼間に三十三間堂《さんじゅうさんげんどう》で見た千手観音《せんじゅかんのん》の手そのものだよ」

「……え？」

思いがけない比喩《ひゆ》を使われて、敏生は不思議そうに首を傾《かし》げた。頭の中に、千手観音の姿を思い起こす。たくさんの腕を持ち、けれど絶妙のバランスを保って不思議に美しいその姿は、どう考えても自分とは似ても似つかない。

「だけど僕の手、二つしかないですよ？」

「それでもさ。俺はべつに、君の腕が四十本あると言ってるわけじゃない」

敏生の素直な反応に微笑して、森は言った。

「千手観音の四十の手は、それぞれ違う品物を持っていて、その一つ一つが二十五の世界を救うと言われている」

「それで……全部で千の世界を救うんですね」

「そうだ。君は深い虚無の底にいた俺に、その手を差し伸べて、光の中に連れだしてくれた。長い時間をかけて、君が俺の手を引き、千の世界を見せてくれた」

「天本さん……」

森は、切れ長の目を細めて、敏生のまだ幼さを残した顔を見つめた。

「千手観音には、一つだけ、何も持っていない手があるんだ」

「そうなんですか？」

「ああ。その何も持たずに差し伸べられた手を、施無畏《せむい》の手《て》、という」

森は、低い声で言った。

「『せむい』の、手？」

「そう。施無畏の手とは、人を恐怖や苦悩から解き放ってくれる、慈愛《じあい》の手だ。……その手に触れれば、誰もが無上の安らぎを得られるという」

森は、敏生の手を持ち上げ、その甲《こう》に冷たい唇《くちびる》を押し当てた。

「俺にとっては、君のこの手こそが施無畏の手だよ。俺を過去という重い枷《かせ》から解放してくれた。……もう一度、大空に腕を差し伸ばすことを許してくれた」

「あ、天本さん……」

突然の森の行動に、敏生は顔を真っ赤にして、キョロキョロと周囲を見回す。幸い、どのカップルも自分たちの世界に没入しているらしく、森と敏生に注意を払う人間は、どこにもいないようだ。

（いつもは神経質すぎるほど人目を気にする天本さんが、まさかこんなところで、こんなこと……。まさか、僕の誕生日だから大サービス、ってわけじゃないよね）

「俺は真面目《まじめ》に話してるんだぞ。そんな、鳩《はと》が豆鉄砲を食ったような顔をするなよ。……

らしくなさすぎて、呆《あき》れているのか？」

「そ、そんなわけじゃ……。ただ僕、吃驚《びっくり》して」

少年の鳶色《とびいろ》の目は、そのボキャブラリー貧困な口よりずっと雄弁だったのだろう。森はふっと笑った。驚くほど、柔らかな視線が敏生を捉《とら》えて離さない。

「たまには、素直になってみようと思ってね。……君が不気味だからやめろと言うなら、もうやめ……」

「やめないでください。不気味とかじゃなくて……僕、嬉《うれ》しすぎて吃驚しただけなんですから」

素直さでは森の遥《はる》かに上をいく敏生である。森はどこかホッとしたように、敏生の温かな手をじっと見つめた。

「君のこの手に触れられるたび、俺は苦しみや恐れから解放されてきた。君の手が、いつも俺を癒《いや》してくれた」

「じゃあ……」

敏生は、今度は自分の手で森の手を取り、その骨張った手のひらを、自分の頬《ほお》に押し当てた。

「天本さんのこの手だって、僕にとっては……ええと、その『せむいの手』ですよ」

「俺の手が？」

意外そうに瞬《まばた》きする森に、敏生はこくりと頷《うなず》いた。

「天本さんが頭撫《な》でてくれたり、こうしてほっぺに触ってくれたり、ぎゅーってしてくれたりするたびに、僕の胸の中がほっこりするんです。ひとりじゃないよ、って言ってもらってる気がして」

森は無言で指先を僅《わず》かに動かし、敏生の滑らかな頬《ほお》を撫でた。敏生は嬉《うれ》しそうに笑みを深くする。

「天本さんの手は、いつだって僕をあったかく守ってくれます。僕の居場所はここだな、ってわからせてくれる……大事な大事な手です」

「敏生……」

「天本さんの傍《そば》で、二十歳《はたち》になれてよかった。……その、ホントは全然大人じゃなくても、でもやっぱり法律上は大人になるんですから。僕……ええと」

ちょっと複雑な表情になった敏生の頬から手を放した森は、その手を敏生の顎《あご》に置き、優しく顔を上げさせた。

「外見も中身も早く大人になって、もっと天本さんの役に立てるようになりますから……だから……」

言いかけた敏生は、至近距離にある端麗《たんれい》な顔に魅入《みい》られ、言葉を呑《の》み込《こ》んでしまう。

「頑張《がんば》るのは賛成だが、急ぐことはないさ」

お互いの額《ひたい》をくっつけて、森は唇《くちびる》を触れ合わせる寸前の距離で、囁《ささや》いた。

「君は君らしく、時を重ねていけばいい。そして……いつも俺の傍《そば》にいてくれれば、俺にはほかに望むことなどないよ」

「天本さん……」

敏生の硝子玉《ガラスだま》の目いっぱいに、森の照れ臭そうな笑顔が映る。森は吐息《といき》のような声で言った。

「いつも見ていたいんだ、君を。今までそうしてきたように、これからもずっとね。君はそれを望んで……許してくれるかい？」

「…………」

だが敏生は、唇を閉じたきり、何も言わない。頷《うなず》きもしない。真面目《まじめ》な顔をして、ただじっと森の顔を見つめている。

「敏生……？」

さすがに不安になって、森が少年の名を口にしたそのとき、しなやかな二本の腕が、フワリと彼の首に回された。

「敏生？」

やはり口を閉じたまま、しかし敏生は悪戯《いたずら》っぽく笑って、呆気《あっけ》にとられた様子の森の頭を優しく引き寄せる。

敏生からの答えは、電光石火の素早さで贈られた、小さな小さなキスだった……。

あとがき

皆さんお元気でお過ごしでしょうか。榿野道流《ふしのみちる》です。

ついに二十一世紀最初の奇談《きだん》をお届けします。新世紀を祝うにふさわしいあのキャラクターが再登場して、何やら妙にボリュームたっぷりの今作、いかがでしょうか。ここしばらく非常にヘヴィーな話が続きましたので、新春第一弾は娯楽に徹してみました。

頂いたお手紙でも多くの方々が書いておられたように、前作『蔦蔓《つたかずら》奇談』で奇談のいわば「第一部」というべき部分が一応完結したことになります。何しろ森《しん》が自らツッコミを入れていたように、敏生《としき》の両親に「息子さんを僕にください」をぶちかましてくれたわけで。二人が出会ってから、お互いの心をしっかりと結びつけるに至ったところで、一つ大きな区切りがついたなあ、と思っています。

だからといって、奇談がもうすぐ終わるというわけではありませんので、ご安心ください。じゃあこの先いったい何部まで続くの、と問われたらそれはまだわかりませんし、とりあえずこれから第二部が始まるよ、ということしか私には言えません。

今作は、第一部と第二部の間に挟まった、いわば「息抜き」的な作品だと思ってください。肩の力を抜いて、気楽に楽しんでいただければ幸いです。次からはまたいろいろ大変ですからね……フフフ。

さて、皆さん二十世紀最後のクリスマスや大晦日《おおみそか》を、どのようにお過ごしになったでしょうか？　私はいつもとまったく代わり映えしない年末を過ごしました。

クリスマスには、家族のために毎年丸鶏《まるどり》を焼きます。中に林檎《りんご》をギッシリ詰《つ》めて、皮の下にベーコンを差し込んで、きつね色に皮がパリッと焼けたローストチキンを作るわけですね。付け合わせは、芽キャベツとニンジンの茹《ゆ》でたのと、ソーセージにベーコンを巻いて焼き上げたものを。本当は、ローストポテトも作りたいのですが、オーブンに余裕がないので、パルメザンチーズたっぷりの大きくて丸いハッシュドポテトにします。クランベリーソースも添えて、ただもうひたすらムシャムシャ食べるだけのクリスマスイブ。しかも、その後残ったチキンで美味《おい》しいサンドイッチとスープを作って、翌日も美味しいご飯を食べるのですね。

「日本人にはクリスマス関係ないじゃん」と仰《おっしゃ》る向きも多いとは思いますが、私もべつにクリスチャンではありません。でも宗教に関係なく、我が家ではクリスマスは「家族が集まって、みんなで賑《にぎ》やかに美味しいものを食べる日」です。各々《おのおの》違うタイムテーブルで生活しているので、滅多《めった》に全員で食卓を囲むことがない我が家。一年に一度、そういう機会が持てるのは素敵だと思います。理由はどうあれ、私はクリスマスが大好き。真夜中に、クリスマスツリーの電飾がキラキラしてるのを見るのも、心が澄《す》んでくるようで本当にしみじみと嬉《うれ》しいものです。
　それに引き換え、鬱陶《うっとう》しいのが大晦日《おおみそか》とお正月。おせち作りは大好きなのですが、問題はその後ですね。うちの父は「みんなで賑《にぎ》やかに」が大好きなので、いっぱい人を呼んで大騒ぎするのですが、私は自分でも不思議なくらい、その手の宴会が苦手なのです。だから大晦日は、お客さんがみんな帰って、ひとりでしみじみと「行く年来る年」を見ているときがいちばん幸せ。あの、べつに何でもない感じで年が明ける瞬間がいいんですよね。「おお新年か」と、ほわーんとしてみたり。今年のお正月は、元旦から腰を痛めてさんざんでした。さすが厄年《やくどし》、また波瀾万丈《はらんばんじょう》な一年になりそうです。とほほ。

　最近、ゲームをやる暇もなかなかないのですが、それでもはまったソフトが一本。プレステの「ガンパレード・マーチ」です。このゲーム、とにかく登場人物が多い。そして、内容が……「学園生活を送り、勉学や恋愛に勤《いそ》しみ、その一方で戦闘もやっちゃう」となかなか盛りだくさん。三月から五月まで淡々《たんたん》と進めていくだけなのですが、見事にはまりました。そして、このゲームのもう一つの素晴らしいところは、全キャラクターが喋《しゃべ》ることです。つまり、物凄《ものすご》い数の声優さんの声が、一本のソフトの中で総まくり状態で聞けるわけですね。

何故《なぜ》そんなことがそれほど嬉《うれ》しいかというと……。実は、奇談がドラマCDになることが決定しました！　じゃじゃーん。ドラマCDにもいろいろありますが、既出作品を脚本にするのではなく、私がオリジナルストーリーを書下ろすことになっています。もちろん、ラブラブなやつを。今まで、天本《あまもと》たちがどんな声かなんてことはあまり考えなかったのですが、今、ガンパレード・マーチのキャラクターの声を聞きながら、「ああ、敏生はこんな声なのかなあ……」とか、そういう複雑なゲームの楽しみ方もできるわけです。まだ企画進行中なのですが、いったいどんなCDになるか、私もとても楽しみです。「イメージが壊れそうだからヤダ」という方もいらっしゃるかと思いますが、もしかすると、新たな世界が広がるかもですよ〜。夏頃発売予定で、できるだけ楽しいものになるよう、担当さんといろいろ相談中です。楽しみにしていてくださいね。

えー、恒例の音楽話。今回のテーマソングは、花《はな》＊花《はな》の「あ〜よかった」。今作の内容に照らし合わせると非常にベタですが、大好きな歌です。この歌を聴くと、修羅場《しゅらば》でも和《なご》みます。……いや、今回も全然和んでる場合じゃなかったんですが。

そしてこれまた恒例の、次作予告。四国《しこく》に行きたい行かせたいと叫《さけ》びつつも、次作は再び海外編の予感が。しかも、ヨーロッパだアメリカだという垢抜《あかぬ》けた辺りではなく、ちょっとアジア志向でいってみようかな、と思っています。あ、こういうふうに言うと、すぐに「じゃあ香港《ホンコン》で敏生チャイナドレスの女装ですね！」なーんてお手紙がすぐに来てしまいそうですが、違います。そういうのじゃないです。……では、どこでしょう……ねえ。

もうずっと書き続けていることですが、この本から唐突に読み始めてくださった方のために、そして今ひとつお願いを守っていただけない方のために、今回も書いておきます。榧野に編集部宛《あて》でお手紙をくださった方には、裏情報満載の特製ペーパーをお送りしております。ただし、お手紙に①80円切手②タックシール（文房具屋さんで売ってます）にご自分の住所氏名を様付きで記入した宛名シール、の二点を同封してくださった方に限ります。非常に面倒なことを言って申し訳ないのですが、事務は榧野がひとりでやっておりますので、円滑な作業進行のために、どうぞご協力お願いいたします。また、編集部から私の手元にお手紙が届くまで、それなりに時間がかかります。締め切りが近い場合は、なかなかお手紙を拝見する時間が取れなかったりもします。お返事は気長にお待ちいただけますよう……。

それから、もっと気軽に榧野の近況を知りたい方、奇談ファンの同志がほしい方には、お友達のにゃんこさんのホームページ「月世界大全」http://moon.wink.ac/がお奨《すす》めです。椹野も後見という立場で、ちょくちょく出没しています。天本の料理レシピも、ここでゲットできますよ！

では最後に、いつものお二方に。

イラストを描いてくださるあかま日砂紀《ひさき》さん。前作『蔦蔓奇談』でいちばん楽しみだったのは、小一郎《こいちろう》私服バージョンでした。想像以上に素敵な装《よそお》いをさせてくださってとても嬉《うれ》しかったです。

そして、担当の鈴木《すずき》さん。今年はあれこれと企《たくら》みごとの多い年になりそうですね。何かとご苦労をおかけすることと思いますが、よろしくお願いいたします。

では、今回はここまで。また近いうちに、お目にかかります。ごきげんよう。

——皆さんの上に、幸運の風が吹きますように……。

椹野《ふしの》　道流《みちる》　拝

椹野道流先生へのファンレターのあて先
〒112-8001　東京都文京区音羽2-12-21　講談社　X文庫「椹野道流先生」係
あかま日砂紀先生へのファンレターのあて先
〒112-8001　東京都文京区音羽2-12-21　講談社　X文庫「あかま日砂紀先生」係

N.D.C.913　354p　15cm

椹野道流（ふしの・みちる）
2月25日生まれ。魚座のO型。兵庫県出身。某医科大学法医学教室在籍。某県非常勤監察医。望まずして事件や災難に遭遇しがちな「イベント招喚者」体質らしい。甘いものと爬虫類と中原中也が大好き。
主な作品に『人買奇談』『泣赤子奇談』『八《や》咫烏《たがらす》奇談』『倫敦《ロンドン》奇談』『幻月奇談』『龍泉奇談』『土蜘蛛奇談』（上・下）『景清奇談』『忘恋奇談』『遠日奇談』『蔦蔓奇談』がある。

講談社X文庫

white heart

童子切奇談《どうじきりきだん》

椹野道流《ふしのみちる》

●

2001年3月5日　第1刷発行

定価はカバーに表示してあります。
発行者――野間佐和子
発行所――株式会社 講談社
東京都文京区音羽2-12-21 〒112-8001
電話 編集部 03-5395-3507
販売部 03-5395-3626
製作部 03-5395-3615
本文印刷―豊国印刷株式会社
製本―――株式会社上島製本所
カバー印刷―半七写真印刷工業株式会社
デザイン―山口 馨

ISBN4-06-255532-8　（X庫）

講談社X文庫ホワイトハート・大好評恋愛&耽美小説シリーズ

ベンチマークに恋をして アナリストの憂鬱　井村仁美
青年アナリストが翻弄される恋の動向は…？　（絵・如月弘鷹）

恋のリスクは犯せない アナリストの憂鬱　井村仁美
ほかのことなど、考えられなくしてやるよ。　（絵・如月弘鷹）

3時から恋をする　井村仁美
入行したての藤芝の苦難がここから始まる。　（絵・如月弘鷹）

5時10分から恋のレッスン　井村仁美
あいつにも、そんな声を聞かせるんだな⁉　（絵・如月弘鷹）

8時50分・愛の決戦　井村仁美
葵銀行と鳳銀行が突然、合併することに…！　（絵・如月弘鷹）

午前0時・愛の囁き　井村仁美
銀行員の苦悩を描く、トラブル・ロマンス‼　（絵・如月弘鷹）

110番は甘い鼓動　井村仁美
和ちゃんに刑事なんて、無理じゃないのか？　（絵・如月弘鷹）

迷彩迷夢《めいさいめいむ》　柏枝真郷
聖一との思い出の地、金沢で知った〝狂気〟⁉　（絵・ひろき真冬）

窓―WINDOW― 硝子の街にて[1]　柏枝真郷
友情か愛か。ノブとシドニーのNY事件簿‼　（絵・茶屋町勝呂）

雪―SNOW― 硝子の街にて[2]　柏枝真郷
ノブ&シドニーの純情NYシティ事件簿！　（絵・茶屋町勝呂）

虹―RAINBOW― 硝子の街にて[3]　柏枝真郷
ノブ&シドニーのNYシティ事件簿第3弾‼　（絵・茶屋町勝呂）

家―BURROW― 硝子の街にて[4]　柏枝真郷
幸福に見える家族に起こった事件とは…⁉　（絵・茶屋町勝呂）

朝―MORROW― 硝子の街にて[5]　柏枝真郷
その男は、なぜNYで事故に遭ったのか⁉　（絵・茶屋町勝呂）

空―HOLLOW― 硝子の街にて[6]　柏枝真郷
不法滞在の日本人が殺人事件の参考人となり…。　（絵・茶屋町勝呂）

燕―SWALLOW― 硝子の街にて[7]　柏枝真郷
ノブは東京へ。NYへの想いを見つめ直すために。（絵・茶屋町勝呂）

いのせんと・わーるど　かわいゆみこ
七年を経て再会した二人の先に待つものは⁉　（絵・石原　理）

深海魚達の眠り いのせんと・わーるど　かわいゆみこ
巨悪と闘い後輩を想う…。検察官シリーズ第2弾。（絵・石原　理）

この貧しき地上に　篠田真由美
この地上でも、君となら生きていける……。　（絵・秋月杏子）

この貧しき地上に II　篠田真由美
ぼくたちの心臓はひとつのリズムを刻む！　（絵・秋月杏子）

この貧しき地上に III　篠田真由美
至高の純愛神話、ここに完結！　（絵・秋月杏子）

☆……今月の新刊

講談社X文庫ホワイトハート・大好評恋愛&耽美小説シリーズ

ロマンスの震源地　新堂奈槻
烱《けい》はまわり中をよろめかす愛の震源地だ！（絵・麻々原絵里依）

ロマンスの震源地2 上　新堂奈槻
烱は元一《もとかず》と潤哉のどちらを選ぶのか……⁉（絵・麻々原絵里依）

ロマンスの震源地2 下　新堂奈槻
烱の気持ちは元一に傾きかけているが…。（絵・麻々原絵里依）

転校生　新堂奈槻
新しい学校で健太を待っていたのは——⁉（絵・麻々原絵里依）

もっとずっとそばにいて　新堂奈槻
学園一の美少年を踏みにじるはずが……。（絵・麻々原絵里依）

水色のプレリュード　青海 圭
僕は飛鳥のために初めてラブソングを作った。（絵・二宮悦巳）

百万回のI LOVE YOU　青海 圭
コンプから飛鳥へのプロポーズの言葉とは？（絵・二宮悦巳）

16Beatで抱きしめて　青海 圭
2年目のG・ケルプに新たなメンバーが…。（絵・二宮悦巳）

背徳のオイディプス　仙道はるか
なんて罪深い愛なのか！　俺たちの愛は…。（絵・沢路きえ）

晴れた日には天使も空を飛ぶ　仙道はるか
解散から二年、仕事で再会した若葉と勇気は⁉（絵・沢路きえ）

いつか喜びの城へ　仙道はるか
大人気！　芸能界シリーズ第3弾!!（絵・沢路きえ）

僕らはオーパーツの夢を見る　仙道はるか
俺たちの関係って〝場違いな恋〟だよな…⁉（絵・沢路きえ）

月光の夜想曲《ノクターン》　仙道はるか
再び映画共演が決まった若葉と勇気だが…。（絵・沢路きえ）

高雅にして感傷的なワルツ　仙道はるか
あんたと俺は、住む世界が違うんだよ。（絵・沢路きえ）

星ノ記憶　仙道はるか
北海道を舞台に…芸能界シリーズ急展開!!（絵・沢路きえ）

琥珀色の迷宮《ラビリンス》　仙道はるか
陸と空、二つの恋路に新たな試練が⁉（絵・沢路きえ）

シークレット・ダンジョン　仙道はるか
先生……なんで抵抗しないんですか？（絵・沢路きえ）

ネメシスの微笑　仙道はるか
甲斐の前に現れた婚約者に戸惑う空は…。（絵・沢路きえ）

天翔る鳥のように　仙道はるか
——姉さん、俺にこの人をくれよ。（絵・沢路きえ）

愚者に捧げる無言歌《ロマンス》　仙道はるか
——俺たちの『永遠』を信じていきたい。（絵・沢路きえ）

☆……今月の新刊

講談社X文庫ホワイトハート・大好評恋愛&耽美小説シリーズ

ルナティック・コンチェルト　仙道はるか
大切なのは、いつもおまえだけなんだ！　(絵・沢路きえ)

ツイン・シグナル　仙道はるか
双子の兄弟が織り成す切ない恋の駆け引き！　(絵・沢路きえ)

ファインダーごしのパラドクス　仙道はるか
俺の本気は、きっと国塚さんより怖いよ。　(絵・沢路きえ)

メフィストフェレスはかくありき　仙道はるか
おまえのすべてを……知りたいんだ。　(絵・沢路きえ)

☆記憶の海に僕は眠りたい　仙道はるか
ガキのお遊びには、つきあえない。　(絵・沢路きえ)

魔物な僕ら　聖月ノ宮学園秘話　空野さかな
魔性の秘密を抱える少年達の、愛と性。　(絵・星崎　龍)

学園エトランゼ　聖月ノ宮学園秘話　空野さかな
孤独な宇宙人が恋したのは、過去のない少年!?　(絵・星崎　龍)

少年お伽草子　聖月ノ宮学園秘話　空野さかな
聖月ノ宮学園ジャパネスク！　中編小説集!!　(絵・星崎　龍)

夢の後ろ姿　月夜の珈琲館
医局を舞台に男たちの熱いドラマが始まる!!

浮気な僕等　月夜の珈琲館
青木の病院に人気モデルが入院してきて…!!

おいしい水　月夜の珈琲館
志乃崎は織田を〈楽園〉に連れていった。

記憶の数　月夜の珈琲館
病院シリーズ番外編を含む傑作短編集!!

危険な恋人　月夜の珈琲館
N大附属病院で不審な事件が起こり始めて…。

眠れぬ夜のために　月夜の珈琲館
恭介と青木、二人のあいだに立つ志乃崎は…。

恋のハレルヤ　月夜の珈琲館
愛されたくて、愛したんじゃない…。

黄金の日々　月夜の珈琲館
俺たちは何度でもめぐり会うんだ……。

無敵なぼくら　成田空子
優等生の露木に振り回される渉《わたる》は…。　(絵・こうじま奈月)

狼だって怖くない　無敵なぼくら　成田空子
俺はまたしてもあいつの罠にはまり——。　(絵・こうじま奈月)

勝負はこれから！　無敵なぼくら　成田空子
大好評〝無敵なぼくら〟シリーズ第3弾！　(絵・こうじま奈月)

最強な奴ら　無敵なぼくら　成田空子
ついに渉《わたる》を挟んだバトルが始まった!!　(絵・こうじま奈月)

☆……今月の新刊

講談社X文庫ホワイトハート・FT&NEO伝奇小説シリーズ

法廷士グラウベン　彩穂ひかる
第6回ホワイトハート大賞《期待賞》受賞作!!（絵・丹野 忍）

消えた王太子　法廷士グラウベン　彩穂ひかる
ジャンヌ・ダルクと決闘！ 危うし法廷士!!（絵・丹野 忍）

瑠璃色ガーディアン　魔都夢幻草紙　池上 颯
キッチュ！ 痛快！ ハイパー活劇登場!!（絵・青樹 總）

降魔美少年　岡野麻里安
光と闇のサイキック・アクション・ロマン開幕!!（絵・藤崎一也）

青の十字架　降魔美少年[2]　岡野麻里安
謎の美少年が咲也を狙う理由とは…⁉（絵・藤崎一也）

海の迷宮《ラビリンス》　降魔美少年[3]　岡野麻里安
咲也をめぐり運命の歯車が再び回る!!（絵・藤崎一也）

カインの末裔　降魔美少年[4]　岡野麻里安
光と闇のサイキック・ロマン第四幕！（絵・藤崎一也）

審判の門　降魔美少年[5]　岡野麻里安
最後の死闘に挑む咲也と亮の運命は⁉（絵・藤崎一也）

蘭の契り　岡野麻里安
妖《あやかし》と縛魔師の戦いに巻き込まれた光は……⁉（絵・麻々原絵里依）

龍神の珠　蘭の契り[2]　岡野麻里安
光は縛魔師修行のため箱根の山中へ……。（絵・麻々原絵里依）

銀色の妖狐　蘭の契り[3]　岡野麻里安
光と千晶。命を賭した最終決戦の幕が上がる。（絵・麻々原絵里依）

☆桜を手折るもの　岡野麻里安
〈桜守〉vs.魔族――スペクタクル・バトル開幕！（絵・高群 保）

石像はささやく　小沢 淳
石像に埋もれた街で、リューとエリーは⁉（絵・中川勝海）

月の影　影の海[上]　十二国記　小野不由美
海に映る月の影に飛びこみ抜け出た異界！（絵・山田章博）

月の影　影の海[下]　十二国記　小野不由美
私の故国は異界《ここ》――陽子の新たなる旅立ち！（絵・山田章博）

風の海　迷宮の岸[上]　十二国記　小野不由美
王を選ぶ日が来た――幼き神の獣の逡巡！（絵・山田章博）

風の海　迷宮の岸[下]　十二国記　小野不由美
幼き神獣――麒麟《きりん》の決断は過《あやま》ちだったのか⁉（絵・山田章博）

東の海神《わだつみ》　西の滄海　十二国記　小野不由美
海のむこうに、幸福の国はあるのだろうか⁉（絵・山田章博）

風の万里　黎明の空[上]　十二国記　小野不由美
三人のむすめが辿る、苦難の旅路の行方は⁉（絵・山田章博）

風の万里　黎明の空[下]　十二国記　小野不由美
慟哭《くるしみ》のなかから旅立つ少女たちの運命は⁉（絵・山田章博）

☆……今月の新刊

講談社X文庫ホワイトハート・FT&NEO伝奇小説シリーズ

図南《となん》の翼 十二国記　小野不由美
恭国《きょうこく》を統《す》べるのは私！　珠晶《しゅしょう》、十二歳の決断。（絵・山田章博）

悪夢の棲む家㊤ ゴースト・ハント　小野不由美
「誰か」が覗《のぞ》いている…不可解な恐怖の真相!!（絵・小林瑞代）

悪夢の棲む家㊦ ゴースト・ハント　小野不由美
運命の日——過去の惨劇がふたたび始まる!!（絵・小林瑞代）

過ぎる十七の春　小野不由美
「あの女《ひと》」が迎えにくる…。戦慄の本格ホラー！（絵・波津彬子《はつあきこ》）

緑の我が家 Home, Green Home　小野不由美
迫る恐怖。それは嫌がらせか？死への誘《いざな》い!?（絵・山内直実）

修羅々　梶　研吾
漫画界の人気作家が挑む渾身のハード・ロマン!!（絵・高橋ツトム）

妖狐の舞う夜 霊鬼綺談　小早川恵美
鬼気の燐光《りんこう》ゆれる、サイキック・ホラー開幕!!（絵・四位広猫）

怨讐の交差点 霊鬼綺談　小早川恵美
思い出せ。残酷で愚かだったお前の過去を。（絵・四位広猫）

封印された夢 霊鬼綺談　小早川恵美
夜ごと、闇の底に恐怖が目覚める！（絵・四位広猫）

冬の緋桜 霊鬼綺談　小早川恵美
赤い桜が咲くと子供が死ぬ…伝説が本当に!?（絵・四位広猫）

殺生石伝説 霊鬼綺談　小早川恵美
高陽を殺す夢を見る勇帆《いさほ》。急展開の第5巻!!（絵・四位広猫）

科戸《しなと》の風 霊鬼綺談　小早川恵美
勇帆と高陽、二人の運命は!?　怒濤の最終巻!!（絵・四位広猫）

天使の囁《ささや》き　小早川恵美
近未来ファンタジー、新世紀の物語が始まる！（絵・赤美潤一郎）

足のない獅子　駒崎　優
中世英国、誰よりも輝く若者がいた…。（絵・岩崎美奈子）

裏切りの聖女 足のない獅子　駒崎　優
中世英国、二人の騎士見習いの冒険譚！（絵・岩崎美奈子）

一角獣は聖夜に眠る 足のない獅子　駒崎　優
皆が待つワイン商を殺したのは誰だ!?（絵・岩崎美奈子）

火蜥蜴《サラマンダー》の生まれる日 足のない獅子　駒崎　優
妖艶な錬金術師の正体を暴け——!!（絵・岩崎美奈子）

豊穣の角 足のない獅子　駒崎　優
迷い込んだ三人の赤ん坊をめぐって大騒動！（絵・岩崎美奈子）

麦の穂を胸に抱き 足のない獅子　駒崎　優
ウェールズ進攻の国王軍に入った二人は……。（絵・岩崎美奈子）

狼と銀の羊 足のない獅子　駒崎　優
教会に大陰謀！　ジョナサンの身に危機が!?（絵・岩崎美奈子）

☆……今月の新刊

講談社X文庫ホワイトハート・FT&NEO伝奇小説シリーズ

☆開かれぬ鍵 抜かれぬ剣[上]　駒崎 優
ローマ教皇の使者が来訪。不吉な事件が勃発！（絵・岩崎美奈子）

水仙の清姫　紗々亜璃須
第6回ホワイトハート大賞優秀賞受賞作！（絵・井上ちよ）

寒椿の少女　紗々亜璃須
五十も離れた男の妾に望まれた少女の運命は!?（絵・井上ちよ）

此君の戦姫　紗々亜璃須
「貴女を迎えにきました」…使者の正体は？（絵・井上ちよ）

沈丁花の少女 崑崙秘話　紗々亜璃須
妖力によって眠らされた、美姫の運命は!?（絵・井上ちよ）

とおの眠《ねぶ》りのみなめさめ　紫宮 葵
第7回ホワイトハート大賞《大賞》受賞作！（絵・加藤俊章）

黄金《きん》のしらべ 蜜の音　紫宮 葵
蠱惑の美声に誘われ、少年は禁断の沼に…（絵・加藤俊章）

妖精の島 東都幻沫録　高瀬美恵
誰もが彼の中に巣くう闇を見過ごしていた。（絵・ＲＵＲＵ）

睡姫の翳 東都幻沫録　高瀬美恵
刈谷に女子生徒殺害の容疑がかけられ——。（絵・ＲＵＲＵ）

傀儡《くぐつ》覚醒　鷹野祐希
第6回ホワイトハート大賞《佳作》受賞作!!（絵・九後 虎）

傀儡喪失　鷹野祐希
すれ違う海生《かいせい》と菜樹《なみき》に、五鬼衆の新たな罠が。（絵・九後 虎）

傀儡迷走　鷹野祐希
亡霊に捕われた菜樹は脱出できるのか!?（絵・九後 虎）

傀儡自鳴　鷹野祐希
菜樹は宇津保のあるべき姿を模索し始める。（絵・九後 虎）

傀儡解放　鷹野祐希
ノンストップ伝奇ファンタジー、堂々完結！（絵・九後 虎）

セレーネ・セイレーン　とみなが貴和
第5回ホワイトハート大賞《佳作》受賞作!!（絵・楠本祐子）

EDGE《エッジ》　とみなが貴和
私には犯人が見える…天才心理捜査官《プロファイラー》登場！（絵・沖本秀子）

EDGE2 〜三月の誘拐者〜　とみなが貴和
天才犯罪心理捜査官が幼女誘拐犯を追う！（絵・沖本秀子）

銀闇を抱く娘 鎌倉幻譜　中森ねむる
少女が消えた！ 鎌倉を震撼させる真相は!?（絵・高橋 明）

冥《くら》き迷いの森 鎌倉幻譜　中森ねむる
人と獣の壮絶な伝奇ファンタジー第2弾！（絵・高橋 明）

半妖の電夢国 電影戦線[1]　流 星香
電脳世界のアクション・アドベンチャー開幕!!（絵・片山 愁）

☆……今月の新刊

講談社X文庫ホワイトハート・FT&NEO伝奇小説シリーズ

ムアール宮廷の陰謀 女戦士エフェラ&ジリオラ1 ひかわ玲子
二人の少女の出会いが帝国の運命を変えた！（絵・米田仁士）

グラフトンの三つの流星 女戦士エフェラ&ジリオラ2 ひかわ玲子
興亡に巻きこまれた、三つ子兄妹の運命は!?（絵・米田仁士）

妖精界の秘宝 女戦士エフェラ&ジリオラ3 ひかわ玲子
ジリオラとヴァンサン公子の体が入れ替わる!?（絵・米田仁士）

紫の大陸ザーン上 女戦士エフェラ&ジリオラ4 ひかわ玲子
大海原を舞台に、女戦士の剣が一閃する!!（絵・米田仁士）

紫の大陸ザーン下 女戦士エフェラ&ジリオラ5 ひかわ玲子
空飛ぶ絨緞に乗って辿り着いたところは…!?（絵・米田仁士）

オカレスク大帝の夢 女戦士エフェラ&ジリオラ6 ひかわ玲子
ジリオラが、ついにムアール帝国皇帝に即位!?（絵・米田仁士）

天命の邂逅 女戦士エフェラ&ジリオラ7 ひかわ玲子
双子星として生まれた二人に、別離のときが!?（絵・米田仁士）

星の行方 女戦士エフェラ&ジリオラ8 ひかわ玲子
感動のシリーズ完結編！ 改題・加筆で登場。（絵・米田仁士）

グラヴィスの封印 真ハラーマ戦記1 ひかわ玲子
ムアール辺境の地に怪事件が巻き起こる!!（絵・由羅カイリ）

黒銀の月乙女 真ハラーマ戦記2 ひかわ玲子
帝都の祝祭から戻った二人に新たな災厄が!?（絵・由羅カイリ）

漆黒の美神 真ハラーマ戦記3 ひかわ玲子
〈闇〉に取り込まれたルファーンたちに光は!?（絵・由羅カイリ）

青い髪のシリーン上 ひかわ玲子
狂王に捕らわれたシリーン少年の運命は!?（絵・有栖川るい）

青い髪のシリーン下 ひかわ玲子
シリーンは、母との再会が果たせるのか!?（絵・有栖川るい）

暁の娘アリエラ上 ひかわ玲子
〝エフェラ&ジリオラ〟シリーズ新章突入！（絵・ほたか乱）

暁の娘アリエラ下 ひかわ玲子
ベレム城にさらわれたアリエラに心境の変化が!?（絵・ほたか乱）

人買奇談 椹野道流《ふしのみちる》
話題のネオ・オカルト・ノヴェル開幕!!（絵・あかま日砂紀）

泣赤子奇談 椹野道流
姿の見えぬ赤ん坊の泣き声は、何の意味!?（絵・あかま日砂紀）

八咫烏《やたがらす》奇談 椹野道流
黒い鳥の狂い羽ばたく、忌まわしき夜。（絵・あかま日砂紀）

倫敦《ロンドン》奇談 椹野道流
美代子に請われ、倫敦を訪れた森と敏生《としき》は…!?（絵・あかま日砂紀）

幻月奇談 椹野道流
あの人は死んだ。最後まで私を拒んで。（絵・あかま日砂紀）

☆……今月の新刊

講談社X文庫ホワイトハート・FT&NEO伝奇小説シリーズ

龍泉奇談 椹野道流
伝説の地・遠野でシリーズ最大の敵、登場！（絵・あかま日砂紀）

土蜘蛛奇談〔上〕 椹野道流
少女の夢の中、天本と敏生のたどりつく先は⁉（絵・あかま日砂紀）

土蜘蛛奇談〔下〕 椹野道流
安倍晴明は天本なのか。いま彼はどこに⁉（絵・あかま日砂紀）

景清奇談 椹野道流
絵に潜む妖《あやか》し。女の死が怪現象の始まりだった。（絵・あかま日砂紀）

忘恋奇談 椹野道流
天本が敏生に打ち明けた苦い過去とは……。（絵・あかま日砂紀）

遠日奇談 椹野道流
初の短編集。天本と龍村の出会いが明らかに！（絵・あかま日砂紀）

蔦蔓《つたかずら》奇談 椹野道流
闇を切り裂くネオ・オカルトノベル最新刊！（絵・あかま日砂紀）

☆**童子切奇談** 椹野道流
京都の街にあの男が出現！ 天本、敏生は奔る！（絵・あかま日砂紀）

龍猫―ホンコン・シティ・キャット― 星野ケイ
友情、野望、愛憎渦巻く香港《まち》で新シリーズ開幕！（絵・夏賀久美子）

聖誕風雲―血のクリスマス― 星野ケイ
死体から血を抜きとったのはファラオの仕業⁉（絵・夏賀久美子）

城市幻影―愛しのナイトメア― 星野ケイ
人間の肉体を乗っ取るウイルスの正体は…⁉（絵・夏賀久美子）

烈火情縁―愛と裏切りの挽歌― 星野ケイ
いま、香港の街が〝死人〟に侵されていく！（絵・夏賀久美子）

非常遊戯―デッド・エンド― 星野ケイ
刑事とバンパイアの香港ポリス・ファンタジー完結編！（絵・夏賀久美子）

堕落天使 星野ケイ
人間vs.天使の壮絶バトル‼ 新シリーズ開幕。（絵・二越としみ）

天使降臨 星野ケイ
君は、僕のために空から降りてきた天使！（絵・二越としみ）

天使飛翔 星野ケイ
天使の生態研究のため、ユウが捕獲された⁉（絵・二越としみ）

爆烈天使 星野ケイ
JJ、なぜそんなに、俺を避けるんだ……⁉（絵・二越としみ）

天使昇天 星野ケイ
達也たち四人の行く手には別れが⁉ 完結編。（絵・二越としみ）

斎姫異聞《いつきひめいぶん》 宮乃崎桜子
第5回ホワイトハート大賞《大賞》受賞作‼（絵・浅見 侑）

月光真珠 斎姫異聞 宮乃崎桜子
闇の都大路に現れた姫宮そっくりの者とは⁉（絵・浅見 侑）

☆……今月の新刊

第9回
ホワイトハート大賞
募集中!

新しい作家が新しい物語を生み出している
活力あふれるシリーズ
大賞受賞作は
ホワイトハートの一冊として出版します
あなたの作品をお待ちしています

〈賞〉

大賞
賞状ならびに副賞100万円
および、応募原稿出版の際の印税

佳作
賞状ならびに副賞50万円
(賞金は税込みです)

〈選考委員〉
川又千秋
ひかわ玲子
夢枕獏
(アイウエオ順)

左から川又先生、ひかわ先生、夢枕先生

〈応募の方法〉

○資　格　プロ・アマを問いません。
○内　容　ホワイトハートの読者を対象とした小説で、未発表のもの。
○枚　数　400字詰め原稿用紙で250枚以上、300枚以内。たて書きのこと。ワープロ原稿は、20字×20行、無地用紙に印字。
○締め切り　2001年5月31日（当日消印有効）
○発　表　2001年12月26日発売予定のX文庫ホワイトハート1月新刊全冊ほか。
○あて先　〒112-8001　東京都文京区音羽2-12-21　講談社X文庫出版部
ホワイトハート大賞係

○なお、本文とは別に、原稿の1枚めにタイトル、住所、氏名、ペンネーム、年齢、職業（在校名、筆歴など）、電話番号を明記し、2枚め以降に400字詰め原稿用紙で3枚以内のあらすじをつけてください。

原稿は、かならず、通しのナンバーを入れ、右上をとじるようにお願いいたします。

また、二作以上応募する場合は、一作ずつ別の封筒に入れてお送りください。

○応募作品は、返却いたしませんので、必要なかたは、コピーをとってからご応募ねがいます。選考についての問い合わせには、応じられません。

○入選作の出版権、映像化権、その他いっさいの権利は、小社が優先権を持ちます。